W0026539

Roger Mifflin hat seine größte Leidenschaft, das Lesen, zum Beruf gemacht. In seinem Antiquariat in Brooklyn findet man ihn dort, wo der Tabakrauch am dichtesten ist. Unterstützt wird er von seiner ebenso patenten wie resoluten Ehefrau und seinem Hund Bock – Bock wie Boccaccio. Bücher sind Mifflins Leben. Von Werbemaßnahmen für sein Geschäft will er allerdings nichts wissen, und so lässt er den jungen Aubrey Gilbert, angestellt bei der Grey Matter Agency, ziemlich abblitzen, als der ihm seine Dienste anbietet. Dennoch freunden sich die beiden an, und bald kommt Gilbert täglich ins Geschäft. Was auch an Mifflins neuer Hilfskraft liegen mag – der schönen Titania Chapman, deren Leben in Gefahr zu sein scheint. Und das gilt nicht nur für ihres …

Christopher Morley (1890–1957), Amerikaner mit englischem Humor und englischen Wurzeln, war Mitbegründer der *Saturday Review of Literature*, die er von 1924 bis 1940 leitete, und schrieb für die *New York Evening Post*. Er ist Autor von mehr als 50 teils belletristischen, teils Sachbüchern und zahlreichen Essays.

Christopher Morley

DAS HAUS DER VERGESSENEN BÜCHER

ROMAN

Aus dem amerikanischen Englisch von
Renate Orth-Guttmann

ATLANTIK

Die Originalausgabe erschien 1919 unter dem Titel
The Haunted Bookshop im Verlag Grosset & Dunlap, New York.

Atlantik Bücher erscheinen im
Hoffmann und Campe Verlag, Hamburg.

1. Auflage 2015
Für die deutschsprachige Ausgabe

www.hoca.de *www.atlantik-verlag.de*
Umschlaggestaltung: FAVORITBUERO, München
Umschlagillustration: RetroClipArt, Pinyone/shutterstock.com
Satz: Dörlemann Satz, Lemförde
Gesetzt aus der Sabon
Druck und Bindung: C.H. Beck, Nördlingen
Printed in Germany
ISBN 978-3-455-65060-0

Ein Unternehmen der
GANSKE VERLAGSGRUPPE

AN DIE BUCHHÄNDLER

Den höchst Ehrenwerten sei kund und zu wissen, dass Ihnen dieses kleine Buch in achtungsvoller Gewogenheit zugeeignet ist.

Christopher Morley
Philadelphia, 28. April 1919

Kapitel 1

DIE BUCHHANDLUNG, IN DER ES SPUKT

Wenn es Sie einmal nach Brooklyn verschlägt, einen Ort, der prachtvolle Sonnenuntergänge und den erhebenden Anblick von Kinderwagen bietet, die von Ehemännern geschoben werden, hoffe ich um Ihretwillen, dass der Zufall Sie auch in jene ruhige Nebenstraße führt, in der sich eine höchst bemerkenswerte Buchhandlung befindet.

Diese Buchhandlung, die ihre Geschäfte unter dem ungewöhnlichen Namen ›Parnassus‹ betreibt, ist in einem der gemütlichen alten Stadthäuser untergebracht, die seit Generationen die Wonne aller Klempner und Kakerlaken sind. Der Besitzer hat sich sehr bemüht, das Haus so umzubauen, dass es für sein Geschäft, den Handel mit gebrauchten Büchern, den geeigneten Rahmen bietet. Es gibt auf der Welt kein Antiquariat, das größeren Respekt verdient hätte.

An einem kalten Novemberabend, der Regenschauer über den Gehsteig jagte, schritt gegen sechs ein junger Mann ein wenig unsicher die Gissing Street entlang. Hin und wieder hielt er inne und sah in ein Schaufenster, als wüsste er nicht recht, wohin. Vor der einladenden, blitzblanken Fassade einer französischen Rotisserie blieb er stehen, um die in den Querbalken eingebrannte Zahl mit einem Notizzettel zu vergleichen, den er in der Hand hatte. Dann setzte er seinen Weg noch ein paar Minuten fort, bis er die gesuchte Adresse gefunden hatte. Über dem Eingang fiel sein Blick auf das Schild:

PARNASSUS
R. UND H. MIFFLIN
BÜCHERFREUNDE WILLKOMMEN!
IN DIESEM GESCHÄFT SPUKT ES

Er stolperte die drei Stufen zum Hort der Musen hinab, lockerte den Mantelkragen und sah sich um.

Die Buchhandlung unterschied sich grundlegend von den Geschäften, die er gewöhnlich besuchte. Man hatte zwei Geschosse des alten Hauses zusammengelegt, der untere Raum war in Alkoven unterteilt, darüber zog sich über die ganze Breite eine Galerie, auf der sich Bücher bis zur Decke türmten. Ein angenehmer Duft nach altem Papier und Leder wurde überlagert von einem kräftigen Tabakgeruch. Der junge Mann stand jetzt vor einem großen gerahmten Plakat:

Hier spuken die Geister der großen Literatur.
Wir verkaufen keine Fälschungen und keinen Schund.
Bücherfreunde sind willkommen.
Kein Verkäufer wird Sie belästigen.
Bitte rauchen Sie, aber verstreuen Sie keine Asche.
Stöbern Sie nach Lust und Laune.
Die Preise sind in den Büchern vermerkt.
Falls Sie Fragen haben, finden Sie den Besitzer

Dort, wo der Tabakrauch am dichtesten ist.
Bücherankauf bezahlen wir bar.
Wir haben, was Sie wollen.
Auch wenn Sie nicht wissen, was Sie wollen.
Geistige Unterernährung ist ein ernstes Leiden.
Wir haben die richtige Medizin für Sie.

R. & H. Mifflin, Bes.

Der Laden war in ein warmes, behagliches Dunkel gehüllt, eine Art schummrige Dämmerung, aus der hie und da unter grünen Schirmen gelbe Lichtkegel leuchteten. Überall trieb Tabakrauch durch den Raum, der unter den gläsernen Lampenschirmen dampfte und verwirbelte. Der Besucher, der durch einen schmalen Gang zwischen den Alkoven weiter ins Innere des Raumes ging, stellte fest, dass einige dieser Abteile in völliger Dunkelheit lagen, in anderen waren die Lampen eingeschaltet, er erkannte einen Tisch und Stühle. In einer Ecke, unter dem Schild ›Essays‹ saß ein älterer Herr und las, sichtlich gefesselt. Das grelle elektrische Licht ließ seine verzückten Züge scharf hervortreten. Da aber über ihm kein Rauch waberte, folgerte der junge Mann, dass es sich nicht um den Besitzer handeln konnte.

Je weiter er in das Geschäft hineinging, desto phantastischer erschien ihm die Umgebung. Weit oben hörte er den Regen auf ein Dachfenster trommeln, sonst regte sich nichts bis auf die wirbelnden Tabakschwaden und das erleuchtete Profil des Essay-Liebhabers. Der Raum schien wie ein geheimes Gotteshaus, ein Schrein eigentümlicher Riten, und dem jungen Mann wurde teils vor Aufregung, teils wegen des Tabaks die Kehle eng. Über ihm ragten

Regale über Regale mit Büchern in die Dunkelheit. Auf einem Tisch lagen eine Rolle Packpapier und eine Schnur, offenbar wurden dort die Einkäufe eingewickelt, aber von einem Verkäufer war nichts zu sehen.

»Vielleicht spukt hier wirklich jemand herum, womöglich die Seele von Sir Walter Raleigh, der ja Schutzpatron des kostbaren Krauts ist, aber wohl kaum der Besitzer.«

Als er versuchte, sich in dem bläulichen Dunst zurechtzufinden, blieb sein Blick an etwas Hellem hängen, von dem ein eigenartiger eierschalenfarbener Glanz ausging. Unter einer Lampe bildete dieses Etwas eine Insel in einer Gischt aus Tabakrauch. Der Besucher ging näher heran und sah, dass es ein kahler Kopf war.

Der Kopf gehörte zu einem kleinen Mann mit scharf geschnittenen Zügen, der sich in einer Ecke – offenbar die Schaltzentrale des Geschäfts – bequem in einem Drehstuhl zurückgelehnt hatte. Auf dem großen, mit vielen Fächern ausgestatteten Schreibtisch vor ihm türmten sich Bücher aller Art, daneben lagen Tabakdosen, Zeitungsausschnitte und Briefe. Eine antiquierte Schreibmaschine, die einem Cembalo nicht unähnlich war, war halb unter Manuskriptblättern vergraben. Der kleine Kahlkopf rauchte eine Maiskolbenpfeife und las in einem Kochbuch.

»Entschuldigen Sie bitte«, sagte der Besucher höflich, »sind Sie der Besitzer?«

Mr. Roger Mifflin, Besitzer der Buchhandlung ›Parnassus‹, sah auf, und der junge Mann registrierte, dass er durchdringende blaue Augen, einen kurzen roten Bart und die Ausstrahlung eines echten Originals hatte.

»Das bin ich«, sagte Mr. Mifflin. »Was kann ich für Sie tun?«

»Mein Name ist Aubrey Gilbert. Ich vertrete die Grey Matter Advertising Agency – Reklame mit Grips, wie der Name schon sagt – und möchte Ihnen zu bedenken geben, ob Sie Ihre Werbung nicht in unsere Hände legen, uns mit der Abfassung schmissiger Werbesprüche für Sie betrauen und uns deren Platzierung in auflagenstarken Medien übertragen wollen. Jetzt, wo der Krieg zu Ende ist, sollten Sie an eine effektive Kampagne zur Erzielung größerer Umsätze denken.«

Der Buchhändler legte lächelnd sein Kochbuch aus der Hand, stieß eine größere Rauchwolke aus und sah hoch.

»Ich betreibe keine Werbung, mein Freund«, sagte er.

»Unmöglich«, rief der andere, fassungslos wie über eine gänzlich deplatzierte Ferkelei.

»Nicht in dem Sinne, wie Sie es meinen. Ich bediene mich bereits der besten Werbetexter der Branche.«

»Damit meinen Sie wohl Whitewash and Gilt?«, fragte Mr. Gilbert mit einigem Bedauern.

»Keineswegs. Um meine Werbung kümmern sich Stevenson, Browning, Conrad & Co.«

»Was Sie nicht sagen«, staunte der Vertreter der Agentur Grey. »Diese Firma kenne ich überhaupt nicht. Aber dass deren Texte mehr Pfiff haben als unsere, wage ich zu bezweifeln.«

»Sie haben mich offenbar noch nicht verstanden. Ich lasse die Bücher, die ich verkaufe, für mich werben. Wenn ich einem Kunden ein Buch von Stevenson oder Conrad verkaufe, ein Buch, das ihn begeistert oder in Angst und Schrecken versetzt, werden jener Kunde und jenes Buch meine lebendige Werbung.«

»Aber diese Art der Mundpropaganda hat sich doch

völlig überlebt«, sagte Gilbert. »Damit schaffen Sie keinen Umsatz mehr. Sie müssen das Bewusstsein für Ihr Markenzeichen in der Öffentlichkeit schärfen.«

»Bei den Gebeinen von Tauchnitz!«, ereiferte sich Mifflin. »Würden Sie etwa einen Arzt, einen Spezialisten auffordern, in Zeitungen und Zeitschriften zu werben? Für einen Arzt sind die Leiber, die er heilt, die beste Werbung, für mein Geschäft sind es die Anregungen, die ich den Menschen gebe. Das Geschäft mit Büchern unterscheidet sich nämlich von allen anderen Branchen. Die Menschen wissen nicht, dass sie Bücher haben wollen. Ich brauche Sie nur anzusehen, um zu erkennen, dass Ihre Seele krank ist, weil sie der Lektüre entbehrt, aber zum Glück sind Sie sich dessen nicht bewusst. Die Menschen gehen erst dann zu einem Buchhändler, wenn sie nach einem schweren Unfall ihrer Seele oder durch Krankheit die Gefahr erkennen. Dann kommen sie hierher. Würde ich Werbung machen, wäre das etwa so sinnvoll, als würde man kerngesunde Menschen zum Arzt schicken.

Wissen Sie, warum heute mehr Bücher gelesen werden als je zuvor? Weil den Menschen durch die schreckliche Katastrophe des Krieges bewusst geworden ist, dass ihre Seelen krank sind. Die Welt litt an geistigen Fieberzuständen und Schmerzen und Störungen aller Art, ohne sich dessen bewusst zu sein. Nun aber sind unsere seelischen Qualen allzu offensichtlich. Und so lesen wir alle, lesen gierig und gehetzt, jetzt, da wir wissen, was unseren Seelen fehlte.«

Der kleine Buchhändler war aufgestanden, und sein Besucher musterte ihn mit einer Mischung aus Belustigung und Besorgnis.

»Ich finde es aufschlussreich«, fuhr Mifflin fort, »dass Sie sich die Mühe gemacht haben, hierherzukommen. Es bestärkt mich in meiner Überzeugung, dass der Buchhandel eine große Zukunft vor sich hat. Aber ich sage Ihnen, dass seine Zukunft nicht nur auf den gewerblichen Aspekten gründet. Es geht darum, den Buchhandel als Berufsstand zu würdigen. Es hat wenig Sinn, das Volk zu verspotten, weil es nach wertlosen oder verlogenen Büchern lechzt. Arzt, heile dich selbst. Man lehre den Buchhändler, gute Bücher zu erkennen und zu ehren, er wird sein Wissen an den Kunden weitergeben. Der Hunger nach guten Büchern ist weiter verbreitet und hartnäckiger, als Sie glauben, aber in gewisser Weise trotzdem vielfach unbewusst. Die Menschen brauchen Bücher, wissen es aber nicht. Meist wissen sie gar nicht, dass es die Bücher, die sie brauchen, überhaupt gibt.«

»Aber könnte ihnen die Werbung nicht dabei helfen, sie zu erkennen?«, folgerte der junge Mann messerscharf.

»Ich kenne den Wert der Werbung durchaus, mein Lieber. In meinem Fall aber wäre sie nutzlos. Ich vertreibe keine Ware, sondern habe mich darauf spezialisiert, das Buch dem Bedürfnis meines Gegenübers anzupassen. Unter uns gesagt: Das sogenannte ›gute Buch‹ gibt es nicht. Ein Buch ist nur dann ›gut‹, wenn es menschlichen Hunger stillt oder einen menschlichen Irrtum widerlegt. Ein Buch, das aus meiner Sicht gut ist, ist für Sie vielleicht ohne jeden Wert. Ich mache mir die Freude, meinen Patienten Bücher zu verschreiben, jenen Kunden also, die bereit sind, mir ihre Symptome zu nennen. Manche Leute haben ihre Lesefähigkeit verkümmern lassen, sodass mir nur noch die Autopsie bleibt. Die meisten aber sind noch heilbar. Niemand ist so dankbar wie der Mensch, dem man genau das Buch gegeben hat, das seine Seele brauchte, obgleich er es nicht wusste. Keine Werbung der Welt ist so wirksam wie ein dankbarer Kunde.

Ich kann Ihnen noch einen Grund nennen, warum ich keine Werbung betreibe«, fuhr er fort. »Heutzutage, da jedermann sein Markenzeichen im Bewusstsein der Öffentlichkeit schärft, ist die Weigerung zu werben das Originellste und Irritierendste, was man tun kann, um Aufmerksamkeit zu erreichen. Sie sind hergekommen, eben weil ich nicht werbe. Und so glaubt jeder Kunde, meine Buchhandlung selbst entdeckt zu haben. Er geht hin und erzählt seinen Freunden von dem Bücherasyl, das ein Spinner betreibt, und die wiederum kommen her, um sich das anzusehen.«

»Auch ich hätte große Lust, wiederzukommen und bei Ihnen zu stöbern«, sagte Gilbert. »Es wäre schön, wenn Sie mir ein Rezept schreiben könnten.«

»Am wichtigsten ist es, Mitgefühl zu entwickeln. Seit vierhundertfünfzig Jahren druckt die Welt Bücher, und immer noch ist das Schießpulver weiter verbreitet als die Druckerschwärze. Sei's drum! Druckerschwärze ist der stärkere Sprengstoff – sie wird den Sieg davontragen.

Ja, ich habe so einige gute Bücher hier. Auf der ganzen Welt gibt es nur etwa dreißigtausend wirklich wichtige. Etwa fünftausend sind auf Englisch geschrieben, weitere fünftausend sind Übersetzungen.«

»Haben Sie auch abends auf?«

»Bis zehn. Viele unserer besten Kunden arbeiten den ganzen Tag und können nur abends herkommen. Die wahren Bücherfreunde sind gewöhnlich Menschen, die aus einfachen Verhältnissen stammen. Jemand, der sich für Bücher begeistert, hat weder die Zeit noch die Geduld, Reichtümer zu erwerben und ständig darüber nachzusinnen, wie er seine Mitmenschen übers Ohr hauen kann.«

Der kahle Schädel des kleinen Buchhändlers glänzte im Licht der Lampe, die über dem Packtisch hing. Seine Augen strahlten, der kurze rote Bart war borstig wie Draht. An seiner abgeschabten Norfolkjacke fehlten zwei Knöpfe.

Ein Besessener, dachte der Kunde, aber einer von der unterhaltsamen Sorte. »Ich bin Ihnen sehr dankbar«, sagte er, »und komme bestimmt wieder. Gute Nacht.« Damit wandte er sich zum Gehen.

Als er sich dem vorderen Teil des Ladens näherte, schaltete Mr. Mifflin mehrere hoch oben angebrachte Lampen an, und der junge Mann erblickte ein großes Schwarzes Brett voller Zeitungsausschnitte, Mitteilungen, Rundschreiben und Kärtchen, die mit einer kleinen sauberen Schrift bedeckt waren. Er las:

Rp
Wenn Ihre Seele Phosphor braucht, versuchen Sie es mit *Trivia* von Logan Pearsall Smith.
Wenn Ihre Seele nach einem Hauch kräftiger reinigender Luft von verschneiten Berggipfeln und aus blumigen Tälern verlangt, greifen Sie zu *Die Geschichte meines Herzens* von Richard Jefferies.
Wenn Ihre Seele nach einem Stärkungsmittel aus Eisen und Wein und einer tüchtigen Rauferei begehrt, versuchen Sie es mit Samuel Butlers *Notebooks* oder *Der Mann, der Donnerstag war* von Chesterton.

Wenn Ihnen der Sinn nach etwas Irischem und einem Rückfall in bedenkenlose Grillenhaftigkeit steht, versuchen Sie es mit *Die Halbgötter* von James Stephens. Dieses Buch ist besser, als wir es verdient haben oder erwarten durften.

Es ist gut, hin und wieder die Seele zu wenden wie ein Stundenglas, damit die Teilchen eine andere Richtung einschlagen können.

Wer die englische Sprache liebt, wird großen Spaß an einem lateinischen Wörterbuch haben.

Roger Mifflin

Der Mensch schenkt dem, was ihm erzählt wird, wenig Beachtung, es sei denn, er wusste schon vorher etwas darüber. Dem jungen Mann waren diese von Bibliotherapeuten verschriebenen Bücher völlig unbekannt, und er wollte gerade zur Tür hinaus, als Mifflin zu ihm trat.

»Das war wirklich ein sehr interessantes Gespräch, mein Freund«, sagte er ein wenig befangen. »Ich bin heute Abend allein, meine Frau macht einen kurzen Urlaub. Wollen Sie mit mir zu Abend essen? Ich war gerade dabei, ein paar Rezepte nachzulesen, als Sie kamen.«

Den jungen Mann freute diese ungewöhnliche Einladung ebenso, wie sie ihn überraschte.

»Sehr freundlich von Ihnen. Und ich störe auch wirklich nicht?«

»Nicht im geringsten«, versicherte der Buchhändler. »Ich esse so ungern allein und habe schon die ganze Zeit gehofft, dass jemand hereinkommt. Wenn meine Frau nicht da ist, versuche ich immer, einen Gast zu kapern. Schließlich muss ich zu Hause bleiben, um das Geschäft zu hüten. Wir haben keine Hausangestellte, und ich koche selbst, was mir viel Freude bereitet. Zünden Sie sich Ihre Pfeife an, und machen Sie es sich ein paar Minuten bequem, während ich alles vorbereite. Am besten kommen Sie wieder mit in mein Büro.«

Auf einen Büchertisch im vorderen Teil des Ladens legte Mifflin eine Pappe mit der Aufschrift

BESITZER BEIM ABENDESSEN
WENN SIE ETWAS BENÖTIGEN,
BITTE LÄUTEN

Daneben platzierte er eine große altmodische Essensglocke. Dann ging er seinem Besucher voraus in die rückwärtigen Räume.

Hinter dem kleinen Kontor, in dem dieser ungewöhnliche Geschäftsmann sich in sein Kochbuch vertieft hatte, gingen rechts und links schmale Treppen zur Galerie, dahinter führten ein paar Stufen in die Privaträume. Der Besucher wurde in ein kleines Zimmer zur Linken gebeten, wo unter einem schmuddeligen Kaminsims aus gelblichem Marmor ein Kohlenfeuer glimmte. Auf dem Sims lagen zahlreiche geschwärzte Maiskolbenpfeifen und eine Blechdose mit Tabak. Darüber hing ein bemerkenswertes Gemälde in ausdrucksstarken Farben, auf dem ein großer blauer von einem kräftigen weißen Tier – augenscheinlich einem Pferd – gezogener Karren abgebildet war. Ein Hintergrund aus üppigem Grün betonte noch die kraftvolle Maltechnik. An den Wänden drängte sich ein Buch ans andere. Vor dem eisernen Kamingitter standen zwei abgeschabte, aber bequeme Sessel, und ein senffarbener Terrier lag so nah an der Glut, dass man versengtes Fell zu riechen meinte.

»Das«, sagte der Gastgeber, »ist mein Refugium, mein Kirchenersatz. Legen Sie den Mantel ab, und nehmen Sie Platz.«

»Also ich weiß nicht …«, setzte Gilbert an.

»Zieren Sie sich nicht, machen Sie es sich bequem, und befehlen Sie Ihre Seele der Vorsehung und den Annehmlichkeiten der Kochkunst. Ich kümmere mich um das Essen.« Gilbert holte seine Pfeife heraus und schickte sich an, einen ungewöhnlichen Abend zu genießen. Er war ein junger Mann von angenehmem Äußeren, liebenswürdig und einfühlsam. Seine Defizite im literarischen Diskurs waren ihm bewusst, denn er hatte ein vorzügliches College besucht, wo Chorsingen und Laientheater ihm wenig Zeit zum Lesen gelassen hatten. Dennoch liebte er gute Bücher, wenngleich er sie hauptsächlich vom Hörensagen kannte. Er war fünfundzwanzig Jahre alt und bei der Werbeagentur Grey Matter für die Reklametexte zuständig.

Der kleine Raum, in dem er nun saß, offenbar das Allerheiligste des Buchhändlers, enthielt Mifflins private Bibliothek. Gilbert durchstöberte neugierig die Regale. Die meisten Bände waren abgegriffen und lädiert, offenbar hatte Mifflin sie aus den minderen Beständen anderer Antiquare herausgeklaubt. Alle zeugten von fleißigem, meditativem Gebrauch.

Mr. Gilbert besaß jenen ernsthaften Hang zur Selbstvervollkommnung, der schon das Leben vieler junger Männer zerstört hat, denen man jedoch zugute halten muss, dass sie eine College-Ausbildung und funkelnde Verbindungsabzeichen als eher hinderlich empfinden.

Plötzlich kam ihm der Gedanke, dass es keine schlechte Idee wäre, sich ein paar Titel aus Mifflins Sammlung als Anregung für die eigene Lektüre aufzuschreiben. Er holte ein Notizbuch heraus und begann, die Bücher einzutragen, die sein Interesse geweckt hatten.

Die Werke von Francis Thompson (3 Bände)
Die Sozialgeschichte des Rauchens, Apperson
Der Weg nach Rom, Hilaire Belloc
Das Buch vom Tee, Kakuzo
Happy Thoughts, F. C. Burnand
Dr. Johnsons Gebete und Meditationen
Margaret Ogilvy, J. M. Barrie
Confessions of a Thug, Taylor
Gesamtkatalog der Oxford University Press
The Morning's War, C. E. Montague
The Spirit of Man, herausgegeben von Robert Bridges
The Romany Rye, Borrow
Gedichte, Emily Dickinson
Gedichte, George Herbert
The House of Cobwebs, George Gissing

So weit war er gekommen und sagte sich, dass er im Interesse der Werbung (die eine eifersüchtige Herrin ist) jetzt wohl Schluss machen sollte, als sein Gastgeber strahlend und mit blitzenden blauen Augen das Zimmer betrat.

»Kommen Sie, Mr. Gilbert, das Essen ist bereit. Wollen Sie sich die Hände waschen? Dann beeilen Sie sich bitte. Die Eier sind heiß und warten nur auf uns.«

Das Esszimmer, in das der Gast nun geführt wurde, hatte eine feminine Note, die den rauchgeschwängerten

Räumen des Ladens und des kleinen Wohnzimmers fehlten. An den Fenstern hingen farbenfrohe Chintzvorhänge, davor standen Töpfe mit rosa Geranien. Der Tisch unter der Hängelampe aus roter Seide war mit Silber und blauem Porzellan gedeckt. In einer Kristallkaraffe funkelte ein kräftiger Rotwein. Gilbert, das willige Werkzeug der Werbung, spürte deutlich, wie seine Lebensgeister sich hoben.

»Bitte setzen Sie sich«, sagte Mifflin und nahm den Deckel von einer Schale »Das sind Eier à la Samuel Butler, meine eigene Erfindung und die Apotheose der Eierzubereitung.«

Die Erfindung fand Gilberts ungeteilten Beifall. Ein Ei à la Samuel Butler stellt sich dar – so viel sei für das Notizbuch der Hausfrau gesagt – als eine Pyramide auf Toast, deren Hauptbestandteile Speckstreifen, ein pochiertes Ei, ein Kranz aus Pilzen und eine Kappe aus roten Paprikaschoten sind. Darüber wird eine warme pinkfarbene Soße geträufelt, deren Zusammensetzung Geheimnis des Erfinders bleibt. Aus einer anderen Schüssel gab der Buchhändler Röstkartoffeln hinzu und versorgte seinen Gast mit Wein.

»Kalifornischer Catawba«, erläuterte Mifflin, »in dem die Traube mit der Sonne eine überaus erfreuliche (und preiswerte) Verbindung eingegangen ist. Ich trinke auf Ihr Wohl und die schwarze Kunst der Werbung.«

Kunst und Geheimnis der Werbung beruhen auf Takt und dem Wahrnehmen jener Töne und Schwingungen, die der Stimmung des Hörers besonders schmeicheln. Mr. Gilbert wusste das und begriff, dass sein Gastgeber sich womöglich mehr auf seine schrullige Nebentätigkeit in der

Küche zugutehielt als auf seine geheiligte Berufung zum Büchermenschen.

»Wie ist es nur möglich«, begann er luzide wie ein Jünger Samuel Johnsons, »dass Sie ein so köstliches Entrée in wenigen Minuten zubereiten? Foppen Sie mich auch nicht? Gibt es vielleicht einen Geheimgang zwischen der Gissing Street und den Garküchen des Ritz?«

»Sie sollten mal Mrs. Mifflins Kochkünste kennenlernen«, erwiderte der Buchhändler. »Ich dilettiere nur. Sie ist gerade auf Besuch bei ihrer Cousine in Boston. Verständlicherweise wird ihr der Tabakrauch im Haus manchmal zu viel, und ein- oder zweimal im Jahr atmet sie deshalb die reine Luft von Beacon Hill. In ihrer Abwesenheit ist es mir ein Vergnügen, mich der Haushaltsführung zu widmen. Bei den ständigen Aufregungen im Geschäft empfinde ich das als sehr wohltuend.«

»Ich habe mir das Leben in einer Buchhandlung eigentlich immer sehr beschaulich vorgestellt.«

»Weit gefehlt. Das Leben in einer Buchhandlung ist wie das Leben in einem Munitionslager. Diese Regale sind angefüllt mit dem gefährlichsten Sprengstoff der Welt – dem menschlichen Geist. Wenn ich einen regnerischen Nachmittag mit Lesen verbringe, steigere ich mich so sehr in die Leidenschaften und Sorgen der Menschheit hinein, dass ich schier den Mut verliere. Es ist furchtbar aufwühlend. Man umgebe einen Menschen mit Carlyle, Emerson, Thoreau, Chesterton, Shaw, Nietzsche und George Ade – ist es da ein Wunder, wenn er in Erregung gerät? Wie würde es einer Katze ergehen, wenn sie in einem Zimmer leben müsste, das mit Katzenminze tapeziert ist? Sie würde verrückt werden.«

»Also ehrlich, aus diesem Blickwinkel habe ich den Buchhandel nie gesehen«, sagte der junge Mann. »Wie kommt es aber, dass in Bibliotheken stets eine so erhabene Ruhe herrscht? Wenn Bücher so aufreizend wirken, wie Sie andeuten, müsste man erwarten, dass alle Bibliothekare die schrillen Schreie eines Hierophanten ausstoßen und in ihren stillen Nischen ekstatisch Kastagnetten schlagen.«

»Sie vergessen die Karteien, lieber Junge. Bibliothekare haben diese besänftigende Einrichtung erfunden, um das Fieber ihrer Seelen zu senken, so wie ich auf die Riten der Küche zurückgreife. Bibliothekare, zumindest jene, die konzentrierten Nachdenkens fähig sind, würden den Verstand verlieren, wenn ihnen nicht als Medikament die kühlende und heilende Kartei zur Verfügung stünde. Noch etwas von dem Ei?«

»Besten Dank«, sagte Gilbert. »Wer war noch gleich der Butler, dem dieses Gericht seinen Namen verdankt?«

»Was? Sie haben noch nie von Samuel Butler gehört, dem Autor von *Der Weg allen Fleisches*? Mein lieber junger Mann, wer bereit ist zu sterben, ehe er dieses Buch – und übrigens auch *Erewhon* – gelesen hat, vergibt wissentlich alle Chancen auf das Paradies. Denn das Paradies im Jenseits ist zwar ungewiss, fest steht aber, dass es einen Himmel auf Erden gibt, einen Himmel, den wir bewohnen, wenn wir ein gutes Buch lesen. Schenken Sie sich noch ein Glas Wein ein, und erlauben Sie mir …«

(Hier folgte ein begeisterter Abriss der verqueren Philosophie des Samuel Butler, den ich mit Rücksicht auf meine Leser auslasse. Mr. Gilbert notierte sich die Ausführungen des Buchhändlers in Stichworten, und ich freue mich, sagen zu können, dass er sich den begangenen Frevel zu Herzen genommen hatte, denn wenige Tage später wurde er in einer öffentlichen Bibliothek gesehen, als er nach *Der Weg allen Fleisches* fragte. Nachdem er in vier Büchereien erfahren hatte, dass sämtliche Exemplare ausgeliehen waren, sah er sich genötigt, den Band käuflich zu erwerben. Er hat es nie bereut.)

»Aber ich vernachlässige meine Gastgeberpflichten«, sagte Mifflin. »Unser Dessert besteht aus Apfelkompott, Pfefferkuchen und Kaffee.« Rasch räumte er das Geschirr ab und brachte den nächsten Gang.

»Ich habe die Ermahnung über dem Buffet gelesen«, sagte Gilbert. »Sie lassen mich heute Abend hoffentlich helfen?« Er deutete auf ein Kärtchen über der Küchentür, auf dem Folgendes stand:

GESCHIRR UNMITTELBAR
NACH DEM ESSEN ABWASCHEN,
DAS SPART ARBEIT!

»Leider muss ich gestehen, dass ich dieses Gebot nicht immer befolge«, sagte der Buchhändler, während er den Kaffee einschenkte. »Mrs. Mifflin hängt das Kärtchen als Erinnerung auf, wenn sie verreist. Wer im Kleinen dumm ist, wie unser Freund Samuel Butler sagt, ist auch im Großen dumm. Ich habe eine andere Theorie, was das Geschirrspülen betrifft, und leiste mir den Luxus dieser abweichenden Meinung.

Früher war das Abwaschen nur eine lästige, ja verhasste Pflicht, die man mit gerunzelter Stirn und eherner Seelenstärke zu erfüllen hatte. Als meine Frau zum ersten

Mal verreist war, installierte ich einen Leseständer mit elektrischer Beleuchtung über der Spüle. Während meine Hände automatisch mit der Reinigung des Geschirrs befasst waren, las ich. Ich machte die großen Geister der Literatur zu Teilhabern meines Kummers und lernte so große Teile von *Das verlorene Paradies* und Walt Mason auswendig. Dabei pflegte ich mich mit zwei Zeilen von Keats zu trösten:

> *… die Wasser in die priesterliche Pflicht zu nehmen*
> *gleich einer Waschung unserer Welt …*

Dann aber gelangte ich zu einer neuen Sicht der Dinge. Kein menschliches Wesen kann es auf Dauer ertragen, eine Arbeit als Buße, unter Zwang auszuführen. Wie die Aufgabe auch aussehen mag – man muss sie irgendwie vergeistigen, das alte Konzept zertrümmern und von Grund auf nach den eigenen Wünschen wieder aufbauen. Wie aber sollte das mit dem Geschirrspülen gehen?

Etliche Teller mussten dran glauben, während ich das Problem bedachte, bis mir aufging, dass sich genau hier die Entspannung bot, deren ich so dringend bedurfte. Dass ich den ganzen Tag von lärmenden Büchern umgeben war, die mir ihre widersprüchlichen Ansichten über die Freuden und Qualen des Lebens entgegenschrien, war eine seelische Belastung, die mir seit jeher Sorgen machte. Warum also nicht das Geschirrspülen als Balsam für meine leidende Seele hernehmen?

Wenn man eine vermeintlich feststehende Tatsache aus einem neuen Blickwinkel betrachtet, kann man nur staunen, wie ihre Konturen plötzlich die Form ändern! Sogleich war meine Spülschüssel wie von einem philosophischen Glorienschein umgeben. Das warme Seifenwasser erwies sich als ein unübertreffliches Mittel, das Blut aus dem Kopf abzuziehen, die schlichte Tätigkeit des Abwaschens und Trocknens von Tassen und Untertassen wurde zum Symbol für Ordnung und Reinlichkeit, die der Mensch der ungebärdigen Welt um sich her auferlegt. Ich trennte mich von Lesepult und Leselampe über der Spüle.

Lachen Sie nicht, Mr. Gilbert, wenn ich Ihnen sage, dass ich mir eine umfassende Küchenphilosophie erarbeitet habe. In der Küche sehe ich den Schrein unserer Kultur, die Essenz all dessen, was wohlgestalt ist im Leben. Der rötliche Schein des Herdes ist so schön wie nur ein Sonnenuntergang. Ein auf Hochglanz polierter Krug oder Löffel ist vollkommen wie das größte Sonett. Das Spültuch, gründlich ausgewaschen und ausgewrungen und im Hinterhof zum Trocknen aufgehängt, ist eine ganze Predigt. Die Sterne scheinen nie heller als von der Küchentür aus gesehen, wenn die Abtropfschale geleert und alles blitzblank ist.«

»Wirklich eine reizvolle Philosophie«, sagte Gilbert. »Und nachdem wir jetzt unsere Mahlzeit beendet haben, bestehe ich darauf, Ihnen beim Abwaschen zur Hand zu gehen. Ich muss doch Ihren Pantheismus des Geschirrspülens überprüfen.«

»Das wäre eine schlechte Philosophie, mein Lieber«, sagte Mifflin, seinen ungestümen Gast sanft zurückhaltend, »die es nicht ertrüge, zuweilen verleugnet zu werden. Nein, nein, ich habe Sie nicht gebeten, den Abend mit mir zu verbringen, um Geschirr abzuwaschen.« Damit ging er seinem Gast voraus ins Wohnzimmer. »Als ich Sie hereinkommen sah«, fuhr Mifflin fort, »fürchtete ich, Sie könnten ein Journalist sein, der mich interviewen wollte. Einmal besuchte uns ein junger Zeitungsmensch mit sehr bedauerlichen Folgen. Er schmeichelte sich bei Mrs. Mifflin ein und schrieb danach ein Buch über uns, das mich auf eine harte Probe stellte. In diesem Machwerk legt er mir eine Anzahl seichter und süßlicher Betrachtungen über den Buchhandel in den Mund. Erfreulicherweise hat er nur wenige Exemplare davon unter die Leute bringen können.«

»Ich habe nie davon gehört«, erklärte Gilbert.

»Wenn Sie sich wirklich für den Buchhandel interessieren, sollten Sie einmal abends zu einer Sitzung des Maiskolbenklubs kommen. Einmal im Monat treffen sich hier einige Buchhändler, um bei Maiskolben und Cider Probleme unserer Zunft zu diskutieren. Es sind Buchhändler aller Art darunter; einer ist ein fanatischer Gegner von Bibliotheken, er findet, dass alle öffentlichen Bibliotheken in die Luft gesprengt gehörten. Ein anderer glaubt, dass Lichtspiele den Buchhandel ruinieren werden. So ein Unfug! Alles, was das Interesse der Menschen weckt, sie wach und neugierig macht, verstärkt ihren Hunger nach Büchern.

Das Leben eines Buchhändlers wirkt sehr demoralisierend auf den Intellekt«, fuhr er nach einer Pause fort. »Er ist umgeben von unzähligen Büchern, die er unmöglich alle lesen kann. Er schnuppert in das eine hinein und pickt sich Bruchstücke aus einem anderen heraus. Sein Kopf füllt sich allmählich mit allem möglichen Ballast, mit oberflächlichen Meinungen, jeder Menge Halbwissen. Fast unbewusst beginnt er die Literatur nach dem zu bewerten, was die Leute verlangen. Er überlegt, ob Ralph Waldo Trine nicht doch größer ist als Ralph Waldo Emerson, ob J. M. Chapple kleiner ist als J. M. Barrie. Das ist der sicherste Weg in den intellektuellen Selbstmord.

Eins allerdings muss man dem guten Buchhändler zugestehen. Er ist tolerant. Er hat Geduld mit allen Ideen und Theorien. Umgeben von den Fluten menschlicher Worte, die ihn zu verschlingen drohen, ist er bereit, sich alle anzuhören. Selbst dem Verlagsvertreter leiht er nachsichtig sein Ohr. Er ist bereit, sich zum Wohle der Menschheit hereinlegen zu lassen. Unablässig hofft er auf die Geburt guter Bücher.

Mein Geschäft unterscheidet sich von den meisten anderen. Ich handele nur mit gebrauchten Büchern, kaufe nur solche, von denen ich glaube, dass sie eine wirkliche Daseinsberechtigung haben. So weit menschliche Urteilskraft das entscheiden kann, versuche ich Schund von meinen Regalen fernzuhalten. Ein Arzt handelt nicht mit den Tinkturen eines Quacksalbers. Ich handele nicht mit Büchern, die vorgeben, mehr zu sein, als sie sind.

Neulich ist etwas Komisches passiert. Ein wohlhabender Mann, ein gewisser Mr. Chapman, der Stammkunde bei mir ist …«

»Ob das wohl der Mr. Chapman von der Daintybits Company sein könnte?«, fragte Gilbert, der sich endlich auf vertrautem Boden wiederfand.

»Eben der, soviel ich weiß«, sagte Mifflin. »Kennen Sie ihn?«

»Dieser Mann«, erklärte sein Gast ehrfürchtig, »kann Ihnen den Wert der Werbung bestätigen. Dass er seinem Interesse für Literatur nachgehen kann, verdankt er der

Werbung. Wir machen alle Werbetexte für ihn, viele habe ich selbst geschrieben. Wir haben die Chapman-Kurpflaumen zu einem unverzichtbaren Bestandteil unserer Kultur gemacht. Der Slogan ›Die Kurpflaume – unser ganzer Stolz‹, den Sie in allen großen Zeitschriften lesen können, stammt von mir. Die Chapman-Kurpflaumen sind weltweit bekannt. Der Mikado nimmt sie einmal in der Woche zu sich. Der Papst isst sie. Und gerade haben wir erfahren, dass dreizehn Kisten an Bord der George Washington gebracht werden sollen, mit der unser Präsident zur Friedenskonferenz reisen wird. Die tschechoslowakische Armee hat sich hauptsächlich von Kurpflaumen ernährt. Wir in der Agentur sind der Meinung, dass unsere Kampagne für die Chapman-Pflaumen in großem Maße dazu beigetragen hat, den Krieg zu gewinnen.«

»Neulich habe ich in einer Anzeige gelesen – vielleicht haben Sie die ja auch verfasst«, sagte der Buchhändler, »dass die Elgin-Uhr den Krieg gewonnen hat. Wie auch immer – Mr. Chapman ist seit langem einer meiner besten Kunden. Er hatte vom Maiskolbenklub gehört und bat, obgleich er natürlich kein Buchhändler ist, an unseren Sitzungen teilnehmen zu dürfen. Wir waren gern damit einverstanden, und er beteiligt sich mit großem Eifer an unseren Diskussionen. Wir verdanken ihm so manchen scharfsinnigen Beitrag. Inzwischen begeistert er sich so sehr für alles Buchhändlerische, dass er sich neulich in einem Brief an mich über seine Tochter ausließ (er ist Witwer). Sie besucht eine neumodische Mädchenschule, auf der ihr, wie er schreibt, der Kopf mit skurrilen, nutzlosen und versnobten Ideen vollgestopft wird. Vom Nutzen und der Schönheit des Lebens habe sie nicht mehr Ahnung als ein Zwergspitz. Statt sie aufs College zu schicken, hat er angefragt, ob Mrs. Mifflin und ich bereit wären, sie bei uns aufzunehmen und ihr beizubringen, wie man Bücher verkauft. Sie soll glauben, dass sie sich bei uns ihren Unterhalt verdient, und er will mich heimlich dafür bezahlen, dass sie bei uns wohnen kann. Wenn sie ständig von Büchern umgeben ist, meint er, wird sie vielleicht vernünftiger. Ich weiß noch nicht so recht, was ich von dem Experiment halten soll, betrachte den Vorschlag aber als Kompliment für meine Arbeit.«

»Himmel, was wäre das für eine Reklame!«, stieß Gilbert hervor.

In diesem Moment läutete im Geschäft die Glocke, und Mifflin sprang auf. »Abends um diese Zeit ist oft viel Betrieb«, sagte er. »Tut mir leid, aber ich muss nach unten. Manche meiner Stammkunden erwarten, dass ich anwesend bin, um mit ihnen über Bücher zu plaudern.«

»Ich kann Ihnen gar nicht sagen, wie wohl ich mich bei Ihnen gefühlt habe«, sagte Gilbert. »Ich komme bestimmt einmal wieder, um in Ihren Regalen zu stöbern.«

»Behalten Sie das mit der jungen Dame für sich«, sagte der Buchhändler. »Ich möchte nicht, dass lauter junge Burschen vorbeikommen und ihr Flausen in den Kopf setzen. Wenn sie sich in meinem Geschäft verliebt, dann nur in Joseph Conrad oder John Keats.«

Im Hinausgehen sah Gilbert, wie Roger Mifflin mit einem bärtigen Mann diskutierte, der wie ein Collegeprofessor aussah. »Carlyles *Oliver Cromwell*?«, sagte er gerade. »Aber ja, genau hier drüben. Nanu, das ist ja merkwürdig. Hier hat er gestanden.«

Kapitel 2

DER MAISKOLBENKLUB*

Mr. Mifflins Buchhandlung war ein sehr anheimelnder Ort, zumal abends, wenn in den dunklen Nischen Lampen die Bücherreihen erhellten. So mancher Passant kam aus schierer Neugier die Stufen von der Straße hinuntergestolpert; die Stammkunden betraten sie so ungezwungen wie ihren Klub. Roger saß gewöhnlich hinten am Schreibtisch, paffte seine Pfeife und las. Wenn aber ein Kunde ein Gespräch anfing, ließ der kleine Mann sich gern darauf ein. Der Löwe der Redegewalt schlief nur in ihm; es fiel nicht schwer, ihn zu wecken.

Hier sei darauf hingewiesen, dass alle Buchhandlungen, die abends geöffnet sind, in den Stunden nach dem Abendessen besonders gut frequentiert sind. Liegt es daran, dass wahre Bücherfreunde nachtliebende Wesen sind, die sich nur aus dem Haus wagen, wenn Dunkelheit und Stille und der sanfte Glanz abgeschirmten Lichts sie unwiderstehlich zu den Büchern locken? Fest steht, dass die Nacht eine mystische Affinität zur Literatur hat, und es ist verwunderlich, dass die Eskimos keine großen

* Leser, die keine Buchhändler sind, können sich die zweite Hälfte dieses Kapitels schenken.

Bücher geschaffen haben. Für die meisten von uns wäre eine arktische Nacht unerträglich ohne O. Henry und Stevenson. Oder wie Roger Mifflin während seiner vorübergehenden Liebesaffäre mit Ambrose Bierce bemerkte: Die wahren *noctes ambrosianae* sind recht eigentlich die *noctes ambrose bierceanae*.

Pünktlich um zehn aber schloss Roger den Parnassus. Dann machten er und Bock (der senffarbene Terrier, benannt nach Boccaccio) ihre Runde im Geschäft und überzeugten sich, dass alles in Ordnung war. Roger leerte die für die Kunden bereitgestellten Aschenbecher, schloss die vordere Tür ab und löschte das Licht. Danach zogen Herr und Hund sich ins Wohnzimmer zurück, wo gewöhnlich Mrs. Mifflin saß und mit Strickzeug oder einem Buch beschäftigt war. Sie kochte eine Kanne Kakao, und das Ehepaar las oder redete noch eine halbe Stunde, ehe es zu Bett ging. Manchmal schlenderte Roger vorher noch einmal über die Gissing Street. Ein in Gesellschaft von Büchern verbrachter Tag zehrt an den Nerven, und so genoss er den frischen Wind, der durch die dunklen Straßen von Brooklyn wehte, und ging dem einen oder anderen Gedanken nach, der sich aus seiner Lektüre ergeben hatte, während Bock schnobernd neben ihm hertrottete.

Doch wenn Mrs. Mifflin verreist war, sah Rogers Programm anders aus. Sobald die Buchhandlung geschlossen war, nahm er leicht verlegen aus einem unteren Schubfach eine Mappe, die vollgestopft war mit Notizen und fliegenden Blättern aller Art. Das war seine Leiche im Keller, sein geheimes Laster – das Gerüst eines Buches, an dem er seit mindestens zehn Jahren arbeitete, unter den provisorischen Titeln »Notizen über Literatur«, »Muse auf Krücken«, »Bücher und ich« und »Was ein junger Buchhändler wissen sollte«. Begonnen hatte er damit vor langer Zeit, in den Tagen seiner Odyssee als landfahrender Hausierer in Büchern. Damals hieß es noch »Literatur unter Farmern«. Das Konvolut war aber nach allen Seiten gewuchert, bis es geradezu enzyklopädische Ausmaße angenommen hatte. In seiner derzeitigen Form hatte es weder Anfang noch Schluss, wurde aber in der Mitte immer dicker; Hunderte von Seiten waren schon mit Rogers winziger Schrift bedeckt. Das Kapitel über »Ars Bibliopolae oder die Kunst des Buchhandels« würde, wie er hoffte, ein Klassiker für Generationen noch ungeborener Buchhändler werden. An seinem chaotischen Schreibtisch sitzend, umschmeichelt von einer weichen Decke aus Tabakdunst, brütete er über dem Manuskript, tilgte, ergänzte, brachte neue Argumente ein und griff dann zu dem einen oder anderen Band auf seinen Regalen. Bock schnarchte unter seinem Sessel. Bald begannen Rogers Gedanken zu flackern, und schließlich schlief er über seinen Papieren ein, wachte gegen zwei mit einem Krampf auf und begab sich ächzend in sein einsames Bett.

All das berichten wir nur als Erklärung dafür, wie es kam, dass Roger am Tag nach Aubrey Gilberts Besuch gegen Mitternacht an seinem Schreibtisch eingenickt war. Geweckt wurde er von einem kalten Luftzug, der wie ein Bergbach über seinen kahlen Schädel zog. Mühsam richtete er sich auf und sah sich um. Das Geschäft lag im Dunkeln, abgesehen von dem hellen elektrischen Licht über seinem Kopf. Bock, der einen geregelteren Tagesablauf hatte als sein Herr, war zu seinem Lager in der

Küche zurückgegangen, einer Kiste, in der eine komplette *Encyclopædia Britannica* eingesargt gewesen war.

»Eigenartig«, sagte sich Roger. »Habe ich etwa nicht abgeschlossen?« Er ging nach vorn und schaltete die Deckenleuchte an. Die Haustür war nur angelehnt, sonst schien alles unverändert. Als Bock Rogers Schritte hörte, kam er von der Küche her angetrabt, die Krallen klapperten auf dem bloßen Holzfußboden. Er sah Mifflin mit der fragenden Geduld eines Hundes an, der an die Absonderlichkeiten seines Herrn gewöhnt ist.

»Offenbar werde ich vergesslich«, sagte Roger. »Ich muss die Tür offen gelassen haben.« Er machte sie zu und schloss ab. Dann sah er, dass der Terrier in der Abteilung Geschichte herumschnüffelte, die sich im Laden vorn links befand.

»Was ist, alter Junge?«, fragte Roger. »Suchst du eine Bettlektüre?« Er schaltete das Licht in der Nische an. Zunächst machte alles einen normalen Eindruck. Dann fiel ihm ein Buch auf, das zwei, drei Zentimeter über die ebenmäßige Reihe der Buchrücken hinausragte. Es war eine fixe Idee von Roger, dass alle Bücher bündig zu stehen hatten, und fast jeden Abend fuhr er mit der Handfläche über die Einbände, um die von unachtsamen Kunden hinterlassene Unordnung wieder zu beheben. Er streckte eine Hand aus, um das Buch zurückzuschieben. Dann hielt er inne.

»Das ist doch Carlyles *Oliver Cromwell*«, überlegte er, »nach dem ich gestern Abend vergeblich gesucht habe, als dieser Professor hier war. Eine kuriose Geschichte. Aber vielleicht bin ich so müde, dass ich nicht mehr richtig gucken kann. Am besten gehe ich schlafen.«

Der nächste Tag war von einiger Bedeutung. Nicht genug damit, dass Thanksgiving Day war und abends die Novembersitzung des Maiskolbenklubs stattfinden sollte, sondern Mrs. Mifflin hatte auch versprochen, so rechtzeitig aus Boston zurückzukommen, dass sie einen Schokoladenkuchen für die Buchhändler backen konnte. Es hieß, dass deren regelmäßige Anwesenheit in manchen Fällen mehr Mrs. Mifflins Schokoladenkuchen und dem Fässchen Cider galt, das ihr Bruder Andrew McGill jeden August von seiner Farm schickte, als den gelehrten Gesprächen.

Roger bereitete sich mit einem kleinen Hausputz auf die Rückkehr seiner Frau vor. Dass sich so viele verschiedenartige Krümel und Aschereste auf dem Esszimmerteppich angesammelt hatten, war ihm etwas peinlich. Er machte sich ein bescheidenes Mittagessen – Lammkoteletts und Ofenkartoffeln – und freute sich, als ihm ein Epigramm zum Thema Essen einfiel. »Wichtig ist nicht das Essen, von dem du träumst«, sagte er vor sich hin, »sondern die Nahrung, die geradewegs hereinspaziert kommt und Teil der Familie wird.« Das musste noch ein wenig poliert und umformuliert werden, hatte aber durchaus einen witzigen Kern. Solche Ideen kamen ihm häufig bei seinen einsamen Mahlzeiten.

Er hatte sich gerade an der Spüle über das schmutzige Geschirr hergemacht, als ihn zwei kräftige Arme umfingen und ihm eine pinkfarbene Baumwollschürze über den Kopf zogen. »Mifflin, wie oft habe ich dir gesagt, dass du beim Abwaschen eine Schürze umbinden sollst«, sagte seine Frau.

Sie begrüßten sich liebevoll-herzlich und ohne viel Getue, wie es unter glücklich verheirateten Paaren in mittleren Jahren üblich ist. Helen Mifflin war eine fröhliche Frau mit viel gesundem Menschenverstand und Humor, wohlgenährt an Geist und Körper. Sie gab Roger einen Kuss auf die Glatze, band die Schürze fest und setzte sich auf einen Küchenstuhl, um Roger beim Abwaschen zuzusehen. Ihre Wangen waren von der frischen Luft gerötet, ihre Miene spiegelte die stille Zufriedenheit jener, die einen Aufenthalt im gemütlichen Boston hinter sich haben. »Erst jetzt ist es ein richtiger Thanksgiving Day, meine Liebe«, sagte Roger. »Du siehst so prall und gehaltvoll aus wie *The Home Book of Verse*.«

»Ich hatte kolossal viel Spaß«, sagte sie und streichelte Bock, der sich an sie geschmiegt hatte und den geheimnisvoll vertrauten Duft einsog, an dem Hunde ihre Menschenfreunde erkennen. »Drei Wochen habe ich von Büchern nicht mal einen Hauch vernommen. Gestern war ich allerdings im Old Angle Book Shop, um Joe Jillings guten Tag zu sagen. Er meint, dass alle Buchhändler verrückt sind, aber du der verrückteste von allen bist. Und dann hat er gefragt, ob du schon pleite bist.«

Rogers schieferblaue Augen zwinkerten. Er hängte eine Tasse in den Geschirrschrank und setzte seine Pfeife in Gang, erst dann fragte er:

»Und was hast du geantwortet?«

»Dass es in unserem Laden spukt und deshalb nicht die üblichen Geschäftsbedingungen gelten.«

»Gut gekontert. Und was hat Joe dazu gesagt?«

»Dass Spinner bei euch herumspuken, glaube ich gern.«

»Sollte die Literatur einmal pleitegehen«, sagte Roger,

»bin ich bereit, ihr auf diesem Weg zu folgen, aber nicht eher. Übrigens wird in Kürze auch ein schönes Mädchen bei uns herumspuken. Ich habe dir doch erzählt, dass Mr. Chapman seine Tochter bei uns unterbringen möchte. Hier ist sein Brief, er ist heute früh gekommen.«

Er kramte in seiner Tasche und zog ein Schreiben hervor. Mrs. Mifflin las:

Sehr geehrter Mr. Mifflin,

ich freue mich sehr, dass Sie das Experiment wagen wollen, meine Tochter in die Lehre zu nehmen. Titania ist ein reizendes Mädchen, und wenn es uns gelingt, ihr einen Teil des Unsinns auszutreiben, den sie im Internat gelernt hat, wird einmal eine Prachtfrau aus ihr. Sie war insofern im Nachteil (was meine Schuld ist und nicht ihre), dass sie so aufgezogen (oder vielmehr heruntergezogen) wurde – man hat ihr jeden Wunsch und jede Laune erfüllt. Ihr und ihrem künftigen Ehemann zu Gefallen (falls sie je einen haben sollte), möchte ich, dass sie lernt, wie man sein Brot selbst verdient. Sie ist fast neunzehn, und ich habe ihr versprochen, sie, wenn sie sich eine Weile im Buchhandel versucht, danach ein Jahr mit nach Europa zu nehmen.

Wie ich Ihnen schon sagte, soll sie glauben, dass sie ihr Geld selbst verdient. Sie soll nicht zu hart arbeiten, doch sie soll eine Vorstellung davon bekommen, wie es ist, sich allein durchs Leben zu schlagen. Wenn Sie ihr ein Anfangsgehalt von zehn Dollar pro Woche zahlen und davon Kost und Logis abziehen, werde ich unter der Hand zwanzig Dollar drauflegen als Dank dafür, dass Sie die Verantwortung übernehmen und zusammen mit Mrs. Mifflin ein wohlwollend-wachsames Auge auf sie haben. Ich komme morgen Abend zu unserem Maiskolbentreffen, da können wir alles endgültig verabreden. Glücklicherweise liebt sie Bücher, und ich glaube, sie freut sich sehr auf dieses Abenteuer. Gestern hörte ich sie zu einer Freundin sagen, sie würde in diesem Winter »literarisch arbeiten«. Das ist die Art von Unfug, aus dem sie herauswachsen soll. Wenn ich sie einmal sagen höre, sie habe einen Job in einer Buchhandlung, weiß ich, dass sie kuriert ist.

Mit herzlichen Grüßen
Ihr George Chapman

»Na, was sagst du?«, fragte Roger, da Mrs. Mifflin sich in Schweigen hüllte. »Findest du nicht auch, dass es interessant wäre, zu sehen, wie ein naives junges Mädchen auf die Probleme unseres beschaulichen Lebens reagiert?«

»Roger, du armer Einfaltspinsel«, schalt seine Frau, »von einem beschaulichen Leben kann keine Rede mehr sein, wenn eine Neunzehnjährige hier herumwuselt. Du magst dir ja alles Mögliche einreden, aber mir machst du nichts vor. Eine Neunzehnjährige ›reagiert‹ nicht, sie explodiert. Von ›reagieren‹ kann nur in Boston und im Chemielabor die Rede sein. Ist dir klar, dass du dir eine menschliche Bombe ins Munitionsdepot holst?«

Roger schien nicht ganz überzeugt. »Ich erinnere mich, dass in *Die Herren von Hermiston* ein Mädchen vorkam, das eine ›explosive Maschine‹ war«, sagte er, »aber ich glaube kaum, dass sie hier viel Schaden anrichten kann. Wir sind doch beide recht gut gefeit gegen Kriegsneurosen. Das Schlimmste, was passieren könnte, wäre, dass ihr mein Exemplar von *Fireside Conversation in the Age of Queen Elizabeth* in die Hände fällt. Bitte erinnere mich daran, es wegzuschließen.«

Dieses heimliche Meisterwerk Mark Twains war eines von Mifflins Kleinodien. Nicht einmal Helen hatte es je lesen dürfen, und sie folgerte scharfsinnig, dass es ihr nicht gefallen würde, denn auch wenn sie genau wusste, wo er es aufbewahrte (zusammen mit seiner Lebensversicherungspolice, ein paar Liberty Bonds, einem handsignierten Brief von Charles Spencer Chaplin und einem Schnappschuss von ihr, aufgenommen auf ihrer Hochzeitsreise), hatte sie sich nie daran versucht.

»Titania hin oder her«, sagte sie jetzt, »wenn die Maiskolbenfreunde heute Abend ihren Schokoladenkuchen haben wollen, muss ich mich tummeln. Bring meinen Koffer nach oben, sei so nett.«

Eine Zusammenkunft von Buchhändlern ist ein Erlebnis ganz besonderer Art. Die Eigenheiten dieser ehrwürdigen Zunft sind ebenso unverkennbar wie die der Modebranche oder jedes anderen Gewerbes. Bei den meisten sind die Einbände – wenn man so sagen darf – ein wenig abgenutzt, kein Wunder bei Menschen, die auf weltlichen Gewinn verzichten, um sich einem edlen, aber wenig einträglichen Beruf zu widmen. Sie sind vielleicht ein wenig verbittert, was in Anbetracht eines Himmels, der undurchschaubar ist, eine durchaus vernünftige Einstellung sein mag. Dank ihrer langen Erfahrung mit Verlagsvertretern sind sie misstrauisch Büchern gegenüber, die zwischen den Gängen einer üppigen Mahlzeit in den Himmel gehoben werden.

Wenn man mit einem Verlagsvertreter essen geht, nimmt es nicht wunder, dass die Unterhaltung sich der Literatur zuwendet, sobald die letzte Erbse aufgespießt ist. Dennoch kommen Verlagsvertreter, wie Jerry Gladfist sagt (er betreibt ein Geschäft auf der Thirty-Eighth Street), einem dringenden Bedürfnis entgegen, denn hin und wieder laden sie einen zu einem Dinner ein, wie es sich kein Buchhändler je würde leisten können.

»Es ist ein kalter Abend, Gentlemen«, sagte Roger, während sich seine Gäste in dem kleinen Kabinett versammelten, »also rücken Sie nah ans Feuer. Bedienen Sie sich reichlich beim Cider. Der Kuchen steht auf dem Tisch. Meine Frau ist eigens aus Boston zurückgekommen, um ihn zu backen.«

»Ein Hoch auf Mrs. Mifflin«, sagte Mr. Chapman, ein stiller kleiner Mann, der gut zuhören konnte. »Hoffentlich macht es ihr nichts aus, den Laden zu hüten, während wir feiern?«

»Ganz und gar nicht«, versicherte Roger. »Das macht sie doch gern.«

»Wie ich sehe, läuft *Tarzan bei den Affen* im Filmpalast auf der Gissing Street«, sagte Gladfist. »Toller Streifen. Habt ihr ihn gesehen?«

»Mir reicht das *Dschungelbuch*«, erklärte Roger.

»Ihr regt mich auf mit eurem Gerede über Literatur«, erklärte Jerry. »Ein Buch ist ein Buch, selbst wenn Harold Bell Wright es geschrieben hat.«

»Ein Buch ist ein Buch, wenn man Freude daran hat, es zu lesen«, berichtigte Meredith, der in einer großen Buchhandlung an der Fifth Avenue arbeitete. »Viele Leute lesen Harold Bell Wright gern, so wie viele Leute gern

Schund lesen. Beides würde mich umbringen. Aber Toleranz ist alles, finde ich.«

»Dein Argument ist ein Bravourstück der Unlogik«, sagte Jerry, den der Cider zu ungewohnten Geistesblitzen angeregt hatte.

»Ein typischer Long Put«, gluckste Benson, der mit seltenen Büchern und Erstausgaben handelte.

»Ich meine das so«, erläuterte Jerry. »Wir sind keine Literaturkritiker. Es ist nicht unsere Sache, zu entscheiden, was gut ist und was nicht. Unsere Aufgabe ist es schlicht und einfach, die Bevölkerung mit den Büchern zu versorgen, die sie haben will, und zwar zu dem Zeitpunkt, an dem sie danach fragt. Wie sie darauf kommt, die Bücher zu wollen, geht uns nichts an.«

»Du nennst den Buchhandel die mieseste Branche der Welt«, ereiferte sich Roger, »und gehörst doch selbst zu denen, die ihn dazu machen. Dann sagst du wohl auch, dass es nicht Sache des Buchhändlers ist, der Bevölkerung mehr Appetit auf Bücher zu machen?«

»Appetit ist ein zu starkes Wort«, sagte Jerry. »Auf Bücher übertragen sind die Leute kaum in der Lage, sich aufzusetzen und ein wenig flüssige Nahrung zu sich zu nehmen. Feste Nahrung interessiert sie nicht. Versuche, einem Kranken Roastbeef in den Schlund zu stopfen, und er wird sterben. Lasst die Leute doch machen, was sie wollen, und dankt dem Himmel, wenn ihr ihnen etwas von ihrem schwer verdienten Geld aus der Nase ziehen könnt.«

»Betrachten wir das Problem einmal auf seiner untersten Ebene«, sagte Roger. »Ich kann mich zwar nicht auf Fakten stützen ...«

»Das konntest du noch nie«, warf Jerry ein.

»Aber ich möchte wetten, dass die Branche mehr Geld mit dem *American Commonwealth* von Bryce gemacht hat als mit allen Büchern von Parson Wright zusammen.«

»Na und? Warum sollte nicht beides möglich sein?«

Das Vorgeplänkel wurde durch die Ankunft von zwei weiteren Gästen unterbrochen, und Roger verteilte Becher mit Cider, deutete auf den Kuchen und den Korb mit Brezeln und zündete seine Maiskolbenpfeife an. Die Neuankömmlinge waren Quincy und Fruehling, Ersterer Angestellter in der Buchabteilung eines großen Kaufhauses, Letzterer Besitzer einer Buchhandlung im jüdischen Viertel an der Grand Street, die über eines der besten Warenlager der Stadt verfügte, allerdings bei Bücherfreunden in Uptown kaum bekannt war.

»Worüber habt ihr jetzt wieder gestritten?«, fragte Fruehling, in dessen Gesicht über geröteten Wangenknochen und einem buschigen Bart wache schwarze Augen blitzten.

Gladfist grinste. »Das Übliche. Mifflin hat mal wieder Handelsware mit Metaphysik verwechselt.«

Mifflin: »Ganz und gar nicht. Ich sage nur, dass es letztlich ein gutes Geschäft ist, immer nur das Beste zu verkaufen.«

Gladfist: »Schon wieder falsch. Du musst dein Angebot auf deine Kundschaft abstellen. Frag Quincy. Hat es einen Sinn, seine Regale mit Maeterlinck und Shaw vollzustopfen, wenn der Handel Eleanor Porter und diesen Tarzanquatsch verlangt? Führt ein Dorfkrämer die gleichen Zigarren, die auf der Weinkarte eines Hotels auf der Fifth Avenue stehen? Natürlich nicht. Er bietet die Zigarren an, die seine Kunden mögen und an die sie gewöhnt sind. Der Buchhandel muss den Regeln der Wirtschaft gehorchen.«

Mifflin: »Hör mir auf mit den Regeln der Wirtschaft. Ich bin in die Gissing Street gezogen, um ihnen zu entkommen. Müsste ich mich nach den kleinlichen Erwägungen von Angebot und Nachfrage richten, würde ich durchdrehen. Aus meiner Sicht schafft das Angebot erst die Nachfrage.«

Gladfist: »Immerhin musst du dich nach den kleinlichen Erwägungen des Geldverdienens richten, mein alter Freund – oder hast du eine reiche Erbschaft gemacht?«

Benson: »Meine Branche ist mit eurer genau genommen nicht vergleichbar. Aber ein Gedanke, der mir oft gekommen ist, wenn ich seltene Ausgaben verkaufe, dürfte auch euch interessieren. Die Bereitschaft des Kunden, sich von seinem Geld zu trennen, steht im umgekehrten Verhältnis zu dem dauerhaften Nutzen, den er von dem erwartet, was er erwirbt.«

Meredith: »Klingt ein bisschen nach John Stuart Mill.«

Benson: »Könnte aber trotzdem stimmen. Die Leute zahlen verdammt viel mehr, um sich zu unterhalten, als sich beanspruchen zu lassen. Da blecht einer, ohne mit der Wimper zu zucken, fünf Dollar für zwei Theaterkarten oder zwei pro Woche für Zigarren. Aber zwei Dollar oder fünf Dollar für ein Buch verursachen ihm Seelenqualen. Ihr Jungs aus dem Einzelhandel habt einen Fehler gemacht: Ihr wolltet eure Kunden davon überzeugen, dass Bücher lebensnotwendig sind. Sagt ihnen, Bücher seien Luxus, damit kriegt ihr sie. Die Menschen müssen heutzutage so hart arbeiten, dass sie um die sogenannten Lebensnotwendigkeiten lieber einen Bogen machen. Ein Mann trägt eher einen Anzug, bis er ausgefranst ist, als eine ausgefranste Zigarre zu rauchen.«

Gladfist: »Der Gedanke ist nicht von der Hand zu weisen. Unser Freund Mifflin nennt mich einen materialistischen Zyniker, aber weiß der Geier, ich halte mich für idealistischer, als er es ist. Ich bin kein Propagandist, der unablässig versucht, arme unschuldige Kunden zu beschwatzen, damit sie die Bücher kaufen, die sie meiner Meinung nach lesen sollten. Ich sehe doch, wie rührend hilflos die meisten meiner Kunden sind, ohne die geringste Ahnung davon, was sie wollen oder was sich zu lesen lohnt, und ich würde es nie wagen, ihre Schwäche auszunutzen. Sie sind auf Gedeih und Verderb dem Verkäufer ausgeliefert und nehmen, was er ihnen sagt. Der ehrenhafte, der edelgesinnte Mann (nämlich ich) ist zu stolz, ihnen irgendwelches Hochglanzzeug aufzudrängen, weil er meint, sie müssten es lesen. Sollen die Tölpel doch ruhig danebengreifen und sich schnappen, was sie können. Soll sich doch die natürliche Auslese durchsetzen. Ich finde es faszinierend, sie dabei zu beobachten, wie sie hilflos herumwühlen und schließlich ihre Wahl treffen. Gewöhnlich kaufen sie ein Buch nur, weil ihnen der Schutzumschlag gefällt oder weil es eineinviertel Dollar statt eineinhalb Dollar kostet oder weil sie angeblich eine Besprechung darüber gelesen haben. Die ›Besprechung‹ entpuppt sich meist als Werbetext, und ich schätze mal, dass von tausend Käufern allenfalls einer den Unterschied kennt.«

Mifflin: »Dieses Dogma ist mitleidlos, niederträchtig

und falsch. Was würdest du von einem Arzt halten, der Menschen an einer heilbaren Krankheit leiden sieht und nichts tut, um ihre Leiden zu lindern?«

Gladfist: »Diese Leiden (wie du sie nennst) sind nichts im Vergleich zu den meinen, wenn ich bloß Bücher auf Lager hätte, die nur Intellektuelle kaufen. Was würdet ihr von einer gemeinen Menschenmasse halten, die Tag für Tag an meinem Geschäft vorbeizieht und den hochsinnigen Besitzer Hungers sterben lässt?«

Mifflin: »Du krankst daran, Jerry, dass du dich nur als Geschäftsmann siehst. Ich sage dir, dass der Buchhändler ein Staatsdiener ist, der eine Pension erhalten müsste. Seine Berufsehre sollte ihn dazu verpflichten, alles zur Verbreitung guter Literatur zu tun.«

Quincy: »Ich glaube, ihr vergesst, wie sehr wir, die wir mit neuen Büchern handeln, den Verlegern ausgeliefert sind. Wir müssen die neue Ware auf Lager haben, die größtenteils Ramsch ist, weiß der Himmel warum, denn schlechte Bücher verkaufen sich ja noch nicht mal gut.«

Mifflin: »Ja, das ist wirklich ein Rätsel. Aber ich kann euch einen vernünftigen Grund nennen: Erstens wegen des Mangels an guten Büchern, zweitens wegen der Ignoranz der Leser, von denen viele ein gutes Buch schlichtweg nicht erkennen. Die Verlage gehen bei der Auswahl der Bücher, die sie herausbringen wollen, geradezu sträflich nachlässig vor. Große Arzneimittelfabriken oder die Hersteller einer bekannten Marmelade geben viel Geld dafür aus, die Bestandteile der Produkte chemisch zu testen und zu analysieren oder die Früchte zu sammeln und auszuwählen, die zu Marmelade verarbeitet werden sollen.

Hingegen höre ich, dass die wichtigste Abteilung eines Verlages, diejenige nämlich, die sich mit dem Sammeln und Prüfen von Manuskripten beschäftigt, am wenigsten angesehen und am schlechtesten bezahlt ist. Ich kannte mal einen Verlagslektor, der kam frisch vom College und konnte ein Buch nicht von einem Verbindungsabzeichen unterscheiden. Wenn ein Marmeladenhersteller ausgebildete Chemiker einstellt, frage ich mich, warum es sich nicht auch für einen Verlag lohnen soll, erfahrene Buchanalytiker anzuheuern? Die gibt es nämlich. Denkt nur an den Mann, der bei *Pacific Monthly* die Rezensionen schreibt. Der versteht sein Geschäft.«

Chapman: »Sie überschätzen den Wert dieser Experten. Die meisten sind Schaumschläger. Wir hatten einen bei uns im Werk, der, soweit ich das beurteilen kann, ein Geschäft nur dann als ein gutes ansah, wenn wir damit Verluste machten.«

Mifflin: »Nach meiner Erfahrung ist das Geldmachen die leichteste Übung von der Welt. Man braucht nur ein solides Erzeugnis zu produzieren, etwas, was die Öffentlichkeit braucht. Dann muss man die Leute dazu bringen, es zu nutzen. Sie werden euch die Tür einrennen, um es zu bekommen. Wenn ihr aber anfangt, Goldbarren an sie zu verteilen, wenn ihr ihnen Bücher verkauft, die wie ein billiges Apartmenthaus gebaut sind, vorn Marmor und hinten Backstein, schneidet ihr euch ins eigene Fleisch oder schießt euch ins eigene Knie, was auf dasselbe herauskommt.«

Meredith: »Ich glaube, Mifflin hat recht. Ihr kennt ja unser Geschäft – typisch Fifth Avenue, Spiegelglasscheiben und Marmorsäulen, die in der indirekten Beleuchtung strahlen wie ein Birkenwald bei Vollmond. Täglich verkaufen wir Ramsch im Wert von Hunderten von Dollars, weil die Leute danach verlangen, aber wir tun es nur ungern. Wir machen uns regelmäßig über unsere Kunden lustig und bezeichnen sie als Tölpel. Aber im Grunde wollen sie ja gute Bücher, die armen Seelen wissen bloß nicht, wie sie an die herankommen sollen. Es steckt aber auch ein Körnchen Wahrheit in dem, was Jerry gesagt hat. Es macht mir zwar zehnmal mehr Freude, ein Exemplar von Newtons *Amenities of Book-Collecting* zu verkaufen als einen … nun ja, einen *Tarzan*, aber nur ein schlechter Geschäftsmann drängt dem Kunden seine persönliche Meinung auf. Allenfalls kann man ihn, wenn sich eine Gelegenheit ergibt, taktvoll und durch die Blume auf die wirklich wertvollen Werke hinweisen.«

Quincy: »Das erinnert mich an etwas, was ich neulich in unserer Buchabteilung erlebt habe. Da kam so ein junges Ding rein und sagte, sie hätte vergessen, wie das Buch hieß, das sie haben wollte, aber es ginge um einen jungen Mann, der als Waisenkind von Pfaffen aufgezogen worden sei. Das war eine harte Nuss. Ich probierte es mit *Kreuzgang und Krone*, *Klosterglocken*, *Legenden der Mönchsorden* und so weiter, aber das Mädel sah mich nur verständnislos an. Eine Verkäuferin hatte unser Gespräch mit angehört und sagte prompt: ›Es geht nicht um ein Pfaffenkind, sondern ein Affenkind. Ist doch klar: Sie meint *Tarzan*.‹«

Mifflin: »Du armer Trottel, da hast du dir die Chance entgehen lassen, sie mit Mowgli und der Affenbande bekannt zu machen.«

Quincy: »Schade, daran habe ich nicht gedacht.«

Mifflin: »Ich würde von euch gern mal wissen, was ihr von Werbung haltet. Neulich war ein junger Mann hier und wollte mich dazu überreden, Anzeigen in Zeitungen zu schalten. Was meint ihr, lohnt sich das überhaupt?«

Fruehling: »Für irgendjemanden lohnt es sich immer. Die Frage ist nur: Lohnt es sich für den Mann, der die Anzeige bezahlt?«

Meredith: »Wie meinst du das?«

Fruehling: »Habt ihr euch schon mal mit dem Thema beschäftigt, das ich tangentiale Werbung nenne? Damit meine ich Werbung, die weniger euch als eurem Konkurrenten nützt. Ich will euch ein Beispiel nennen. Auf der Sixth Avenue gibt es ein phantastisches, aber ziemlich teures Delikatessengeschäft. In dem hell erleuchteten Schaufenster sind alle erdenklichen süßen und pikanten Köstlichkeiten ausgestellt. Beim Blick in dieses Schaufenster läuft dir das Wasser im Mund zusammen, und du beschließt, etwas zu essen. Aber holst du es dir dort? Nie im Leben! Du gehst ein Stück weiter und holst es aus dem Automaten oder vom *Crystal Lunch*. Der Mann, der das Delikatessengeschäft betreibt, zahlt die Gemeinkosten für die prächtige Lebensmittelschau, und der andere hat den Nutzen davon. In meinem Geschäft ist es genauso. Es liegt in einem Arbeiterbezirk, wo die Leute sich nur die besten Bücher leisten können. (Meredith wird mir recht geben, dass nur die Reichen genug Geld haben, schlechte Bücher zu kaufen.) Sie lesen die Werbung für diese Bücher in Zeitungen und Zeitschriften, lesen die Anzeigen, die Meredith und andere schalten, dann kommen sie zu mir und kaufen. Ich bin sehr für Werbung, aber auch dafür, andere zahlen zu lassen.«

Mifflin: »Ich könnte es mir vermutlich leisten, mich weiter an Merediths Anzeigen zu hängen, aber irgendwann setze ich vielleicht doch eine kleine Anzeige in die Zeitung:

PARNASSUS
AN- UND VERKAUF GUTER BÜCHER
IN DIESEM GESCHÄFT SPUKT ES

Bin sehr gespannt, was da an Rückmeldungen kommt.«

Quincy: »In der Buchabteilung eines Warenhauses hat man nicht oft eine Chance für diese tangentiale Werbung, wie Fruehling das nennt. Wenn unser Innenarchitekt, dieser Gauner, ein paar raubkopierte Kiplings oder ein Exemplar von *Knock-kneed Stories* ins Schaufenster stellt, um ein Boudoir im Stil von Ludwig dem Achtzehnten ins rechte Licht zu rücken, wird die Ausstellungsfläche meiner Abteilung in Rechnung gestellt. Letzten Sommer wollte er ›etwas von diesem Ring Dingsbums‹ haben – als schmissigen Hintergrund für eine Garnitur von Verandamöbeln. Vielleicht meint er Wagner mit seinen Nibelungen, dachte ich mir und fing an, sie hervorzukramen. Dann stellte sich heraus, dass es ihm um Ring Lardner ging.«

Gladfist: »Da habt ihr's wieder! Ich sage euch doch ständig, dass der Buchhandel ein unmöglicher Beruf für einen Mann ist, der Literatur liebt. Wann hat ein Buchhändler jemals wirklich etwas zum Glück der Welt beigetragen?«

Mifflin: »Dr. Johnsons Vater war Buchhändler.«

Gladfist: »Ja, und der konnte Sam die Ausbildung nicht finanzieren.«

Fruehling: »Es gibt noch eine Art der tangentialen Werbung, die mich interessiert. Nehmt zum Beispiel eine Anzeige von Coles Phillips für Seidenstrümpfe. Das Scheinwerferlicht ist selbstverständlich auf die Strümpfe der schönen Lady gerichtet, aber auf dem Bild ist immer noch etwas anderes zu sehen – ein Automobil oder ein Landhaus oder ein Lehnstuhl, sodass die Anzeige für diese Dinge eine ebenso gute Reklame ist wie für die Strümpfe. Hin und wieder schmuggelt Phillips ein Buch in seine Bilder, und ich schätze, dass der Buchhandel an der Fifth Avenue davon profitiert. Ein Buch, das dem Geist so gut tut wie den Fesseln, findet mit Sicherheit seine Leser.«

Mifflin: »Ihr seid alle krasse Materialisten. Bücher sind die Reservoirs des menschlichen Geistes, und der ist das einzig Bleibende auf der Welt. Wie hat Shakespeare gesagt?

Kein Marmorbild, kein fürstlich Monument
soll diese mächt'gen Reime überleben.

Bei den Gebeinen der Hohenzollern – er hat recht. Moment, da fällt mir etwas aus Carlyles *Cromwell* ein …«

Aufgeregt lief er aus dem Zimmer, und die Mitglieder der Maiskolbenzunft sahen sich lächelnd an. Gladfist putzte seine Pfeife und schenkte noch einmal Cider nach. »Er reitet wieder mal sein Steckenpferd. Ich ziehe ihn zu gern damit auf.«

Fruehling: »Carlyles *Cromwell* wird nicht oft verlangt, aber neulich kam jemand vorbei und wollte ihn kaufen. Zu meinem Leidwesen hatte ich ihn nicht vorrätig. Ich bilde mir eigentlich etwas darauf ein, solche Sachen auf Lager zu haben, also rief ich bei Brentano an, aber dort hatten sie gerade ihr einziges Exemplar verkauft. Irgendetwas hat die Umsätze für den guten alten Thomas in die Höhe getrieben. Vielleicht wird er in *Tarzan* zitiert, oder jemand hat die Filmrechte gekauft.«

Mifflin kam wieder herein. »Eine komische Sache ist das«, sagte er verärgert. »Ich weiß genau, dass der *Cromwell* im Regal stand, denn ich habe ihn gestern Abend noch dort gesehen. Jetzt ist er weg.«

»Das hat nichts zu sagen«, meinte Quincy. »Ihr kennt das doch. Die Leute kommen in ein Antiquariat, sehen ein Buch, das sie gerade nicht kaufen können. Sie verstecken es irgendwo, wo sie es finden können, wenn sie wieder besser bei Kasse sind. So ist es wahrscheinlich deinem *Cromwell* ergangen.«

»Ich weiß nicht recht …«, sagte Mifflin. »Mrs. Mifflin beteuert, dass sie es heute Abend nicht verkauft hat. Ich habe sie eigens geweckt, um sie danach zu fragen. Sie war nämlich mit ihrem Strickzeug an der Kasse eingedöst. Die Reise muss sie sehr erschöpft haben.«

»Schade, ich hätte das Zitat von Carlyle zu gern gehört«, sagte Benson. »Worum ging es denn?«

»Ich habe es mir aufgeschrieben, glaube ich.« Roger kramte sein Notizbuch heraus und las laut vor:

»Die Werke des Menschen, ob man sie auch unter Bergen von Guano und Eulenkot vergrübe, vergehen nicht, können nicht vergehen. Was an Heldentum, was an ewigem Licht in einem Menschen und seinem Leben war, wird mit großer Sicherheit der

Ewigkeit zugerechnet und bleibt für immer ein neuer göttlicher Teil der Summe aller Dinge.

Der Buchhändler, meine Freunde, ist einer der Schlüssel zu dieser universellen Addiermaschine, weil er zur gegenseitigen Befruchtung von Menschen und Büchern beiträgt. Die Freude an seinem Beruf bedarf keiner Anregung – nicht einmal durch die schimmernden Schenkel in einer Annonce von Coles Phillips.«

»Deine unschuldige Begeisterung, mein lieber Roger«, sagte Gladfist, »erinnert mich an Tom Dalys Lieblingsgeschichte über den irischen Priester, der seine Schäflein wegen ihrer Liebe zum Whisky rügte. ›Whisky‹, sagte er, ›ist der Ruin dieser Gemeinde. Whisky, der das Hirn des Menschen zerstört. Whisky, der euch dazu bringt, auf euren Hauswirt zu schießen – und ihn nicht zu treffen.‹ Genau so geht es dir, mein Lieber – in deiner Begeisterung schießt du auf die Wahrheit, ohne je einen Treffer zu landen.«

»Du bist ein Upasbaum, Jerry«, sagte Roger. »Dein Schatten ist giftig.«

»Meine Freunde«, meldete sich Mr. Chapman zu Wort, »ich weiß, dass Mrs. Mifflin auf Ablösung wartet, und bin deshalb dafür, dass wir heute früher schließen. Ihre Gespräche sind immer ein Genuss, auch wenn ich die Schlussfolgerungen nicht zur Gänze teile. Meine Tochter will Buchhändlerin werden, und ich bin neugierig auf ihr Urteil über die Branche.«

Als die Gäste zum Ausgang gingen, nahm Mr. Chapman Roger beiseite. »Ist es Ihnen auch wirklich recht, wenn ich Ihnen Titania schicke?«, fragte er.

»Aber natürlich. Wann wird sie kommen?«

»Morgen, wenn das nicht zu früh ist.«

»Je eher, desto besser. Wir haben oben ein kleines Gästezimmer. Für die Einrichtung habe ich mir schon so einiges einfallen lassen. Morgen Nachmittag können Sie Titania vorbeischicken.«

Kapitel 3

TITANIAS ANKUNFT

Die erste Pfeife nach dem Frühstück ist für gestandene Pfeifenraucher ein wichtiges Ritual. Am Fuß der Treppe hielt Roger die Flamme an den Pfeifenkopf und stieß eine dicke blaue Dunstwolke aus, die sich hinter ihm in Luft auflöste, als er die Treppe hinaufeilte und seine Gedanken um die schöne Aufgabe kreisten, das kleine Gästezimmer für die künftige Mitarbeiterin zu richten. Oben stellte er fest, dass seine Pfeife schon wieder ausgegangen war.

»Beim ständigen Stopfen und Leeren, Anzünden und Befeuern meiner Pfeife«, dachte er, »bleibt mir kaum Muße für die wichtigen Dinge des Daseins. Genau genommen fressen das Rauchen, das Geschirrspülen, das Reden und Zuhören ohnehin fast die meiste Lebenszeit auf.« Diese Theorie gefiel ihm, und er lief rasch wieder nach unten, um sie Mrs. Mifflin zu präsentieren.

»Mach jetzt, dass du mit dem Zimmer fertig wirst«, sagte sie, »und komm mir nicht so früh am Morgen mit deinen verqueren Thesen. Nach dem Frühstück haben Hausfrauen keinen Kopf für Philosophisches.«

Roger hatte großen Spaß daran, das Gästezimmer für die neue Gehilfin bereitzumachen. Der kleine Raum lag auf der Rückseite des Hauses im zweiten Stock an einem schmalen Gang, über den man durch eine Tür auf die Galerie der Buchhandlung gelangte. Zwei kleine Fenster gingen auf die schlichten Dächer jenes Teils von Brooklyn hinaus, unter denen sich so viele redliche Herzen, so viele Kinderwagen, so viele Tassen schlechten Kaffees und so viele Schachteln Chapman-Kurpflaumen verstecken.

»Weil mir's gerade einfällt«, rief er nach unten, »du solltest uns heute ein paar Kurpflaumen zum Abendessen spendieren, als Aufmerksamkeit für Miss Chapman.«

Mrs. Mifflin hüllte sich in belustigtes Schweigen.

Jenseits dieser bescheidenen Gipfel ging der Blick des Buchhändlers, der eben Mrs. Mifflins frisch gebügelte Musselingardinen aufsteckte, zur Bucht und den gewaltigen Fähren hinüber, die Staten Island mit der Zivilisation verbinden. »Diese Aussicht, der auch eine gewisse Romantik innewohnt«, sagte er sich, »dürfte auch einem blasierten jungen Mädchen vor Augen führen, wie aufregend das Leben sein kann.«

Das Zimmer war, wie in einem von Helen Mifflin geführten Haushalt nicht anders zu erwarten, jederzeit für Besucher bereit, aber Roger hatte beschlossen, es psychologisch so aufzurüsten, dass es einen günstigen Einfluss auf die fehlgeleitete junge Seele ausübte, die hier einziehen sollte. Als unheilbarer Idealist nahm er seine Verantwortung als Herr des Hauses und Arbeitgeber von Mr. Chapmans Tochter sehr ernst. Jede Nautilusschnecke wäre glücklich gewesen, hätte man den empfindlichen Kammern ihrer Seele so viel Sorgfalt angedeihen lassen.

Neben dem Bett stand ein Bücherregal mit einer Leselampe, und für Roger stellte sich nun die Frage, welche

Bücher und Bilder wohl am nachdrücklichsten zu der jungen Dame sprechen würden. Mrs. Mifflin hatte heimlich amüsiert festgestellt, dass das Bild Sir Galahads – Mifflin hatte es aufgehängt, weil er davon überzeugt war, dass Sir Galahad heute Buchhändler wäre – nicht mehr an seinem Platz war.

»Sie soll sich nicht für junge Galahads begeistern«, hatte er beim Frühstück erklärt. »Das führt nur zu überstürzten Heiraten. Ich will in ihrem Zimmer ein, zwei gute Drucke von echten Männern aufhängen, Männern, die zu ihrer Zeit so außergewöhnlich waren, dass ihr all die jungen Kerle, die ihr bald über den Weg laufen, lau und oberflächlich vorkommen müssen. Das wird ihr die eigene Generation verleiden, und es steht zu hoffen, dass sie sich ganz auf das Buchgeschäft konzentriert.«

Er hatte deshalb geraume Zeit in einem Karton mit Fotos und Zeichnungen von Schriftstellern gekramt, die ihm die Werbeabteilungen der Verlage reichlich zur Verfügung stellten. Nach reiflicher Überlegung verwarf er vielversprechende Kupferstiche von Harold Bell Wright und Stephen Leacock und griff stattdessen zu Percy Bysshe Shelley, Anthony Trollope, Robert Louis Stevenson und Robert Burns. Dann aber fand er, dass weder Shelley noch Burns für das Zimmer eines jungen Mädchens taugten, und wählte stattdessen ein Porträt von Samuel Butler. Daneben hängte er einen Text aus *Life*, den er sehr mochte und den er sich deshalb ausgeschnitten und über seinen eigenen Schreibtisch gehängt hatte. Hier ist er.

AUF DIE RÜCKKEHR EINES BUCHES, DAS ICH EINEM FREUND LIEH

In Demut sage ich danke dafür, dass dieses Buch, nachdem es den Gefahren im Bücherregal meines Freundes und denen der Freunde meines Freundes entronnen ist, jetzt in leidlich gutem Zustand zu mir zurückkehrte.

In Demut sage ich danke dafür, dass mein Freund davon absah, dieses Buch seinem kleinen Kind als Spielzeug zu überlassen, es als Aschenbecher für seine brennende Zigarre oder als Beißring für seine Dogge zu nutzen.

Als ich dieses Buch verlieh, gab ich es verloren und fand mich mit der Bitternis der Trennung ab. Ich glaubte, nie wieder seine Seiten zu Gesicht zu bekommen.

Aber jetzt, da mein Buch zu mir zurückgekehrt ist, jauchze und frohlocke ich. Bringt das weichste Saffianleder herbei, auf dass man das Buch neu binde und ihm einen Ehrenplatz im Regal gebe, denn dieses mein Buch war verliehen und ist zu mir zurückgekehrt.

Und deshalb mag es wohl sein, dass ich mich demnächst entschließen könnte, einige der Bücher zurückzugeben, die ich mir einmal geborgt habe.

Und damit, dachte er bei sich, kennt sie schon das erste Gebot des ethischen Umgangs mit Büchern.

Nachdem er über den Wandschmuck entschieden hatte, stellte sich die Frage nach den Büchern, mit denen das Regal bestückt werden sollte. Das wollte wohl überlegt sein. Maßgebliche Zeitgenossen empfehlen für die Ausstattung eines Gästezimmers zuvörderst Bücher, die zu einem raschen und friedlichen Schlummer verhelfen. Diese Schule rät zu *Der Wohlstand der Nationen*, *Rom unter den Cäsaren*, *The Stateman's Year Book*, bestimmten Romanen von Henry James und den Briefen von Königin Victoria (in drei Bänden). Ich habe glaubhaft versichern hören, dass man Bücher dieser Art (am späten Abend) nicht länger als ein paar Minuten am Stück lesen, ihnen aber doch die eine oder andere nützliche Information abgewinnen kann.

Eine andere Richtung empfiehlt als Bettlektüre Kurzgeschichten, Sammlungen mit witzigen Anekdoten und spritzige Texte, die einen eine Zeitlang wach halten, letztlich aber zu einen umso erholsameren Schlaf führen. Selbst Geister- und Gruselgeschichten halten diese Autoritäten für geeignet, so etwa O. Henry, Bret Harte, Leonard Merrick, Ambrose Bierce, W. W. Jacobs, Daudet, Maupassant, ja vielleicht sogar *On a Slow Train Through Arkansaw*, diesen unsäglichen Klassiker des Bahnhofbuchhandels, über den sein Verfasser, Thomas W. Jackson, bemerkte: »Die Schwarte wird sich noch am Sankt-Nimmerleins-Tag verkaufen.« Dazu kommt als weiterer Angriff von Mr. Jackson auf die menschliche Intelligenz *I'm from Texas, You Can't Steer me*, ein Buch, über das (von seinem Autor) gesagt wird: »Es ist wie ein hart gekochtes Ei, man kann es nicht schlagen.« Zu anderen Werken Jacksons, deren Titel zu Recht vergessen sind, ist sein Ausspruch überliefert: »Sie sind Dynamit für den Kummer.« Nichts brachte Mifflin mehr auf die Palme als ein Kunde, der nach diesen Büchern fragte. Von seinem Schwager, dem Schriftsteller Andrew McGill, bekam er zu Weihnachten einmal ein Exemplar von *On a Slow Train Through Arkansaw* geschenkt, das luxuriös in »taubenblauen Glibber« gebunden war, wie diese Art des Einbands in der Branche heißt. Roger revanchierte sich, indem er Andrew zu dessen nächstem Geburtstag zwei Bände von *Brann the Iconoclast* verehrte, gebunden – laut Robert Cortes Holliday – in »geprägte Krötenhaut«. Aber das ist eine andere Geschichte.

Mit der Überlegung, wie er Miss Titanias Bücherregal ausstatten sollte, verbrachte Roger beglückende Morgenstunden. Ein paarmal rief Helen, er solle herunterkommen und sich um seine Kunden kümmern, aber er blieb ohne Rücksicht auf seine schmerzenden Schienbeine auf dem Fußboden sitzen und betrachtete grübelnd die Bände, die er nach oben geschleppt hatte, um eine endgültige Auswahl zu treffen. »Es ist eine besondere Ehre«, sagte er sich, »mit einem jugendlichen Geist experimentieren zu können. Meine Frau, so bezaubernd sie ist, war – wie soll ich sagen – voll entwickelt, als ich das große Glück hatte, ihr zu begegnen. Ihren geistigen Fortschritt habe ich nie angemessen begleiten können. Die kleine Chapman dagegen kommt als unbeschriebenes Blatt zu uns. Wie ich von ihrem Vater weiß, hat sie eine neumodische Schule besucht, sodass man wohl davon ausgehen kann, dass die zarten Ranken ihres Denkens sich nie richtig entfalten konnten. Ich werde Miss Chapman (ohne dass sie es merkt) mit den Büchern prüfen, die ich für sie vorgesehen habe, und an ihrer Reaktion mein weiteres Vorgehen ausrichten. Es könnte sich lohnen, das Geschäft einmal in der Woche zu schließen, um ihr das eine oder andere kurze Referat über Literatur zu halten, etwa über die Entwicklung des englischen Romans, angefangen bei *Tom Jones* – das heißt … der ist wohl eher nicht geeignet. Ich wollte immer Lehrer werden, und vielleicht ist das meine Chance. Wir könnten eine kleine Schule gründen und ein paar Nachbarn bitten, einmal in der Woche ihre Kinder zu uns zu schicken. *Causeries du lundi* gewissermaßen. Am Ende wird noch der Sainte Beuve von Brooklyn aus mir.«

Er sah schon die Zeitungsartikel vor sich. »Dieser bemerkenswerte Literaturkenner, der trotz seiner glänzenden Gaben das bescheidene Leben eines Antiquars führt, findet jetzt die ihm gebührende Anerkennung als …«

»Roger!«, rief Mrs. Mifflin von unten. »Kundschaft! Da fragt jemand, ob du alte Nummern der *Lustigen Blätter* hast.«

Nachdem er den Eindringling an die frische Luft befördert hatte, nahm Roger seine Überlegungen wieder auf. »Das ist natürlich nur eine vorläufige Auswahl«, sinnierte er, »damit ich sehe, auf welchen Gebieten ihre Interessen liegen. Titania Chapman – der Name verweist auf Shakespeare und die Elisabethaner. An Kurpflaumen muss doch mehr dran sein, als man gemeinhin glaubt. Zu Beginn also ein Band von Christopher Marlowe, dann wohl Keats, jeder junge Mensch sollte an einem klaren kalten Winterabend eine Gänsehaut bekommen, wenn er das Gedicht vom Sankt-Agnes-Abend hört. Auch *Over Bemerton's* gehört dazu, denn es ist eine Buchhandlungsgeschichte. Eugene Fields *Tribune Primer*, um ihren Sinn für Humor auf die Probe zu stellen. Und natürlich aus dem gleichen Grund Archy. Ich gehe gleich nach unten und hole mein Album.«

Hier sei bemerkt, dass Roger ein großer Bewunderer von Don Marquis war, dem Humoristen der New Yorker *Evening Sun*. Mr. Marquis hatte mal in Brooklyn gewohnt, und der Buchhändler wurde nicht müde, zu verkünden, Marquis sei seit den Tagen von Walt Whitman der größte Stolz des Bezirks. Archy, die imaginäre Küchenschabe, die Mr. Marquis als Vehikel für so viele lustige Texte dient, war für Roger ein Quell steter Freude. Archy (in einem früheren Leben *vers libre*-Poet) tippt bekanntlich nächtens seine Gedichte auf der Schreibmaschine seines Autors, indem er auf die Schreibmaschine klettert und auf die jeweilige Taste herunterspringt, was aber bedeutet, dass er keine Großbuchstaben benutzen kann und dass ihm ab und zu Tippfehler unterlaufen, wodurch sich seine Werke recht eigenwillig und nach Meinung von Roger Mifflin besonders reizvoll lesen. Roger hatte alle Archy-Gedichte ausgeschnitten und eingeklebt. Diesen umfangreichen Band holte er jetzt aus dem Schreibtischfach, in dem er seine größten Schätze aufbewahrte. Er blätterte darin, und Mrs. Mifflin hörte ihn laut lachen.

»Ja, um Gottes willen, was ist denn los?«, fragte sie.

»Ich lache nur über Archy«, sagte er und begann vorzulesen:

in einem weinkellergewölbe ganz tief unter der stadt
da saßen zwei alte männer und soffen
ihre kleidung zerrissen und voll sand war der bart
einer fast ohne schuhe und sein mantel war offen

sie hörten nicht oben die straßenbahnwagen
voll glücklicher leute heimfahrend an christmus
nicht viele jäger in den adirondacks jagen
und nicht die heimwärts fahrenden dampfer am
    isthmus

da kam oma zu küssen ein kleinwinzmädchen rein
es konnte kaum laufen war ein ganz kleiner tropf
sagt gib bussi lieber opa deinem nannymädchen
der hieb ihr aber nur die whiskyflasche auf den kopf

draußen droben begann wind die schneeflocken zu
    jagen
weit übers meer fuhren schiffer ihre dampfer getrost
engelchen nanny konnte kein wörtchen mehr sagen
doch glucksend sagte opa dem whiskyteufel prost

da schimpfte angeekelt der zweite schäbige Mann
    schwer
und tränen überströmten sein sonst ganz bleich gesicht
ihre erlesenen pendlereltern mochte die kleine doch
    sehr
bruder auf den hieb warst du fürcht ich zu hastig
    erpicht

sie kam doch mit ihren ganz alten hübschen klamotten
hat uns christposen aus dem garten der mutter gebracht
lief zum hudson herunter in unsere tunnelgrotten
bruder hat der schnaps dein herz schon soo hart gemacht

»Es geht noch weiter«, rief Roger und machte schon den Mund auf, um fortzufahren.

»Nein, besten Dank«, sagte Helen. »Parodien auf *Love in the Valley* von unserem guten George Meredith müssten verboten werden. Ich gehe einkaufen. Wenn du die Glocke hörst, musst du die Kundschaft bedienen.«

Roger stellte das Archy-Album in Miss Titanias Regal und stöberte in den übrigen Bänden herum, die er mitgebracht hatte.

»*Der Nigger von der Narcissus*«, sagte er vor sich hin, »denn selbst wenn sie nicht das ganze Buch liest, dann vielleicht wenigstens das Vorwort, das wahrhaft unsterblich ist. Die *Weihnachtserzählungen* von Dickens, damit sie Mrs. Lirriper, Königin aller Zimmerwirtinnen, kennenlernt. Bei den Verlagen heißt es immer, die Norfolk Street auf dem Strand sei weltbekannt wegen des berühmten Literaturagenten, der dort sein Büro hat, aber ich frage mich, wie viele Leute wissen, dass Mrs. Lirriper dort ihre unsterbliche Pension betrieb? Die *Notizbücher* von Samuel Butler als kleine intellektuelle Herausforderung. *Die falsche Kiste*, weil das die beste Farce unserer Sprache ist. *Reise mit einem Esel*, damit sie merkt, was guten Stil ausmacht. *Die vier Reiter der Apokalypse*, um sie für die Leiden der Menschheit zu sensibilisieren – aber nein, das ist wohl ein bisschen zu freizügig für junge Damen, das legen wir besser beiseite und schauen uns weiter um. Kataloge von Mr. Mosher, die zeigen ihr den wahren Geist der Biblioseligkeit, wie ein Bücherfreund es einmal genannt hat. *Walking Stick Papers* – ja, es gibt heutzutage immer noch gute Essayisten. Ein gebundener Jahrgang von *Publishers Weekly*, damit sie eine Ahnung vom den Problemen der Branche bekommt. *Jo's Boys*, wenn ihr mal nach harmloser Unterhaltung ist. Macauleys *Altrömische Heldengesänge* und Austin Dobson. Ob heute noch Macauleys Balladen in der Schule durchgenommen werden? Ich fürchte sehr, dass die Kinder eher mit der Schlacht von Salamis und den brutalen Rotröcken von 1776 aufwachsen. Und jetzt machen wir noch etwas ganz Raffiniertes – wir stellen einen Robert Chambers dazu, mal sehen, ob sie darauf hereinfällt.«

Voller Stolz betrachtete er das Regal. »Nicht schlecht«, urteilte er. »Leonard Merricks *Whispers about Women* wäre auch nicht übel – jede Wette, dass dieser Titel ihr Rätsel aufgeben wird! Helen wird sagen, dass eigentlich die Bibel dazugehört, aber die lasse ich absichtlich weg. Vielleicht merkt sie es ja.«

Mit typisch männlicher Neugier zog er die Kommodenschubladen auf, weil er sehen wollte, welche Vorkehrungen seine Frau diesbezüglich getroffen hatte, und fand zu seiner Freude in jeder ein Mullsäckchen mit Lavendel, das einen diskreten Duft verströmte. »Sehr hübsch«, bemerkte er. »Wirklich sehr hübsch. Jetzt fehlt nur noch ein Aschenbecher. Wenn Miss Titania eine dieser modernen jungen Damen ist, wird sie danach als Erstes verlangen. Und vielleicht ein Exemplar von Ezra Pounds Werken.

Ich kann nur hoffen, dass sie nicht zu diesen Bolschewitzkis gehört, wie Helen sie nennt.«

An Bolschewiken dachte wohl niemand beim Anblick der chromblitzenden Limousine, die am frühen Nachmittag an der Ecke Gissing und Swinburne Street hielt. Ein Chauffeur in grüner Livree öffnete den Schlag, holte einen prachtvollen Lederkoffer heraus und reichte der Schönen, die sich von lilafarbenen Polstern erhob, ehrerbietig die Hand.

»Wohin soll ich den Koffer bringen, Miss?«

»Hier trennen sich unsere Wege«, erwiderte Miss Titania. »Sie sollen meine Adresse nicht kennen, Edwards. Meine verrückten Freunde brächten es am Ende fertig, sie Ihnen zu entlocken, und ich möchte nicht, dass sie herkommen und mich belästigen. Ab heute lebe ich nur noch für die Literatur. Das letzte Stück gehe ich zu Fuß.«

Edward legte grinsend eine Hand an die Mütze – er betete seine unberechenbare junge Herrin an – und setzte sich wieder ans Steuer.

»Eins können Sie noch für mich tun«, setzte Titania hinzu. »Rufen Sie meinen Vater an und sagen Sie ihm, dass ich meinen Job angetreten habe.«

»Ja, Miss«, sagte Edwards, der mit dem Wagen gegen einen riesigen Laster gefahren wäre, wenn sie es verlangt hätte.

Miss Chapmans kleine behandschuhte Hand verschwand in einer hübschen Geldbörse, die mit einem blanken Kettchen an ihrem Handgelenk befestigt war. Sie holte ein Fünf-Cent-Stück heraus – es war typisch für sie, dass es ein sehr blankes und ansprechendes Fünf-Cent-Stück war – und überreichte es feierlich ihrem Wagenlenker. Er salutierte ebenso feierlich, und der Wagen rollte nach einigen würdevollen Schlenkern in schnellem Tempo den Thackeray Boulevard hinunter.

Als Titania sich vergewissert hatte, dass Edwards außer Sicht war, schritt sie zügig und aufmerksam um sich blickend die Gissing Street hoch. »Koffer tragen, Lady?«, rief ein Knirps, und sie wollte schon Ja sagen, als ihr einfiel, dass sie jetzt zu zehn Dollar die Woche arbeitete, und sie winkte schnell ab. Unsere Leser würden uns berechtigtermaßen grollen, wenn wir uns nicht an einer Beschreibung der jungen Dame versuchen würden, und wir wollen die wenigen Häuserblocks, die sie auf der Gissing Street zurücklegte, dazu nutzen.

Der hinter ihr gehende Beobachter hätte, bis sie den Clemens Place erreicht hatte, Zeit gehabt zu registrieren, dass sie ein tadellos sitzendes Tweedkostüm trug, dass die Gamaschen über den braunen Stiefelchen den gleichen hellbraunen Farbton hatten wie der Teint der Schlafwagenschaffner auf der Pennsylvania Railroad; dass sie von schlanker, aber kräftiger Figur war; dass um ihre Schultern ein üppiger Pelz lag, den die Branche als nutria- oder rauchfarben bezeichnet. Unserem Beobachter wäre unabweisbar das Wort Chinchilla in den Sinn gekommen, und falls es sich um einen Familienvater handelte, wäre vor seinem inneren Auge das Bild vieler unterschriebener Schecks vorbeigezogen. Alles in allem hätte er, wäre er am Clemens Place abgebogen, den Eindruck »teuer, aber das Geld wert« gewonnen.

Wahrscheinlicher aber ist, dass unser Beobachter die Gissing Street weiter bis zur nächsten Ecke, der Hazlitt Street, gegangen wäre und dort die Dame mit einem raschen, verstohlenen Seitenblick überholt hätte. Zweckmäßigerweise hätte er das auf der rechten Seite getan, wo der schräg sitzende Hut bessere Einsicht gewährte. Dabei hätte er eine berückende Kinn- und Wangenpartie zu sehen bekommen, Haare, die noch am trübsten Tag sonnig leuchteten, und sogar eine kleine Armbanduhr aus Platin, der man es angesichts der beglückenden Aufgabe, die ihr zugedacht war, nicht verübeln darf, dass sie ein wenig vorging. In dem graublauen Pelz hätte er einen kleinen Strauß Veilchen erspäht – Veilchen, wie sie nicht im primitiven Frühling blühen, sondern solche, die erst in den winterlichen Schaufenstern der Fifth Avenue zum Vorschein kommen.

Unser Beobachter wäre nun – was immer er ursprünglich vorgehabt hätte – noch ein paar Schritte auf der Gissing Street weitergegangen, hätte gespielt unauffällig auf halber Höhe des Blocks an der Kreuzung zur Wordsworth Avenue Halt gemacht und sich mit gut geheuchelter Unentschlossenheit umgesehen, als habe er etwas vergessen. Scheinbar absichtslos hätte er die schöne Fußgängerin gemustert und sich dabei der vollen Wirkung der strahlend blauen Augen ausgesetzt. Er hätte temperamentvolle Züge gesehen, die Entschlossenheit verrieten, aber auch ein seltsam anrührendes jugendliches Ungestüm. Er hätte die von Erregung und frischer Luft geröteten Wangen gesehen, und sicher wäre ihm auch der reizvolle Kontrast zwischen dem rauen Nutriapelz und der zarten Haut am Ausschnitt aufgefallen. Verblüfft hätte er gesehen, dass die Schöne stehenblieb, ihre Umgebung musterte und ein paar Stufen in einen ziemlich schmuddeligen Laden für gebrauchte Bücher hinunterstieg. Dann wäre er seines Weges gegangen und hätte die neue und überraschende Erkenntnis mitgenommen, dass der liebe Gott offenbar Brooklyn seine besondere Fürsorge angedeihen ließ.

Roger, in dessen verquerer Vorstellung sich seine künftige Mitarbeiterin bisher nur in den Lobbys des Ritz-Carlton und den Reitschulen im Central Park herumgetrieben hatte, war von der liebenswerten Schlichtheit der jungen Dame angenehm überrascht.

»Sind Sie Mr. Mifflin?«, fragte sie, als er aus seiner rauchblauen Ecke erwartungsvoll auf sie zukam.

»Miss Chapman?« Er nahm ihr den Koffer ab und rief: »Helen, Miss Titania ist da!«

Sie sah sich in den düsteren Ecken und Winkeln der Buchhandlung um. »Sie sind ein Schatz, dass Sie mich aufnehmen wollen. Dad hat mir so viel von Ihnen erzählt. Ich bin unmöglich, findet er. Und das ist also die Literatur, von der er so viel redet. Ich möchte alles darüber erfahren. Und da ist ja auch Bock! Der tollste Hund der Welt, sagt Dad, nach einem Mann benannt, der Botticelli oder so hieß. Ich habe ihm ein Geschenk mitgebracht, es ist in meinem Koffer. Braver alter Bock!«

Bock, für den Gamaschen eine Neuheit waren, untersuchte sie auf die ihm eigene Art.

»Wir freuen uns sehr, Sie zu sehen, meine Liebe«, sagte Mrs. Mifflin, »und ich hoffe, dass Sie sich bei uns wohlfühlen, was ich allerdings eher bezweifle. Mit Mr. Mifflin ist schwer auskommen.«

»Bestimmt werde ich mich bei Ihnen wohlfühlen«, versicherte Titania. »Sie dürfen kein Wort von dem glauben, was Dad über mich sagt. Ich bin verrückt nach

Büchern. Wie Sie es schaffen, die alle an den Mann zu bringen, ist mir ein Rätsel. Die Veilchen sind für Sie, Mrs. Mifflin.«

»Wie lieb von Ihnen.« Helen war Titanias Zauber schon erlegen. »Kommen Sie, wir stellen sie in Wasser, dann zeige ich Ihnen Ihr Zimmer.«

Roger hörte, wie sie über seinem Kopf hin und her gingen. Er begriff plötzlich, dass einem jungen Mädchen sein Geschäft recht trist vorkommen musste. »Ich hätte eine Registrierkasse anschaffen sollen«, überlegte er. »Sie wird mich für furchtbar unprofessionell halten.«

»Ich war gerade beim Teigkneten«, sagte Mrs. Mifflin, als sie mit Titania wieder heruntergekommen war, »deshalb überlasse ich Sie jetzt Ihrem Chef. Er kann Sie herumführen und Ihnen zeigen, wo die Bücher stehen.«

»Erst soll Bock noch sein Geschenk haben.« Titania hielt einen großen eingewickelten Gegenstand hoch, unter dem nach zahllosen Lagen Seidenpapier ein strammer Knochen zum Vorschein kam. »Ich war bei Sherry's zum Lunch und habe ihn mir vom Ober geben lassen. Er hat sich sehr amüsiert.«

»Kommen Sie in die Küche und übergeben Sie ihm sein Geschenk persönlich«, sagte Helen. »So gewinnen Sie einen Freund fürs Leben.«

»Was für eine bezaubernde Hundehütte«, rief Titania, als sie die umgebaute Versandkiste sah, die Bock als Rückzugsort diente. Der einfallsreiche Buchhändler hatte sie einer Carnegie-Bibliothek nachgebaut mit der Aufschrift ›Lesesaal‹ über dem Eingang. An die Innenwände hatte er Bücherregale gemalt.

»Sie werden sich früher oder später an Mr. Mifflin

gewöhnen«, sagte Helen belustigt. »Es hat einen ganzen Winter gedauert, bis die Hütte so war, wie er sie sich vorgestellt hatte. Man hätte denken können, er wollte selbst darin wohnen. Die Bände auf den gemalten Regalen sind im weitesten Sinne alle Hundebücher, viele Titel hat er sich auch ausgedacht.«

Titania ließ es sich nicht nehmen, in die Knie zu gehen, um einen Blick in die Hütte zu werfen. Bock war sehr geschmeichelt über die Aufmerksamkeit dieses neuen Sterns, der über seinem Reich aufgegangen war.

»Das *Rubaiyat von Omar Canine*«, las sie. »Wirklich pfiffig!«

»Von der Sorte gibt es noch viel mehr«, sagte Helen. »Die Werke von Bonar Law und *Bone's Classics* und der *Katechismus vom Dogma*, und weiß der Himmel was noch. Wenn Roger sich halb so viel ums Geschäft kümmern würde wie um solche Scherze, wären wir reiche Leute. Jetzt laufen Sie los und schauen Sie sich im Laden um.«

Titania fand den Buchhändler an seinem Schreibtisch. »Hier bin ich, Mr. Mifflin. Ich habe mir einen schönen spitzen Bleistift zum Schreiben der Kassenzettel mitgebracht und habe geübt, ihn ins Haar zu stecken. Es geht schon ganz gut. Sie haben hoffentlich ein paar von diesen dicken roten Büchern mit Kohlepapier und allem Drum und Dran? Ich habe den Verkäuferinnen bei Lord & Taylor zugesehen, die machen das ganz toll, finde ich. Und Sie müssen mir zeigen, wie man den Fahrstuhl bedient, ich bin ganz versessen auf Fahrstühle.«

»Du lieber Himmel, mit Lord & Taylor ist das hier nicht zu vergleichen«, sagte Roger. »Wir haben keine

Fahrstühle und Kassenzettel, nicht mal eine Registrierkasse. Wir bedienen die Kunden nur, wenn sie uns ansprechen. Sie kommen her und stöbern, und wenn sie etwas Bestimmtes suchen, kommen sie zu mir und fragen danach. Der Preis ist mit Rotstift in jedem Buch vermerkt. Die Geldkassette steht auf diesem Regal, der Schlüssel dafür hängt an dem kleinen Haken hier. Jeden Verkauf trage ich zusammen mit dem Preis in dieses Hauptbuch ein, und so müssen Sie es auch machen.«

»Und wenn jemand ein Kundenkonto hat?«

»Hier gilt nur Barzahlung. Wenn jemand Bücher verkaufen will, verweisen Sie ihn an mich. Sie dürfen sich nicht wundern, wenn die Leute herkommen und stundenlang bleiben und lesen. Für viele ist das eine Art Klub. Hoffentlich stört der Tabakgeruch Sie nicht, denn fast alle meine Kunden rauchen. Wie Sie sehen, habe ich überall Aschenbecher aufgestellt.«

»Ich mag den Geruch von Tabak«, sagte Titania. »In Daddys Bibliothek zu Hause riecht es so ähnlich, vielleicht nicht ganz so stark. Und dann möchte ich auch die Würmer sehen. Bücherwürmer. Daddy sagt, dass Sie viele haben.«

Roger lachte vor sich hin. »Allerdings, sie kriechen hier überall herum. Morgen zeige ich Ihnen, wie mein Lager angeordnet ist, es dauert seine Zeit, sich damit vertraut zu machen. Bis dahin sehen Sie sich einfach um, bis Sie die Regale so gut kennen, dass Sie auch im Dunkeln jedes Buch finden würden. Früher habe ich dieses Spiel mit meiner Frau gespielt. Wir haben abends alle Lichter ausgemacht, ich habe einen Buchtitel genannt, und sie musste nach dem Buch suchen, danach war ich dran. Wer sein Ziel um mehr als zwölf Zentimeter verfehlte, musste ein Pfand zahlen. Es ist sehr lustig.«

»Wir werden bestimmt furchtbar viel Spaß miteinander haben«, freute sich Titania. »Wie aufregend das alles ist!«

»Hier an meinem Schwarzen Brett hängen Kommentare über Bücher, die mich interessieren. Den hier habe ich gerade geschrieben.«

Roger holte ein Pappkärtchen aus der Tasche und befestigte es mit einem Reißnagel. Titania las:

DAS BUCH, DAS DEN KRIEG HÄTTE VERHINDERN SOLLEN

Jetzt nach Kriegsende sollte jeder *The Dynasts*, Thomas Hardys Drama über die napoleonischen Kriege, lesen. Verkaufen würde ich das Buch niemals, es ist einer meiner größten Schätze. Aber wenn jemand mir verspricht, alle drei Bände gründlich zu lesen, wäre ich bereit, es ihm zu leihen. Hätten genug vernünftige Deutsche vor dem Juli 1914 *The Dynasts* gelesen, hätte es keinen Krieg gegeben, und könnte man alle Delegierten der Friedenskonferenz zwingen, es vor Beginn der Sitzungen zu lesen, gäbe es auch in Zukunft keinen Krieg mehr.

R. Mifflin

»So gut ist es also?«, staunte Titania. »Da müsste ich es mir wohl auch mal vornehmen.«

»Wenn ich wüsste, wie man's anstellt, würde ich darauf bestehen, dass Mr. Wilson es auf seiner Seereise nach

Frankreich liest. Ich wünschte, ich könnte es auf sein Schiff schmuggeln. Was für ein Werk! Es macht einen geradezu krank vor Mitleid und Entsetzen. Manchmal wache ich nachts auf und schaue aus dem Fenster und glaube, Hardy lachen zu hören, aber da verwechsele ich ihn wohl ein bisschen mit dem Allmächtigen. Für Sie ist es wahrscheinlich etwas zu schwer.«

Titania schwieg verwirrt. Aber ihr beweglicher Geist hatte insgeheim schon einen Vorsatz gefasst: ›Hardy, schwer zu lesen, macht einen krank, versuch dich dran.‹

»Was halten Sie von den Büchern, die ich in Ihr Zimmer gestellt habe?«, fragte Roger. Er hatte sich geschworen, abzuwarten, bis sie von selbst etwas sagen würde, konnte sich aber jetzt nicht mehr zurückhalten.

»In mein Zimmer?«, wiederholte sie. »Ach je, die sind mir gar nicht aufgefallen.«

Kapitel 4

EIN BUCH AUF WANDERSCHAFT

»Jetzt, meine Liebe«, sagte Roger nach dem Abendessen zu seiner Frau, »sollten wir Miss Titania wohl mit unserer Vorlesestunde bekannt machen.«

»Wird es sie auch nicht langweilen?«, gab Helen zu bedenken. »Nicht jeder lässt sich gern vorlesen.«

»Ich schon«, erklärte Titania. »Seit ich klein war, hat mir niemand mehr vorgelesen.«

»Wir könnten dir das Geschäft überlassen«, sagte Helen zu Roger, um ihn ein wenig aufzuziehen, »dann würde ich mit Titania ins Kino gehen. Soviel ich weiß, läuft *Tarzan* noch.«

Titania, die der Vorschlag womöglich lockte, sah an der betrübten Miene des Buchhändlers, dass ein Rendezvous mit Tarzan ihm das Herz brechen würde, und wies jede Sympathie für den Leinwandklassiker weit von sich.

»*Tarzan*? Das ist doch von diesem John Burroughs, der es immer so mit der Natur hat, nicht? Stelle ich mir sehr langweilig vor. Nein, Mr. Mifflin soll uns vorlesen, ich hole mein Strickzeug.«

»Machen Sie sich nichts draus, falls wir unterbrochen werden«, meinte Helen. »Wenn jemand läutet, muss Roger sich um die Kundschaft kümmern.«

»Kann ich das nicht machen?«, fragte Titania. »Ich will für mein Gehalt schließlich etwas tun.«

»Na gut«, sagte Mrs. Mifflin. »Mach es Miss Chapman im Wohnzimmer gemütlich, Roger, und gib ihr etwas zum Anschauen, während wir das Geschirr spülen.«

»Ich möchte aber helfen«, erklärte Titania. »Geschirrspülen macht bestimmt Spaß.«

»Nicht an Ihrem ersten Abend«, entschied Helen. »Mr. Mifflin und ich erledigen das im Nu.«

Also schürte Roger das Feuer im Wohnzimmer, rückte die Sessel zurecht und drückte Titania ein Exemplar von *Sartor Resartus* in die Hand. Dann verschwand er mit seiner Frau in die Küche, aus der Titania munteres Scheppern und Plätschern vernahm. »Das Beste am Abwaschen«, hörte sie Roger sagen, »ist die Tatsache, dass man davon so saubere Hände kriegt, eine neuartige Erfahrung für einen, der mit alten Büchern handelt.«

Sie warf einen flüchtigen Blick in das Buch, dann griff sie nach der *Times*, die auf dem Tisch lag und die sie noch nicht gelesen hatte. Ihr Blick fiel auf die Fundsachen-Spalte (fünfzig Cent die Zeile), und da sie kürzlich eine kleine Perlenbrosche verloren hatte, sah sie die rasch durch. Schmunzelnd las sie:

> Verloren: Toilette im Hotel Imperial, komplette Zahnprothese. Besuch oder Mitteilung erbeten an Steel, 134 East 43 St. Belohnung, Fragen werden nicht gestellt.

Dann stieß sie auf Folgendes:

> Verloren: Exemplar von Thomas Carlyles *Oliver Cromwell* zwischen Gissing Street, Brooklyn, und dem Octagon-Hotel. Falls vor Mitternacht, Dienstag, dem 3. Dezember gefunden, Rückgabe an den Beikoch des Octagon-Hotels erbeten.

»Gissing Street – das ist doch hier«, wunderte sie sich. »Was ein Koch so alles liest ... kein Wunder, dass der Lunch dort neuerdings so schlecht ist.«

Als Roger und Helen wenig später wieder hereinkamen, zeigte sie dem Buchhändler die Anzeige. »So was Verrücktes«, sagte der ganz aufgeregt. »Mit diesem Buch stimmt etwas nicht. Am Dienstag – ich erinnere mich an den Wochentag, weil abends der junge Gilbert hier war – kam ein Mann mit Bart herein und fragte danach, und es stand nicht im Regal. Am nächsten Abend, dem Mittwoch, war ich noch spät auf, habe geschrieben und bin dann am Schreibtisch eingeschlafen. Ich muss die Haustür offen gelassen haben, denn die Zugluft hat mich geweckt, und als ich zur Tür ging, sah ich, dass das Buch wieder an seinem Platz stand, allerdings ein wenig herausragte. Und gestern Abend, als der Maiskolbenklub tagte, wollte ich ein Zitat nachschlagen, und es war wieder weg.«

»Vielleicht hat der Beikoch es gestohlen?«, meinte Titania.

»Aber weshalb um Himmels willen setzt er dann eine Anzeige in die Zeitung?«, wandte Roger ein.

»Da kann ich ihm nur viel Vergnügen wünschen«, sagte Helen. »Weil du ständig davon gesprochen hast, habe ich mich auch mal drangewagt, aber es hat mich schrecklich angeödet.«

»Falls er es gestohlen hat, freut mich das außerordentlich«, erklärte der Buchhändler. »Es zeigt, dass den Menschen wirklich an guten Büchern liegt. Wenn ein Beikoch gute Bücher so sehr schätzt, dass er sie stehlen muss, ist die Welt bereit für die Demokratie. Meist sind die Bücher, die gestohlen werden, Schund, wie *Making Life Worthwhile* von Douglas Fairbanks oder *Mother Shiptons Prophezeiungen aus dem 16. Jahrhundert.* Den Diebstahl eines guten Buches verüble ich niemandem.«

»Da sehen Sie mal, was für erstaunliche Grundsätze in dieser Branche herrschen«, sagte Helen zu Titania. Sie setzten sich ans Feuer und fingen an zu stricken, während Roger nachsehen ging, ob das Buch nicht doch wieder heimgekehrt war.

»Ist es da?«, fragte Helen, als er zurückkam.

»Nein. Warum will er es unbedingt am Dienstag vor Mitternacht zurückhaben?«

»Damit er es im Bett lesen kann, nehme ich an«, sagte Helen. »Vielleicht leidet er an Schlaflosigkeit.«

»Ein Jammer, dass es ihm abhandengekommen ist, ehe er es hat lesen können. Ich wüsste zu gern, was er davon gehalten hätte. Am liebsten würde ich ihm einen Besuch abstatten.«

»Schreib's als Verlust ab, und vergiss die Angelegenheit«, riet Helen. »Wolltest du uns nicht etwas vorlesen?«

Roger ließ den Blick über seine private Sammlung gehen und griff nach einem zerlesenen Band.

»Wenn Thanksgiving vorbei ist, denke ich immer schon an Weihnachten, und Weihnachten bedeutet Charles Dickens. Würde es dich langweilen, wieder mal eine der guten alten *Weihnachtserzählungen* zu hören?«

Mrs. Mifflin hob in gespielter Verzweiflung die Hände. »Er liest sie mir jedes Jahr um diese Zeit vor«, sagte sie zu Titania. »Aber es lohnt sich. Die brave Mrs. Lirriper kenne ich besser als die meisten meiner Freunde.«

»Meinen Sie *Der Abend vor Weihnachten*?«, fragte Titania. »Das hatten wir in der Schule.«

»Die anderen Weihnachtserzählungen sind viel besser«, erklärte Roger. »Die Geschichte von Scrooge wird den Leuten eingehämmert, bis keiner sie mehr hören mag, aber die anderen scheint heutzutage niemand mehr zu kennen. Ohne sie gäbe es für mich kein Weihnachten. Sie wecken in mir die Sehnsucht nach der guten alten Zeit mit echten Gasthäusern und echtem Beefsteak und echtem Schankbier in Zinnkrügen. Wenn ich Dickens lese, sehe ich manchmal ein Sirloin-Steak vor mir, schön blutig, mit mehligen Kartoffeln und viel Meerrettich, auf einem blütenweißen Tischtuch, in der Nähe ein loderndes Kaminfeuer aus englischer Kohle …«

»Er ist ein unverbesserlicher Träumer«, sagte Mrs. Mifflin. »Wenn man dich reden hört, könnte man denken, dass seit Dickens' Tod niemand mehr etwas Anständiges zu essen bekommen hat und dass alle Vermieterinnen mit Mrs. Lirriper ausgestorben sind.«

»Wie undankbar von ihm!«, sagte Titania. »Bessere Kartoffeln und eine nettere Gastgeberin als Sie könnte ich mir nicht wünschen.«

»Das stimmt natürlich«, räumte Roger ein. »Und dennoch – mit dem viktorianischen England ist etwas unwiederbringlich aus der Welt verschwunden. Nehmt nur diese großartigen Postkutscher, jeder ein echtes Original. Was haben wir heute stattdessen? Subway-Schaffner?

Taxifahrer? Ich habe oft genug abends in einer Imbissstube gesessen, nur um ihnen zuzuhören, aber die sind ständig in Bewegung, sodass man kein richtiges Bild von ihnen bekommt wie Dickens von seinen Figuren. Das erreicht man nicht mit einem Schnappschuss, da braucht es längere Belichtungszeiten. Allerdings muss ich zugeben, dass man da, wo Taxifahrer zusammenkommen, sehr gut isst. Das Umherfahren in der Kälte macht mächtig hungrig, da brauchen sie heißes, schmackhaftes Essen. Am Broadway, in der Nähe der 77th, gibt es ein kleines Lokal, Frank's heißt es, da sind die Rühreier mit Speck und Kartoffeln bestimmt so gut wie die zur Zeit von Mr. Pickwick.«

»Da muss Edwards mich mal hinfahren«, sagte Titania. »Edwards ist unser Chauffeur. Ich bin manchmal im Ansonia zum Tee, das ist ganz in der Nähe.«

»Das lassen Sie mal lieber bleiben«, riet ihr Helen. »Wenn Roger nach so einem Abend heimkommt, riecht er derart nach Zwiebeln, dass mir die Augen tränen.«

»Weil gerade von einem Beikoch die Rede war«, sagte Roger, »schlage ich vor, dass ich *Somebody's Luggage* vorlese, da geht es um einen Oberkellner. Ich habe mir oft einen Job als Kellner oder Hilfskellner gewünscht, weil ich zu gern wüsste, ob es heutzutage noch solche Oberkellner gibt. Ich könnte mir alle möglichen Berufe vorstellen – einfach um meine Kenntnis der menschlichen Natur zu erweitern und herauszufinden, ob das Leben so ist wie in den Büchern. Ich wäre liebend gern ein Kellner, Barbier, Ladenaufseher …«

»Wolltest du nicht vorlesen, mein Guter?«, mahnte Helen.

Roger klopfte die Pfeife aus, vertrieb Bock von seinem Sessel und begann mit großem Genuss die denkwürdige Charakterstudie von Christopher, dem Oberkellner zu lesen, der allen ans Herz wächst, die sich in Wirtshäusern heimisch fühlen. »Da der Verfasser dieser bescheidenen Zeilen ein Kellner ist …«, begann er. Die Stricknadeln klapperten fleißig, und der Hund vor dem Kamingitter räkelte sich so wohlig-unbeschwert, wie es nur Hunde tun, die sich von einer zufriedenen Gruppe ihrer Freunde umgeben wissen. Roger, der seine Freude an der Lektüre und besonders am Amüsement seiner Zuhörer hatte, war gerade bei der immer wieder hinreißenden Kaffeehausrechnung angekommen, die sich auf der zehnten Seite des ersten Kapitels findet – wie schade, dass es heutzutage solche Hotelrechnungen nicht mehr gibt –, als unten die Glocke läutete. »So ist das immer«, grummelte er, griff nach Pfeife und Streichholzschachtel und ging eilig hinaus.

Zu seiner freudigen Überraschung entpuppte sich sein Besucher als Aubrey Gilbert, der junge Werbemensch.

»Ich habe etwas für Sie«, sagte Roger. »Ein Zitat von Joseph Conrad zum Thema Werbung.«

»Fein«, freute sich Aubrey. »Und ich habe etwas für Sie. Sie waren neulich so nett zu mir, dass ich mir erlaubt habe, Ihnen eine Dose Blue-Eyed Mixture mitzubringen, meine liebste Tabaksorte. Hoffentlich schmeckt sie Ihnen auch.«

»Wunderbar! Und weil Sie auch zu mir so nett sind, müsste ich Ihnen eigentlich das Zitat von Joseph Conrad ersparen.«

»Aber nein, das trifft bestimmt ins Schwarze. Legen Sie

los!« Der Buchhändler ging zum Schreibtisch, kramte in dem Papierwust herum und fand schließlich einen Zettel, auf den er geschrieben hatte:

> *Da ich selbst ein Menschenfreund bin, betrübt mich die moderne Art der Werbung. Auch wenn sie bei Einzelnen Unternehmungsgeist, Scharfsinn, Unverfrorenheit und Ideenreichtum hervorbringt, beweist sie für mich eine weite Verbreitung jener Form geistigen Verfalls, die man Leichtgläubigkeit nennt.*
>
> Joseph Conrad

»Was halten Sie davon?«, fragte Roger. »Es steht in seiner Erzählung *Ein Anarchist.*«

»Weniger als nichts halte ich davon«, sagte Aubrey. »Wie Ihr Freund Don Marquis neulich bemerkte, darf man eine Idee nicht dafür verantwortlich machen, dass es Menschen gibt, die an sie glauben. Mr. Conrad liest offenbar Anzeigen, die nichts taugen, das ist alles. Schlechte Reklame macht die Werbung als solche nicht wertlos. Aber eigentlich bin ich vor allem gekommen, um Ihnen das hier zu zeigen. Es war heute früh in der *Times.*«

Er holte einen Zeitungsausschnitt aus der Tasche.

»Ja, ich habe es gerade gelesen«, sagte Roger. »Das Buch ist nicht mehr bei mir im Regal, jemand muss es gestohlen haben.«

»Dazu muss ich Ihnen etwas erzählen«, sagte Aubrey. »Heute Abend habe ich mit Mr. Chapman im Octagon gegessen.«

»Ach ja?«, erwiderte Roger. »Sie wissen, dass seine Tochter jetzt bei uns ist?«

»Ja, von ihm selbst. Erstaunlich, wie sich da eins ins andere fügt. Und das hat mich auf eine Idee gebracht. Ich dachte mir, dass ihr Vater sich deshalb für Brooklyn interessieren und in eine Schaufensterwerbung für seine Firma hier einwilligen würde – wir organisieren nämlich alle Werbekampagnen für ihn. Natürlich habe ich nicht verraten, dass ich das mit seiner Tochter weiß. Jetzt aber zu meinem eigentlichen Thema. Wir hatten uns im Czecho-Slovak Grill im vierzehnten Stock verabredet, und im Fahrstuhl war ein Mann in Kochjacke mit einem Buch in der Hand. Ich sah ihm über die Schulter, weil ich wissen wollte, was es war – natürlich dachte ich an ein Kochbuch. Aber es war ein Exemplar von *Oliver Cromwell.*«

»Dann hat er es also wiedergefunden? Wenn er ein Carlyle-Fan ist, muss ich ihn unbedingt kennenlernen.«

»Nicht so eilig. Die Anzeige hatte ich heute Vormittag gelesen, weil ich die Spalte mit den Fundsachen immer durchsehe, oft fällt mir dabei ein Werbegag ein. Wenn man verfolgt, was für Sachen die Leute unbedingt zurückhaben wollen, weiß man, woran ihr Herz hängt – und dann kann man sie intensiver bewerben. Dass jemand ein verlorenes Buch inseriert, war mir zum ersten Mal untergekommen, und ich dachte mir: ›Das Buchgeschäft ist also im Aufwind.‹ Als ich dann den Koch mit dem Buch in der Hand sah, sagte ich scherzend: ›Wie ich sehe, haben Sie es wiedergefunden.‹ Er war ein ausländischer Typ mit langem Bart, ungewöhnlich für einen Küchenchef, weil so eine Matratze leicht in die Suppe geraten kann. Er sah mich an, als wäre ich mit einem Tranchiermesser auf ihn losgegangen, es war fast beängstigend. ›Ja, ja‹, sagte er und nahm das Buch unter den Arm, damit ich es nicht mehr sehen konnte. Er schien zwischen Wut und Angst zu schwanken. Vielleicht, dachte ich, darf er eigentlich nicht im Gästeaufzug fahren und fürchtet, jemand würde ihn bei der Direktion verpetzen. Als wir im vierzehnten Stock angekommen waren, flüsterte ich ihm zu: ›Keine Angst, mein Alter, ich verrate Sie nicht.‹ Und was soll ich Ihnen sagen – er wirkte noch verängstigter als zuvor, er war ganz blass geworden. Als ich ausstieg, folgte er mir. Vielleicht wollte er mich ansprechen, aber weil Mr. Chapman in der Lobby wartete, kam er nicht mehr dazu. Doch er blickte mir nach, bis ich im Speisesaal war, als sähe er in mir seine letzte Hoffnung.«

»Der arme Teufel hatte wahrscheinlich Angst, Sie würden ihn anzeigen, weil er das Buch gestohlen hatte«, sagte Roger. »Schwamm drüber – er soll es getrost behalten.«

»Hat er es wirklich gestohlen?«

»Ich habe keine Ahnung. Aber jemand hat es mitgehen lassen, so viel steht fest, hier ist es nicht mehr.«

»Moment noch, jetzt wird's erst richtig sonderbar. Ich habe mir weiter nichts bei der Sache gedacht, nur dass es ein drolliger Zufall war, dem Mann zu begegnen, nachdem mir diese Anzeige aufgefallen war. Ich hatte ein langes Gespräch mit Mr. Chapman über eine Werbekampagne für Kurpflaumen und Kartoffelchips und zeigte ihm ein paar Texte. Dann erzählte er mir das von seiner Tochter, und ich sagte, dass ich Sie kenne. Gegen acht verließ ich das Octagon und beschloss, mit der Subway herzufahren, um Ihnen die Anzeige zu zeigen und den Tabak zu bringen. Und wen sehe ich, als ich an der Atlantic Avenue aussteige? Unseren Freund, den Koch. Er war offenbar mit demselben Zug gekommen wie ich. Jetzt war er in

Zivil, und ohne die weiße Kochjacke erkannte ich ihn sofort. Was meinen Sie, wer es war?«

Roger sah ihn gespannt an. »Keine Ahnung.«

»Der Typ, der wie ein Professor aussah und Sie neulich, als ich hier war, nach einem Buch gefragt hat.«

»Dem muss wirklich viel an Carlyle liegen, denn als er nach dem Buch fragte und ich es nicht fand, war er furchtbar enttäuscht. Ich *müsse* es haben, sagte er immer wieder, und ich habe sämtliche Regale mit Geschichtswerken durchsucht für den Fall, dass ich es verlegt hatte. Ein Freund von ihm habe es hier gesehen, sagte er, da sei er sofort hergekommen, um es zu kaufen. Er könne den Carlyle in der Stadtbücherei einsehen, sagte ich, aber damit, meinte er, sei ihm nicht geholfen.«

»Der Mann hat offenbar nicht alle Tassen im Schrank«, sagte Aubrey, »denn ich bin sicher, dass er mir von der Haltestelle bis hierher gefolgt ist. Ich habe im Drugstore an der Ecke Streichhölzer gekauft, und als ich herauskam, stand er unter dem Laternenpfahl.«

»Wenn es nicht Carlyle, sondern ein moderner Autor wäre«, sagte Roger, »könnte man an den Werbegag eines Verlages denken. Diese Leute lassen sich das verrückteste Zeug einfallen, um den Namen eines Autors in die Zeitung zu bringen. Aber das Copyright für Carlyle ist längst abgelaufen, deshalb leuchten mir Sinn und Zweck der Übung nicht ein.«

»Wahrscheinlich belauert er Ihr Geschäft, um das Rezept für Eier à la Samuel Butler zu stehlen«, sagte Aubrey, und sie lachten beide.

»Kommen Sie herein und begrüßen Sie meine Frau und Miss Chapman«, forderte Roger ihn auf. Der junge Mann protestierte schwach, aber der Buchhändler merkte, dass die Aussicht, Miss Chapman kennenzulernen, ihre Wirkung auf ihn nicht verfehlte.

»Ich bringe einen Freund mit«, sagte Roger, als er Aubrey in das kleine Zimmer führte, in dem Helen und Titania saßen. »Mrs. Mifflin, Mr. Aubrey Gilbert. Miss Chapman, Mr. Gilbert.«

Vage nahm Aubrey die Bücherreihen, die glimmenden Kohlen, die dralle Gastgeberin und den freundlichen Terrier wahr – sein Hauptaugenmerk aber galt, wie bei einem klugen jungen Mann nicht verwunderlich, der Mitarbeiterin der Mifflins. Wie rasch doch die Sinne eines jungen Menschen die wirklich wichtigen Daten erfassen. Scheinbar ohne in ihre Richtung zu sehen, hatte er blitzartig die erstaunlichste Berechnung vollzogen, deren der menschliche Geist fähig ist. Er hatte sämtliche jungen Damen in seinem Bekanntenkreis addiert und eine Summe ermittelt, die geringer war als die junge Frau, die vor ihm saß. Dieses neue Phänomen subtrahierte er vom Universum, wie er es kannte, einschließlich des Sonnensystems und der Werbebranche, und bekam ein Minus heraus. Er hatte den Inhalt seines Intellekts mit einem Faktor multipliziert, bei dem von einer »Konstante« keine Rede sein konnte, und erschrak über das, was Lehrer wohl das Resultat nennen. Zudem hatte er jenes Wesen, das in dem Sessel zu seiner Linken saß, durch seinen Werdegang dividiert und keinen Platz für einen Quotienten gefunden. All das vollzog sich in der kurzen Zeit, die Roger benötigte, um einen weiteren Sessel heranzurücken.

Mit der für einen wohlerzogenen Jüngling lobenswerten Höflichkeit ließ Aubrey es sich angelegen sein, zuerst mit seiner Gastgeberin ins Reine zu kommen, entschlossen, blaue Augen, eine Seidenbluse und ein entzückendes Kinn unbeachtet zu lassen.

»Sehr liebenswürdig, dass ich kommen durfte«, sagte er zu Mrs. Mifflin. »Als ich neulich hier war, bestand Mr. Mifflin darauf, mich zum Abendessen einzuladen.«

»Freut mich sehr, Sie kennenzulernen«, meinte Helen. »Roger hat mir viel von Ihnen erzählt. Hoffentlich hat er Sie nicht mit einem seiner befremdlichen Gerichte vergiftet. Warten Sie nur, bis er Ihnen Pfirsiche in Brandy à la Harold Bell Wright vorsetzt.«

Aubrey antwortete höflich. Es gelang ihm immer noch – wenngleich unter großen Qualen –, seinen Blick nicht auf die Stelle zu richten, die ihn magisch anzog.

»Mr. Gilbert hat gerade etwas Merkwürdiges erlebt«, sagte Roger, »und wird es euch gern erzählen.«

Leichtsinnigerweise ließ Aubrey zu, dass ihn ein neugieriger blauer Blitz durchbohrte. »Ich habe mit Ihrem Vater im Octagon gegessen.«

Allzu lange vermochte Aubrey sich dem Starkstrom dieser Augen nicht auszusetzen, deshalb wandte er sich rasch Mrs. Mifflin zu. »Ich schreibe einen Großteil der Anzeigentexte für Mr. Chapman«, erläuterte er. »Wir waren geschäftlich verabredet, weil wir eine gigantische Kampagne über Kurpflaumen planen.«

»Dad arbeitet zu viel, finden Sie nicht?«, fragte Titania.

Aubrey freute sich schon, auf diesem unverfänglichen Weg womöglich Näheres über die Familie Chapman zu erfahren, aber Roger ließ es sich nicht nehmen, die Geschichte von dem Koch und dem verschwundenen *Cromwell* zu erzählen.

»Und er ist Ihnen hierher gefolgt? So aufregend hatte ich mir die Buchbranche gar nicht vorgestellt«, rief Titania dazwischen.

»Schließ heute Abend sorgfältig ab, Roger«, mahnte Mrs. Mifflin, »sonst macht er sich noch mit der ganzen *Encyclopædia Britannica* davon.«

»Das ist eine gute Nachricht, finde ich«, sagte Roger. »Da gibt es einen Mann aus einfachen Verhältnissen, der so sehr auf gute Bücher aus ist, dass er, in der Hoffnung, ein paar stibitzen zu können, eine Buchhandlung belagert. So etwas macht einem doch Mut! Das muss ich an *Publishers Weekly* schreiben.«

»Ich möchte Ihre kleine Feier nicht stören«, sagte Aubrey.

»Sie stören nicht«, gab Roger zurück. »Wir gönnen uns gerade eine Vorlesestunde. Kennen Sie die *Weihnachtserzählungen* von Dickens?«

»Leider nein.«

»Soll ich weiterlesen?«

»Ja, bitte.«

»Ja, bitte«, sagte auch Titania. »Mr. Mifflin las gerade etwas über einen entzückenden Oberkellner in einem Londoner Gasthaus.«

Aubrey erbat die Erlaubnis, seine Pfeife anzünden zu dürfen, und Roger griff nach dem Buch. »Ehe wir aber lesen, welche Posten auf der Rechnung standen«, sagte er, »wäre wohl eine kleine Erfrischung angebracht, die ist an dieser Stelle unverzichtbar. Was hältst du von einer Runde Sherry für alle, meine Liebe?«

»Leider ist es so«, sagte Mrs. Mifflin zu Titania, »dass Mr. Mifflin Dickens nicht lesen kann, ohne dass es dazu etwas zu trinken gibt. Der Absatz an Dickens-Büchern dürfte merklich sinken, wenn die Prohibition kommt.«

»Ich habe mir mal die Mühe gemacht und aufgelistet, wie viel Alkohol in den Werken von Dickens konsumiert wird«, verkündete Roger, »und bin zu einem erstaunlichen Ergebnis gekommen. Siebentausend Fässer sind es, soweit ich mich erinnere. Solche Berechnungen machen großen Spaß. Ich wollte schon immer einen kleinen Aufsatz über die Regengüsse in den Erzählungen von Robert Louis Stevenson schreiben. Als Schotte war R. L. S. mit schlechtem Wetter ja bestens vertraut. Entschuldigen Sie mich einen Moment, ich will nur eine Flasche aus dem Keller holen.«

Roger ging hinaus, sie hörten seine Schritte auf der Kellertreppe; ganz nach Hundeart lief Bock hinter ihm her. Kellergerüche sind für Hunde ein Hochgenuss, besonders in alten Brooklyner Kellern, die eine ganz eigene Atmosphäre haben. Der Keller von Mifflins Buchhandlung, erhellt von der sanften Glut des Heizkessels und vollgepackt mit zerhackten Kisten, die Roger als Feuerholz verwendete, faszinierte Bock über alle Maßen. Von unten hörte man die Schaufel im Kohlevorrat scharren und das melodische Gleiten der Kohlebrocken vom Schaufelblatt ins Feuer. In diesem Augenblick läutete es.

»Soll ich gehen?« Titania war aufgesprungen.

»Oder ich?«, fragte Aubrey.

»Unsinn.« Mrs. Mifflin legte ihr Strickzeug aus der Hand. »Ihr habt doch beide keine Ahnung von unserem Warenbestand. Setzt euch wieder, und macht es euch gemütlich, ich bin gleich zurück.«

Aubrey und Titania sahen sich leicht befangen an.

»Ihr Vater schickt Ihnen ... beste Grüße«, sagte Aubrey. Er hatte eigentlich ›liebe Grüße‹ sagen wollen, bekam aber das Wort nicht heraus. »Er lässt Ihnen ausrichten, dass Sie nicht alle Bücher auf einmal lesen sollen.«

Titania lachte. »Wie lustig, dass Sie ihn ausgerechnet heute getroffen haben. Er ist ein Schatz, nicht?«

»Ich kenne ihn ja nur geschäftlich, aber er ist wirklich ein toller Kerl. Und hält viel von Werbung.«

»Sind Sie auch verrückt nach Büchern?«

»Ich hatte bisher nicht viel mit ihnen zu tun. Sie halten mich jetzt sicher für schrecklich unwissend ...«

»Überhaupt nicht. Ich bin so froh, dass ich jemandem begegne, der es nicht für ein Verbrechen hält, wenn man nicht jedes Buch der Welt gelesen hat.«

»Ein bisschen wunderlich geht's hier schon zu, oder?«

»Ja. Eine Buchhandlung, in der es spukt ...«

»Mr. Mifflin sagt, dass es die Geister großer Schriftsteller sind, die hier herumspuken. Hoffentlich bekommen Sie keinen Ärger mit ihnen. Thomas Carlyles Geist scheint ja recht rührig zu sein.«

»Ich habe keine Angst vor Gespenstern«, erklärte Titania.

Aubrey blickte ins Feuer. Er hätte ihr gern gesagt, dass er gedachte, sich selbst ein wenig als Geist zu betätigen, wusste aber nicht recht, wie er es ihr beibringen sollte. In diesem Augenblick kam Roger mit einer Flasche Sherry zurück. Während er sie entkorkte, hörten sie die Haustür zuschlagen, und Mrs. Mifflin kam herein.

»Wenn du so an deinem alten *Cromwell* hängst, Roger«, sagte sie, »bewahrst du ihn besser hier in der

Wohnung auf. Hier ist er.« Sie legte das Buch auf den Tisch.

»Das gibt's doch nicht!«, stieß Roger hervor. »Wer hat es zurückgebracht?«

»Es muss dein Freund, der Beikoch, gewesen sein«, antwortete Mrs. Mifflin. »Jedenfalls hatte er einen Bart wie ein Weihnachtsbaum. Ein sehr höflicher Mensch. Er sei furchtbar zerstreut, sagte er, und neulich sei er hier gewesen und habe gestöbert, und da sei er mit dem Buch weggegangen, ohne es zu merken. Er wollte für die Umstände zahlen, aber darauf habe ich mich natürlich nicht eingelassen. Ob er dich sprechen wolle, Roger, habe ich ihn gefragt, aber er sagte, er habe es eilig.«

»Wie schade«, sagte Roger. »Und ich dachte, ich hätte einen wahren Bücherfreund gefunden. Jetzt trinken wir erst mal auf Mr. Thomas Carlyle.«

Sie hoben die Gläser und machten es sich bequem.

»Wir sollten auch auf unsere neue Mitarbeiterin trinken«, sagte Helen. Der Vorschlag wurde gern aufgenommen, und Aubrey leerte sein Glas mit einem Eifer, der Miss Chapmans scharfem Auge nicht entging. Roger streckte die Hand nach dem Dickens aus, griff aber vorher noch einmal nach seinem geliebten *Cromwell* und hielt den Band ans Licht.

»Das Rätsel ist noch nicht gelöst«, sagte er. »Das Buch hat einen neuen Einband.«

»Meinst du wirklich?«, fragte Helen überrascht. »Ich finde, es sieht genau gleich aus.«

»Es ist geschickt gemacht, aber mich legt man damit nicht herein. Oben war eine Ecke abgerieben, und auf einem der Vorsatzblätter war ein Tintenfleck.«

Aubrey hatte ihm über die Schulter gesehen. »Da ist immer noch ein Fleck.«

»Aber es ist nicht derselbe Fleck. Ich habe das Buch so lange, dass ich es in- und auswendig kenne. Was hat dieser arme Irre damit bezweckt, den Carlyle neu binden lassen?«

»Komm, leg das Buch weg, sei so gut«, sagte Helen. »Wenn du so weitermachst, erscheint uns allen Carlyle noch im Traum.«

Kapitel 5

AUBREY MACHT SICH ZU FUSS AUF DEN HEIMWEG – UND BEENDET IHN AUF VIER RÄDERN

Die Nacht war klar und kalt, als Aubrey Gilbert die Buchhandlung verließ und sich auf den Heimweg machte. Ohne sich bewusst dafür zu entscheiden, spürte er, dass es schöner wäre, zu Fuß nach Manhattan zu gehen, als sich von dem ernüchternden Lärm der Subway aus seinen Betrachtungen reißen zu lassen.

Es steht zu befürchten, dass Aubrey schmählich versagt hätte, wäre er zu den Kapiteln von *Somebody's Luggage* befragt worden, die der Buchhändler vorgelesen hatte. Seine Gedanken flossen rasch und ungehindert dahin, gleich einem bergab plätschernden Bach. Wie O. Henry es in einer seiner bezaubernden Geschichten formuliert hat: »Nach außen wirkte er korrekt und konnte sein Gleichgewicht wahren, aber innerlich war alles spontan und unvorhersehbar.« Dass er an Miss Chapman dachte, hieße, ihm zu viel an Reflexion und abstrakten Rückschlüssen zuzubilligen. Er dachte nicht – er wurde gedacht. Er spürte, wie seine Gedanken mit dem unwiderstehlichen Sog von Gezeiten, die von dem lockenden Mond angezogen werden, die gewohnten Bahnen verließen. Sein Wille, ein nackter, verlorener Schwimmer, versuchte mühsam, sich in diesem gleißenden Meer aus Emotionen vorzukämpfen, driftete aber immer mehr ab und hatte sich schon fast damit abgefunden, aufs offene Meer hinausgetrieben zu werden.

Vor Weintraubs Drugstore an der Ecke Gissing Street und Wordsworth Avenue blieb er kurz stehen, um sich Zigaretten zu kaufen, diesen unfehlbaren Trost für aufgewühlte Gemüter.

Es war einer der in diesem Teil von Brooklyn üblichen altmodischen Läden. Hohe, mit roten, grünen und blauen Flüssigkeiten gefüllte Glasgefäße in den Schaufenstern warfen bunte Lichtreflexe auf den Gehsteig, auf dem Spiegelglas stand in großen weißen Porzellanbuchstaben H. WE TRAUB, DEUT CHE APOTHEKER. Im Inneren befanden sich die üblichen Regale mit beschrifteten Gläsern, in Vitrinen lagen Zigarren, Patentarzneien und Toilettenschnickschnack, und in einer Ecke stand ein vor langer Zeit von der Tabard Inn Library aufgestelltes drehbares Bücherregal. Der Laden war leer, aber als Aubrey die Tür öffnete, schepperte eine Ladenglocke. In einem Hinterzimmer hörte er Stimmen. Während er auf den Apotheker wartete, betrachtete er die verstaubten Bände in dem rotierenden Regal. Es enthielt die üblichen Harold-MacGrath-Romane: *The Man on the Box*, *A Girl of the Limberlost*, und *The Houseboat on the Styx* von J. K. Bangs. *The Divine Fire*, ziemlich abgegriffen, lehnte neben Joe Chapple's *Heart Throbs*. Wer mit den noch immer in entlegenen Drugstores stehenden Bücherregalen von Tabard Inn vertraut ist, weiß, dass deren Inhalt seit vielen Jahren nicht mehr »umgeschlagen« wird. Aubrey stellte deshalb, als er das Regal kreisen ließ, überrascht fest, dass zwischen zwei Bänden der leere Einband eines Buches klemmte. Auf dem Buchrücken stand:

CARLYLE

—

OLIVER CROMWELLS
BRIEFE
UND
REDEN

Einem spontanen Einfall folgend steckte er den Bucheinband in die Manteltasche.

Jetzt kam Mr. Weintraub herein, eine massive teutonische Erscheinung mit dunklen Tränensäcken unter den Augen, einem Gesicht, das ein starkes Argument für die Prohibition war, und devoter Haltung. Aubrey nannte seine Zigarettenmarke. Er selbst hatte den Werbeslogan für diese Marke erfunden – »Mild – und doch vollmundig« –, was ihn zu einer gewissen Anhänglichkeit nötigte. Der Apotheker hielt ihm eine Schachtel hin, und Aubrey sah, dass seine Finger safrangelb verfärbt waren.

»Wie ich sehe, sind Sie auch Raucher«, sagte Aubrey höflich, während er die Schachtel aufmachte und einen der Glimmstängel an einer kleinen Spiritusflamme anzündete, die in der blauen Glaskugel auf dem Ladentisch flackerte.

»Ich? Nein, ich bin Nichtraucher.« Mr. Weintraubs Lächeln wollte nicht recht zu seinem missmutigen Gesicht passen. »In meinem Beruf braucht man ruhige Nerven. Apotheker, die rauchen, mischen keine guten Arzneien.«

»Wieso sind dann Ihre Finger so verfärbt?«

Mr. Weintraub nahm die Hände vom Ladentisch. »Chemikalien«, knurrte er. »Rezepturen und so weiter.«

»Rauchen ist sowieso eine schlechte Angewohnheit«, sagte Aubrey. »Ich sollte es mir abgewöhnen.« Er wurde den Eindruck nicht los, dass jemand ihr Gespräch belauschte. Vor dem Durchgang zum hinteren Teil des Ladens hing ein Vorhang aus Perlen und dünnen, aufgefädelten Bambusstäben. Er hörte es klappern, als hätte jemand den Vorhang kurz zur Seite geschoben. Als er sich zum Gehen wandte, sah er, dass der Vorhang sich bewegte.

»Ja, dann also gute Nacht«, sagte er und trat auf die Straße hinaus.

Während er unter dem Donner der Hochbahn vorbei an beleuchteten Speiselokalen, Oyster Saloons und Pfandleihen die Wordsworth Avenue hinunterging, trat Miss Chapman wieder in den Vordergrund. In immer enger werdenden Windungen kreisten seine Gedanken um diesen Abend. Das kleine, mit Büchern vollgestellte Wohnzimmer der Mifflins, das funkensprühende Feuer, das muntere Geplätscher der Buchhändlerstimme – und dort in dem alten Sessel mit der hervorquellenden Polsterung dieses blauäugige Traumbild von einem Mädchen! Zum Glück hatte er so gesessen, dass er sie unauffällig mustern konnte. Der Schwung ihrer Fesseln, auf denen das Licht des Feuers tanzte, hätte einen Coles Phillips beschämen müssen. Erstaunlich, wie diese Geschöpfe uns mit ihrer Lieblichkeit zu quälen vermögen. Vor den dunklen Buchrücken leuchteten ihre Haare golden. Dass ihr Gesicht mit diesem provozierend arglosen Ausdruck einen solchen Zauber ausstrahlte, machte ihn wütend. Zorn trieb ihn voran über die vereiste Straße. »Welches Recht hat ein Mädchen, so unerlaubt hübsch zu sein?«, stieß er hervor. »Ich … ich würde ihr am liebsten eine Tracht Prügel verpassen. Woher zum Teufel nimmt sie das Recht, so bezaubernd auszusehen?«

Es wäre unrecht, den armen Aubrey bei seinem Schwanken zwischen Zorn und Anbetung zu belauschen, während er über die Wordsworth Avenue stürmte und dabei nur so viel hörte und sah, wie für den Erhalt seines Lebens erforderlich war. Halb gerauchte Zigaretten glühten in seinem Kielwasser,* seiner breiten Brust entrangen sich zusammenhanglose Redefetzen. Auf den dunkleren Abschnitten der Fulton Street in Richtung Brooklyn Bridge rief er: »Herrgott, die Welt ist doch nicht so übel!« Beim Aufstieg auf das gewaltige Bauwerk, ein schwarzer Winzling vor einem Sternenmeer, plante er gewaltige Heldentaten auf dem Gebiet der Werbung, dank derer er es womöglich wagen konnte – ohne sich allzu lächerlich zu machen –, dem Präsidenten von Daintybits eine bestimmte Frage zu stellen, auf die kein Vater einer schönen Tochter jemals so recht gefasst ist.

Genau auf der Brückenmitte schlug seine Stimmung um. Er blieb stehen und lehnte sich an die Brüstung, um sich an dem prachtvollen Anblick zu erfreuen. Es war fast Mitternacht, aber in den dunklen Schluchten Manhattans leuchteten verstreute Lichter in einem seltsamen, unregelmäßigen Muster, das an gelochte Lotteriescheine erin-

* Bemerkung während des Korrekturlesens: Dieser Satz dürfte eine unbewusste Anleihe an R. L. S. sein – aber wo steht das Original? C. D. M.

nerte – »Lassen Sie sich die Chance nicht entgehen, einen milchgemästeten Truthahn zu gewinnen!« –, die der indische Liftboy um Halloween herum den Mietern in den Apartmenthäusern andient. Dunstig-goldenes Licht lag über den Lustbarkeiten von Uptown: Aubrey sah den rubinfarbenen Leuchtturm des Metropolitan Tower, der die Dreiviertelstunde zeigte. Unter den Bohlen der Brücke schnaufte ein Schlepper dahin, dessen Positionslichter rote und grüne Streifen über die ablaufende Flut zogen. Ein großes Schiff der Staten-Island-Flotte zog gelassen nach St. George hinunter, vorbei an der in weiches Licht gehüllten Freiheitsstatue, an Bord müde Theaterbesucher, die in das grelle Licht der Glühbirnen blinzelten. Über ihnen wölbte sich der klare, von Sternen durchsiebte Nachthimmel. Blaue Funken klebten knisternd an den Kabeln der Stadtbahn, deren Wagen stöhnend über die Brücke rollten.

Aubrey betrachtete dieses prachtvolle Bild, ohne es recht wahrzunehmen. Er war in philosophischer Stimmung und versuchte, sein Unbehagen an dem überwältigenden Glanz von Miss Titania mit dem Gedanken zu vertreiben, dass sie letztlich Geschöpf und Spross jener Wissenschaft war, der er sich verschrieben hatte – der Wissenschaft der Werbung. Waren nicht der Duft ihrer Person, der sanfte Zwang ihres Blickes, ja sogar die hinreißenden Spitzenmanschetten an ihren Handgelenken das Verdienst seines Berufsstands? Hatte er nicht, während er in einer Ecke der Grey Matter Agency über sensationellen Texten und markanten Layouts brütete, zu der triumphalen Blüte und Anmut dieser ahnungslosen Nutznießerin beigetragen? Tatsächlich erschien sie ihm, den ihre Schönheit so sehr quälte, ein Symbol der geheimnisvollen und subtilen Macht der Reklame zu sein. Die Werbung hatte es Mr. Chapman, einem schüchternen und ein wenig schrulligen kleinen Mann, ermöglicht, diese junge Frau mit allen Herrlichkeiten der Zivilisation zu umgeben, sie zu hegen und pflegen, bis sie auf die Erde niederleuchtete wie der Morgenstern. Die Werbung hatte sie gekleidet, die Werbung hatte sie genährt, gebildet, beschützt und beschirmt. In gewissem Sinne war Titania Chapman dank der Werbung die Krönung des väterlichen Werdegangs, und ihre unschuldige Vollkommenheit verhöhnte ihn nicht anders als die Leuchtreklame, welche die ihm wohlbekannten Worte Chapman-Kurpflaumen über das Gewusel auf dem Times Square zucken ließ. Er stöhnte auf bei dem Gedanken, dass er selbst durch seine gewissenhaften Bemühungen dazu beigetragen hatte, dass diese junge Frau nun schier unerreichbar für ihn war.

Und er hätte sie womöglich auch nie erreichen können, hätte er nicht jetzt in seiner Erregung das Brückengeländer umklammert. In diesem Augenblick wurde ihm von hinten ein Sack über den Kopf gestülpt, und jemand fasste ihn gewaltsam an den Beinen in der unverkennbaren Absicht, ihn über die Brüstung zu hieven. Der unbewusste Griff an das Geländer war seine Rettung. Von der Attacke überrumpelt, fiel er seitlich gegen die Brüstung, bekam aber zum Glück den anderen am Bein zu fassen. Unter dem Leinensack war es sinnlos, um Hilfe zu rufen, aber er hielt das Bein, das er zu fassen bekommen hatte, krampfhaft fest und rollte zusammen mit dem Angreifer über den Gehsteig. Aubrey war kräftig gebaut und hätte sich wahrscheinlich selbst helfen können, wenn nicht in diesem Augenblick ein heftiger Schlag seinen Kopf getroffen hätte, der ihn halb betäubte. Unfähig sich zu wehren, lag er da, war aber immerhin noch so weit bei Bewusstsein, dass er das schwindelerregende Gefühl hatte, durch die leere Luft in das eisige Wasser des East River zu stürzen. Doch dann hörte er einen Ruf, hörte Schritte auf den Planken, hörte andere Schritte, die sich eilig von ihm entfernten, dann riss ihm jemand den Sack vom Kopf, und ein hilfsbereiter Passant kniete an seiner Seite.

»Alles in Ordnung?«, fragte dieser besorgt. »Menschenskind, diese Halunken hätten Sie fast erwischt.«

Aubrey fühlte sich so matt und schwindlig, dass er nicht gleich antworten konnte. Ihm war, als hätte ihm jemand gründlich den Schädel eingeschlagen. Als er die Hand hob, stellte er aber erstaunt fest, dass seine Kopfform mehr oder weniger unverändert war. Der Unbekannte wischte ihm mit dem Taschentuch ein Blutrinnsal ab.

»Ich hab wirklich gedacht, mit Ihnen ist's aus«, sagte er mitfühlend. »Hab gesehen, wie diese Typen sich auf Sie gestürzt haben. Zu schade, dass sie entkommen sind. Eine Gemeinheit, so was.«

Aubrey atmete in tiefen Zügen die Nachtluft ein und setzte sich auf. Die Brücke schaukelte unter ihm, das Woolworth Building wankte und schwankte wie eine Pappel im Wind. Ihm war sehr übel.

»Sehr nett von Ihnen«, stotterte er. »Bin gleich wieder in Ordnung.«

»Soll ich einen Krankenwagen rufen?«, fragte sein Helfer.

»Nein, nein, geht schon wieder.« Aubrey stand taumelnd auf und versuchte, an das Brückengeländer geklammert, wieder zu klarem Bewusstsein zu kommen. Die albernen Worte »Mild – und doch vollmundig« gingen ihm nicht aus dem Kopf.

Sein Helfer stützte ihn. »Wo wollen Sie denn hin?«, fragte er.

»Madison Avenue und Thirty-Second …«

»Soll ich ein Taxi für Sie heranwinken? He, hilf mal dem Herrn«, rief er einem Fußgänger zu, der auf sie zukam. »Jemand hat ihm mit ’ner Keule eins übergebraten. Ich hole ihm ein Taxi.«

Der zweite Helfer war gern bereit, diesem menschenfreundlichen Auftrag nachzukommen, und wickelte Aubrey dessen Taschentuch um den Kopf, der jetzt stark blutete. Wenig später gelang es dem ersten Samariter, einen Wagen anzuhalten, der aus Richtung Brooklyn angebraust kam. Der Fahrer versprach, Aubrey heimzufahren, und die anderen beiden halfen ihm ins Auto. Bis auf die hässliche Platzwunde am Kopf war er unversehrt.

»Heutzutage braucht man einen Stahlhelm, wenn man abends auf Long Island unterwegs ist«, bemerkte der Fahrer leutselig. »Wie ich neulich abends vom Rockville Centre gekommen bin, wollten zwei dieser Lumpen über mich herfallen. Vielleicht waren es dieselben, die es bei Ihnen versucht haben. Würden Sie die wiedererkennen?«

»Nein«, sagte Aubrey. »Mit dem Sack, den sie mir übergezogen haben, hätte man ihnen vielleicht auf die Spur kommen können, aber den hab ich liegen lassen.«

»Soll ich noch mal zurückfahren?«

»Nein, lassen Sie nur. Ich hab da so eine Ahnung …«

»Wissen Sie etwa schon, wer es war? Sind Sie Politiker?«

Das Taxi rollte rasch durch die dunkle Schlucht der Bowery zur Fourth Avenue und bog an der Thirty-Second Street ab, um Aubrey vor seinem Haus abzusetzen. Er dankte dem Taxifahrer von Herzen und lehnte weitere Hilfe ab. Nachdem er nicht ohne Mühe den Haustürschlüssel ins Schloss manövriert hatte, betrat er das Haus, stieg die vier knarrenden Stufen hoch und stolperte in sein Zimmer. Dort tastete er sich zum Waschbecken vor, kühlte den schmerzenden Kopf mit einem feuchten Handtuch und fiel ins Bett.

Kapitel 6

TITANIA WIRD ANGELERNT

Roger Mifflin, eigentlich eine Nachteule, war morgens trotzdem immer zeitig auf den Beinen. Nur sehr junge Menschen genießen es, lange im Bett zu bleiben. Wer sich seinem fünften Jahrzehnt nähert, ist sich der Vergänglichkeit des Lebens bewusst und hat keine Lust, es unter der Bettdecke zu vergeuden.

Seine morgendlichen Pflichten erledigte der Buchhändler stets rasch und routiniert. Gewöhnlich weckte ihn gegen halb acht das Scheppern einer Glocke, die auf einer Spiralfeder am Fuß der Treppe wippte. Sie meldete das Eintreffen von Becky, der alten Zugehfrau, die allmorgendlich vor Geschäftsbeginn die Räume fegte und scheuerte. Roger schlurfte in seinem zinnoberroten Morgenrock nach unten, um sie einzulassen, und holte die Milchflaschen und die Brötchentüte ins Haus. Während Becky die Haustür feststellte, die Sprossenfenster öffnete und den Kampf gegen Staub und Tabakrauch aufnahm, ging Roger in die Küche und sagte Bock guten Morgen, der aus seiner literarischen Hundehütte kam und die Vorderpfoten reckte – teils zur höflichen Begrüßung, teils aber auch, um nach der gekrümmten Haltung der langen Nachtstunden seine Glieder zu strecken. Danach ließ

Roger ihn zu einem Auslauf in den kleinen grasbewachsenen Hinterhof und blieb auf den Stufen stehen, die von der Küche in den Hof führten, um die frische Morgenluft einzuatmen.

Der Samstag war klar und frostig. Die schlichten Kehrseiten der Häuser auf der Whittier Street, unregelmäßig gezackt wie die Ränder eines Gedichts in freien Versen, boten Roger ein hübsches menschliches Panorama. Aus den Schornsteinen stiegen dünne Rauchfäden, ein verspäteter Bäckereiwagen holperte durch die Gasse. In den Erkerfenstern lagen schon Betttücher und Kissen zum Lüften in der Sonne. Der vortreffliche Bezirk Brooklyn, in dem solide gelebt und herzhaft gefrühstückt wird, geht die Morgenstunden mit einem heiteren Lächeln an. Bock schnüffelte und stöberte auf dem Hof herum, als hätte er in der Erde, von der er jeden Quadratzoll auswendig kannte, einen neuen aufregenden Geruch ausgemacht. Roger sah ihm mit der belustigt-liebevollen Nachsicht zu, die man einem zufriedenen Hund gegenüber gewöhnlich empfindet – vergleichbar vielleicht dem toleranten Paternalismus, mit dem Gott angeblich seine ungebärdigen Hohenzollern zu beobachten pflegte.

Die Kälte durchdrang allmählich Rogers Morgenrock, und er ging zurück in die Küche, das schmale Gesicht strahlend vor Lebensfreude. Er öffnete die Herdklappen, setzte Wasser zum Kochen auf und ging in den Keller, um den Heizkessel zu neuem Leben zu erwecken. Auf dem Weg nach oben zu seinem Bad begegnete ihm Mrs. Mifflin, frisch und munter in einer gestärkten Morgenschürze. Leise vor sich hin summend las Roger die Haarnadeln vom Schlafzimmerfußboden auf und fragte sich, warum es immer hieß, Frauen seien ordentlicher als Männer.

Titania war früh aufgewacht. Sie lächelte dem rätselhaften Porträt von Samuel Butler zu, warf einen Blick auf die Bücherreihe über ihrem Bett, zog sich rasch an und lief nach unten, um schnellstmöglich erste Erfahrungen im Buchhandel zu sammeln. Sie fand den Laden schmuddeliger als nötig, und da Mrs. Mifflin es ablehnte, sich bei den Vorbereitungen zum Frühstück helfen zu lassen – nur die Salzstreuer durfte Titania hinstellen –, ging sie die Gissing Street hinunter bis zu dem kleinen Blumengeschäft, das sie am Vortag bemerkt hatte. Hier gab sie mindestens ein Wochengehalt für Chrysanthemen und einen großen Topf mit weißer Heide aus und war dabei, den Blumenschmuck in den Geschäftsräumen zu verteilen, als Roger sie fand.

»Ach du meine Güte«, sagte er. »Wie wollen Sie mit Ihrem Gehalt auskommen, wenn Sie so weitermachen? Ausbezahlt wird erst am Freitag.«

»Nur eine spontane Idee«, sagte sie vergnügt. »Ich dachte, es wäre nett, den Laden ein bisschen hübscher zu gestalten. Überlegen Sie mal, wie sich Ihre Ladenaufsicht freut.«

»Sie glauben doch wohl nicht im Ernst, dass Antiquariate eine Ladenaufsicht haben«, erwiderte Roger.

Nach dem Frühstück machte er seine neue Mitarbeiterin mit den Grundlagen des Geschäfts vertraut. Während er die Anordnung der Regale erläuterte, versiegte sein Redestrom keinen Augenblick. »Das umfangreiche Wissen, das ein Buchhändler braucht, werden Sie sich nur allmählich erwerben«, sagte er. »Nehmen Sie nur den

Unterschied zwischen Philo Gubb und Philip Gibbs, Mrs. Wilson Woodrow und Mrs. Woodrow Wilson und dergleichen. Erschrecken Sie nicht über die Anzeigen für ein Buch, das *Bell and Wing* heißt, denn ich habe nie erlebt, dass jemand danach gefragt hat. Auch deshalb habe ich Mr. Gilbert gesagt, dass ich nicht an Reklame glaube. Möglich, dass jemand Sie fragt, wer *The Winning of the Best* geschrieben hat, dann müssen Sie wissen, dass es nicht Colonel Roosevelt war, sondern Mr. Ralph Waldo Trine. Das Schöne am Buchhandel ist, dass man kein Literaturkritiker sein muss. Alles, was man braucht, ist die Freude am Buch. Ein Literaturkritiker wird Ihnen sagen, dass der *Happy Warrior* von Wordsworth ein Gedicht mit 85 Zeilen ist, bestehend aus nur zwei Sätzen, einem mit 26 und einem mit 59 Zeilen. Was spielt es schon für eine Rolle, dass die Sätze von Wordsworth fast so lang sind wie die von Walt Whitman oder Will H. Hays, selbst wenn er nur dieses wunderbare Gedicht geschrieben hätte? Literaturkritiker sind komische Vögel. Nehmen Sie Professor Phelps aus Yale. 1918 veröffentlicht er ein Buch und nennt es *The Advance of English Poetry in the Twentieth Century.* Nach meinem Dafürhalten dürfte ein Buch mit diesem Titel nicht vor 2018 erscheinen. Dann kommt jemand und fragt Sie nach einem Buch mit Gedichten über Schreibmaschinen, und nach und nach geht Ihnen auf, dass Stevensons Gedichtsammlung *Underwoods* gemeint war. Ja, das ist alles nicht so einfach. Streiten Sie nie mit dem Kunden. Geben Sie ihm einfach das Buch, das er haben will, selbst wenn er nicht weiß, dass er es haben will.«

Sie gingen nach draußen, und Roger zündete seine Pfeife

an. In dem kleinen Bereich vor den Schaufenstern standen auf Gestellen große leere Kartons. »Zuallererst …«, setzte er an. »Zuallererst werdet ihr beiden euch bei diesem Wetter tüchtig erkälten«, sagte Helen, die ihnen gefolgt war. »Holen Sie Ihren Pelz, Titania, und du, Roger, brauchst deine Mütze. Denk an deinen kahlen Schädel.«

Als sie wieder vor der Haustür standen, funkelten Titanias blaue Augen über dem weichen Pelzkragen.

»Sie haben einen guten Geschmack in Sachen Pelz. Er hat genau die gleiche Farbe wie Tabakrauch«, sagte Roger und blies probehalber eine Wolke in ihre Richtung. Er fühlte sich sehr gesprächig, wie die meisten älteren Herren im Beisein eines so bezaubernd aufmerksamen jungen Mädchens.

»Wie hübsch!«, sagte Titania und sah sich auf dem privaten Stück Gehsteig um, der unter der Straßenebene lag. »Im Sommer könnten Sie Tische herausstellen und Tee servieren.«

»Zuallererst«, fuhr Roger fort, »lege ich die Zehn-Cent-Ware in diese Kartons. Abends kommen sie ins Haus und in diese Kisten. Wenn es regnet, spanne ich eine Markise auf, das ist sehr gut fürs Geschäft, weil sich immer mal wieder jemand unterstellt und dabei die Bücher anschaut. Ein kräftiger Schauer bringt oft fünfzig oder sechzig Cent. Alle sieben Tage wechsele ich das Angebot. In dieser Woche habe ich vor allem Romane, die kommen in unbegrenzter Zahl herein. Vieles davon ist Schund, aber auch der erfüllt seinen Zweck.«

»Finden Sie nicht, dass sie ziemlich schmutzig sind?« Titania hatte einige der kleinen blauen Bücher mit Rollos Abenteuern entdeckt, auf denen Generationen ihre Spuren hinterlassen hatten. »Ich würde sie gern ein bisschen abstauben.«

»So eine Aktion ist in der Gebrauchtwarenbranche fast ohne Beispiel, aber vielleicht machen sie dann wirklich mehr her.«

Titania lief ins Haus, lieh sich ein Staubtuch von Helen und machte sich über die Kartons her, während Roger in bester Laune weiterplauderte. Bock, der schon bemerkt hatte, dass im Hause Mifflin eine neue Ordnung herrschte, hatte sich auf die Schwelle gesetzt, bereit, sich an dem Gespräch zu beteiligen. Die Passanten, die an diesem Vormittag auf der Gissing Street vorbeikamen, rätselten, wer die hübsche Buchhändlersgehilfin wohl sein mochte. »So eine hätte ich auch gern als Dienstmädchen«, dachte eine gut betuchte Brooklyner Hausfrau auf dem Weg zum Markt. »Ich muss sie bei Gelegenheit anrufen und fragen, wie viel sie nimmt.«

Während Titania Staub wischte, schleppte Roger weitere Bücher an.

»Ich freue mich auch deshalb, dass Sie hergekommen sind, um mir zu helfen«, sagte er, »weil ich dann öfter mal rauskomme. Ich bin durch das Geschäft so sehr ans Haus gefesselt, dass es mir einfach nicht möglich war, mich umzusehen, Bestände von Bibliotheken aufzukaufen, bei Auktionen mitzubieten und dergleichen. So langsam gehen meine Bestände zur Neige. Wenn man nur auf das wartet, was einem angeboten wird, bekommt man kaum wirklich Gutes.«

Titania wienerte ein Exemplar von *The Late Mrs. Null.* »Es muss großartig sein, wenn man so viele Bücher kennt. Ich bin nicht belesen, aber Dad hat mich die Achtung vor guten Büchern gelehrt. Er wird fuchsteufelswild, wenn meine Freundinnen ins Haus kommen und er sie fragt, was sie gelesen haben, und sie nur von *Dere Mable* erzählen können.

Roger lachte in sich hinein. »Sie dürfen nicht glauben, dass ich mich nur für hochintellektuelle Bücher interessiere. Ich halte es mit dem Kunden, der mir einmal ganz im Ernst erklärt hat: ›Ich mag die *Ilias*, aber auch Pulp-Magazine wie *Argosy*.‹ Unerträglich ist mir nur Literatur, die unredlich und bewusst vanillisiert wurde. Süßigkeiten hat man sehr schnell über, und das gilt für Mark Aurel genauso wie für Dr. Crane. Aber eins gibt mir in diesem Zusammenhang immer wieder zu denken. Wenn Dr. Cranes Bemerkungen ebenso wahr sind wie die von Lord Bacon, warum schlafe ich dann bei dem Doktor nach einem Absatz ein, während die Essays von Lord Bacon mich die ganze Nacht wach halten.«

Titania, der diese Philosophen unbekannt waren, hielt sich an die typisch weibliche Taktik, nur von Dingen zu reden, von denen sie etwas verstand. Die Uneinsichtigen nennen diese Geisteshaltung zu Unrecht belanglos. Der weibliche Verstand springt wie ein Grashüpfer, der männliche schleppt sich dahin wie die Ameise.

»Es soll ja jetzt ein neues *Mable*-Buch geben«, sagte sie. »Es heißt *That's me all over, Mable*, und der Mann am Zeitungsstand vom Octagon sagt, dass er damit rechnet, tausend Stück loszuwerden.«

»Das lässt tief blicken«, meinte Roger. »Die Menschen sehnen sich nach Unterhaltung, und ich bin der Letzte, der ihnen einen Vorwurf daraus macht. *Dere Mable* habe ich leider nicht gelesen. Wenn es wirklich lustig ist, bin ich froh, dass es so begeisterte Leser gefunden hat. Ein ganz großer Wurf dürfte es nicht sein, denn eine Schülerin aus Philadelphia hat als Gegenstück dazu *Dere Bill* herausgebracht, das so gut wie das Original sein soll. Man stelle sich vor, dass ein Fratz aus Philadelphia ein erfolgreiches Pendant zu Bacons Essays produziert … Nun ja, wenn das Geschreibsel unterhaltsam ist, wird es seine Abnehmer finden. Die menschliche Sehnsucht nach harmlosem Zeitvertreib ist, wenn man es recht bedenkt, beklagenswert. Man sieht daran, wie trostlos das Leben geworden ist. Besonders berührt mich immer jener Augenblick atemloser, erwartungsvoller, ehrfürchtiger Stille, der sich bei einer Samstagsmatinee in einem Theater ausbreitet, wenn der Zuschauerraum sich verdunkelt, das Rampenlicht den Vorhang anstrahlt und die Nachzügler auf der Suche nach ihren Plätzen einem auf den Füßen herumtrampeln …«

»Hinreißend, nicht?«, warf Titania ein.

»Gewiss, aber es macht mich traurig, dass diesem begierigen Publikum meist so viel dummes Zeug vorgesetzt wird. Da sitzen sie alle, eingestellt auf Spannung und Gänsehaut, haben sich bewusst in diese herrliche, seltene, wachsame Stimmung versetzt, in der sie Wachs in den Händen des Künstlers sind – und Herrgott noch mal, welch kläglicher Ersatz für Freud und Leid wird ihnen vorgesetzt!

Tag für Tag sehe ich die Menschen in die Theater und Kinos strömen und weiß, dass sie mehr als die halbe Zeit auf einer ziellosen Suche sind, dass sie glauben, genährt zu werden, während man sie in Wahrheit mit trockenen Spelzen füttert. Und wer meint, er könne von Spelzen satt werden – das ist das Traurige an der Sache –, hat keine Lust mehr auf das volle Korn.«

Titania überlegte ein wenig erschrocken, ob sie sich mit Spelzen hatte abspeisen lassen. Sie dachte daran, wie viel Spaß sie vor ein paar Tagen an einem Film mit Dorothy Gish gehabt hatte, und riskierte einen Einwand. »Aber Sie sagen, dass die Menschen unterhalten werden wollen. Und wenn sie lachen und glücklich aussehen, haben sie sich doch sicher unterhalten?«

»Das bilden die sich nur ein«, eiferte Mifflin, »weil sie nicht wissen, wie es ist, sich wirklich zu unterhalten. Lachen und Beten sind die beiden edelsten Verrichtungen des Menschen, sie unterscheiden uns von den Tieren. Über schäbige Witze zu lachen, ist so abscheulich, wie schäbige Götter anzubeten. Über Fatty Arbuckle zu lachen, ist eine Degradierung des menschlichen Geistes.«

Titania fand, dass sie sich ziemlich weit vorwagte, doch sie verfügte über die hartnäckige Logik jeder gesunden jungen Frau.

»Aber ein Witz, den Sie billig finden«, sagte sie, »ist für denjenigen, der darüber lacht, nicht billig, sonst würde er nicht darüber lachen.«

Dann kam ihr ein neuer Gedanke, und ihr Gesicht erhellte sich. »Das Götzenbild, zu dem ein Wilder betet, mag Ihnen schäbig vorkommen, aber er kennt keinen anderen Gott, und es ist in Ordnung, dass er zu ihm betet.«

»Das haben Sie sehr schön gesagt«, lobte Roger. »Aber ich bin von meinem eigentlichen Argument abgekommen. Die Menschheit sehnt sich wie nie zuvor nach Wahrheit, nach Schönheit, nach Dingen, die trösten und aufrichten und das Leben lebenswert machen. Ich spüre das jeden Tag. Hinter uns liegt eine grauenvolle Katastrophe, und jeder anständige Mensch fragt sich, was wir tun können, um Zerstörtes wieder aufzurichten und aufzubauen. Folgendes habe ich neulich in John Masefields Vorwort zu einem seiner Theaterstücke gefunden: ›Die Wahrhaftigkeit und die Begeisterung des Menschen sind etwas Heiliges, das man nicht leichthin abtun darf. Eine Fahrlässigkeit im Umgang mit Leben und Schönheit kennzeichnet den Gierschlund, den Faulenzer und den Toren auf ihrem todbringenden Weg quer durch die Geschichte.‹ Ich habe recht ernüchternde Überlegungen angestellt, sage ich Ihnen, wenn ich in den vergangenen schrecklichen Jahren hier in meinem Buchladen saß. Walt Whitman hat im Bürgerkrieg ein kleines Gedicht geschrieben. ›Das Jahr, das unter mir bebte und schwankte …‹, so fängt es an, und weiter heißt es darin: ›Muss ich lernen, die kalten Klagen der ratlos verdrossenen Hymnen der Niederlage zu singen?‹ Ich habe nachts in meinem Laden gesessen und die Regale mit all den mutigen Büchern angeschaut, in denen der Menschen Hingabe, ihre Hoffnungen und Träume enthalten sind, und habe mich gefragt, ob sie alle im Unrecht, diskreditiert, geschlagen sind. Ob die Welt noch immer nichts anderes als ein wilder Dschungel ist. Ich glaube, ohne Walt Whitman wäre ich verrückt geworden. Alle reden von *Mr. Britling saw it through*, aber in Wirklichkeit war es Walt, dem dies gelungen ist.

Der Gierschlund, der Faulenzer und der Tor auf ihrem todbringenden Weg durch die Geschichte – wie wahr! Die deutschen Militärs waren keine Faulenzer, aber sie waren Gierschlunde und Toren bis in die x-te Potenz. Man sehe sich ihren todbringenden Weg nur an – und andere todbringende Wege. Sehen Sie sich unsere Slums an, unsere Gefängnisse und Irrenhäuser …

Ich habe intensiv darüber nachgedacht, was ich tun könnte, um mein behagliches Leben in diesen Schreckenszeiten zu rechtfertigen. Welches Recht hatte ich, in einer stillen Buchhandlung den Drückeberger zu spielen, während so viele meiner Mitmenschen schuldlos litten und starben? Ich habe versucht, in eine Sanitätseinheit zu kommen, aber ich habe keine medizinische Ausbildung, und Männer in meinem Alter wurden angeblich nur genommen, wenn es erfahrene Ärzte waren.«

»Ich weiß, wie Ihnen zumute war«, erklärte Titania überraschend verständnisvoll. »Was glauben Sie, wie viele Mädchen, die nichts tun konnten, um zu helfen, es herzlich satt hatten, nur flotte Uniformen mit Sam-Browne-Gürtel zu tragen?«

»Es war eine böse Zeit«, sagte Roger. »Der Krieg widersprach allem, wofür ich gelebt hatte. Ich kann Ihnen nicht erklären, wie ich mich dabei fühlte, ich kann es nicht einmal mir selbst erklären. Manchmal kam ich mir vor wie dieser hochherzige Einfaltspinsel Henry Ford, als er seine Friedensreise organisierte: Ich hätte alles getan, und wäre es noch so töricht, all dem Einhalt zu gebieten. In einer so vernünftigen und zynischen und grausamen Welt war ein schlichter und hoffnungsfroher Mann wie Henry nicht weniger als ein Wunder. Einen Tölpel haben sie ihn genannt. Ein Hoch auf die Tölpel, sage ich. Die meisten Apostel dürften Tölpel gewesen sein. Vielleicht hat man sie auch Bolschewiken genannt.«

Titania hatte nur unklare Vorstellungen von Bolschewiken, kannte sie aber aus Karikaturen in der Zeitung.

»Dann war Judas wohl ein Bolschewik«, sagte sie unbefangen.

»Ja, und für Georg den Dritten war Ben Franklin vermutlich auch einer. Dummerweise sind Wahrheit und Lüge nicht in Schwarzweiß angelegt. Manchmal habe ich gedacht, die Wahrhaftigkeit wäre ganz von der Erde verschwunden«, sagte Roger bitter. »Wie alles andere wurde sie von der Regierung rationiert. Ich habe mir beigebracht, die Hälfte von dem, was ich in der Zeitung lese, nicht zu glauben. Ich sah, wie die Welt sich in blinder Wut zerfetzte. Ich sah kaum einen, der mutig genug gewesen wäre, sich dem brutalen Aberwitz zu stellen und ihn zu schildern. Ich sah den Gierschlund, den Faulenzer und den Toren applaudieren, während tapfere, einfache Männer die Hölle erlebten. Die Dichter, die zu Hause geblieben waren, machten daraus hübsche Verse über Ruhm und Opfer. Vielleicht ein halbes Dutzend von ihnen sagte die Wahrheit. Haben Sie Sassoon gelesen? Oder Latzkos *Menschen im Krieg*, das so unangenehme Wahrheiten enthielt, dass die Regierung es unterdrückte? Wahrheit auf Zuteilung – ha!«

Er klopfte die Pfeife an seinem kahlen Schädel aus, und in seinen blauen Augen stand Verzweiflung.

»Aber ich sage Ihnen, die Welt wird die Wahrheit über den Krieg erfahren. Wir werden diesem Irrsinn ein Ende machen. Leicht wird es nicht werden. Zurzeit, berauscht vom Zusammenbruch Deutschlands, bejubeln wir unser neues Glück, aber der wahre Frieden wird noch lange auf sich warten lassen. Wenn man das ganze Gewebe der Zivilisation in Stücke reißt, dauert es lange, es wieder zusammenzuflicken. Sehen Sie diese Kinder auf dem

Weg zur Schule? Der Frieden liegt in ihrer Hand. Wenn man ihnen in der Schule beibringt, dass der Krieg die schlimmste Geißel der Menschheit ist, dass er jede schöne Regung des menschlichen Geistes besudelt, gibt es noch Hoffnung für die Zukunft. Aber ich möchte wetten, dass man ihnen einhämmert, der Krieg sei eine glorreiche und edle Angelegenheit.

Diejenigen, die Gedichte über den göttlichen Rausch schreiben, der darin liegt, sein Leben zu geben, tauchen ihre Feder gewöhnlich weit weg von den glitschigen Laufbrettern der Schützengräben ins Tintenfass. Eigenartig, wie ungern wir uns der Realität stellen. Ich kannte mal jemanden, der täglich mit dem 8-Uhr-13-Zug in die Stadt fuhr, ihn aber den 7-Uhr-13-Zug nannte; er fühle sich dann besser, sagte er.«

Roger hielt einen Augenblick inne und sah ein paar Knirpsen nach, die spät dran waren und jetzt im Eiltempo in Richtung Schule rannten. »Meiner Meinung nach ist jeder ein Verräter an der Menschheit, der nicht seine ganze Kraft dem Versuch widmet, weitere Kriege zu verhindern«, fuhr er dann fort.

»Das würde gewiss niemand bestreiten«, sagte Titania. »andererseits glaube ich, dass der Krieg nicht nur etwas sehr Schreckliches, sondern auch etwas sehr Erhabenes war. Ich kenne viele Männer, die in den Kampf zogen und sehr wohl wussten, was sie erwartete. Dennoch gingen sie freudig und demütig – in dem Bewusstsein, dass sie für eine gute Sache kämpfen würden.«

»Für eine so gute Sache dürfte man nicht Millionen tapferer Männer opfern«, erklärte Roger ernst. »Ich sehe durchaus den furchtbaren Edelmut, der darin liegt. Aber

Edelmut um so einen Preis dürfte der armen Menschheit nicht abverlangt werden, das ist die größte Tragik an der Sache. Ja, meinen Sie denn nicht, dass auch die Deutschen glaubten, für eine edle Sache an die Front zu gehen, als sie dieses Elend über die Welt brachten? Eine ganze Generation war in dem Glauben daran aufgewachsen. Das ist die hypnotische Wirkung des Krieges, der rohe Massentrieb, der Stolz und der Nationalismus, die Naivität der Menschen; all das bringt sie dazu, vor allem das Eigene hochzuhalten. Ich habe mich dem Patriotismus hingegeben und Hurra geschrien wie alle anderen. Musik und Fahnen und im Gleichschritt marschierende Männer haben auch mich betört. Und dann bin ich nach Hause gegangen und habe mir geschworen, diesen bösen Trieb aus meiner Seele zu reißen. Lasst uns die Welt lieben, lasst uns die Menschheit lieben – und nicht nur unser Land. Deshalb ist die Rolle so wichtig, die wir auf der Friedenskonferenz spielen werden. Unser Motto dort drüben muss ›Amerika zuletzt‹ lauten, und darauf sollten wir stolz sein, denn als einzige Nation sollte es uns da drüben nicht um Eigennutz gehen, sondern nur um den Frieden.«

Es spricht für Titanias Persönlichkeit, dass die schmerzliche Tirade des armen Buchhändlers sie weder abstieß noch erschreckte, vielmehr begriff sie, dass er dabei war, sich allerlei gefährlichen Ballast von der Seele zu reden. Auf geheimnisvolle Weise hatte sich ihr die größte und seltenste Gabe des Geistes erschlossen: die der Toleranz.

»Aber man muss doch sein Land lieben«, sagte sie.

»Gehen wir ins Haus«, erwiderte er. »Hier draußen erkälten Sie sich noch. Ich möchte Ihnen meine Bücher über den Krieg zeigen. Natürlich muss man sein Land lieben.

Ich liebe meines so sehr, dass ich es mir als Vorreiter für ein neues Zeitalter wünsche. Im Krieg hat Amerika das geringste Opfer gebracht, und nun sollte es bereit sein, die größten Opfer für den Frieden zu bringen.« Und lächelnd fügte er hinzu: »Ich für mein Teil wäre bereit, die ganze republikanische Partei zu opfern.«

»Aber warum betrachten Sie den Krieg als etwas Aberwitziges?«, fragte Titania. »Wir mussten Deutschland besiegen, was wäre sonst aus der Zivilisation geworden?«

»Gewiss, wir mussten Deutschland besiegen, doch der Aberwitz liegt darin, dass wir uns dazu selbst besiegen mussten. Wenn die Friedenskonferenz ihre Arbeit aufnimmt, wird sich schnell herausstellen, dass wir Deutschland helfen müssen, auf die Beine zu kommen, damit es in geregelter Form bestraft werden kann. Wir müssen Nahrung für Deutschland beschaffen und es wieder in den Welthandel einbeziehen, damit es seine Reparationen zahlen kann; wir müssen Deutschlands Städte kontrollieren, damit die Revolution sie nicht abbrennt. Das Ende vom Lied wird sein, dass wir den schlimmsten Krieg der Geschichte geführt und namenlose Gräuel erduldet haben und zum Lohn dafür nun den Feind gesundpflegen dürfen. Wenn das kein Aberwitz ist! So geht es, wenn eine große Nation wie Deutschland den Verstand verliert.

Wir stehen also vor sehr komplizierten Problemen. Ich denke aber – und das ist mein einziger Trost –, dass auch die Buchhändler einiges dafür tun können, die geistige Gesundheit der Welt wiederherzustellen. Als ich mir den Kopf darüber zerbrach, was ich unternehmen könnte, um die derzeitige Situation zu verbessern, machten mir zwei Zeilen meines Lieblingsdichters George Herbert Mut:

Ein Gran von Ruhm, mit Demut aufbereit',
heilt Fieber und Lethargischkeit.

Gewiss, ein Geschäft mit gebrauchten Büchern zu betreiben, ist ein recht bescheidenes Unterfangen, aber ein Gran Ruhm und Ehre habe ich ihm doch abgetrotzt oder bilde mir das zumindest ein. Bücher enthalten die Gedanken und Träume der Menschen, ihre Hoffnungen, ihr Streben, alles, was an ihnen unsterblich ist. Aus Büchern lernen die meisten von uns, wie lebenswert das Leben doch ist. Erst als ich Miltons *Areopagitica* gelesen hatte, habe ich die Größe des menschlichen Geistes, die unbezwingbare Erhabenheit der Menschenseele begriffen. Diesen gewaltigen Ausbruch herrlichen Zorns zu lesen, adelt die Geringsten unter uns, schlicht und einfach deshalb, weil wir der gleichen Spezies wie Milton angehören. In den Büchern liegt die Unsterblichkeit der Menschheit, sie sind der Ursprung von fast allem, das wert ist, in unseren Herzen bewahrt zu werden. Gute Bücher unter die Leute zu bringen, sie als Saat in fruchtbaren Boden zu bringen; Verständnis für und Achtung vor dem Leben und der Schönheit zu verbreiten – ist das nicht die höchste Aufgabe überhaupt? Der Buchhändler ist der eigentliche Streiter für die Wahrheit, den John Bunyan im Sinn hatte.

In dieser Nische ist ein Großteil der wirklich guten Bücher versammelt, die der Krieg hervorgebracht hat. Wenn die Menschheit vernünftig genug ist, sich diese Werke zu Herzen zu nehmen, wird sie nie mehr in so einen Schlamassel geraten. Druckerschwärze und Schießpulver liefern sich seit vielen, vielen Jahren einen Wettkampf. Die Druckerschwärze ist in gewisser Weise im Nachteil, denn mit Schießpulver kann man einen Menschen in einer halben Sekunde in die Luft jagen, während man mit einem Buch manchmal zwanzig Jahre dafür braucht. Aber das Schießpulver zerstört sich zusammen mit seinem Opfer selbst, während ein Buch über Jahrhunderte hochexplosiv sein kann. Nehmen Sie Hardys *The Dynasts*. Man spürt, wie es einen buchstäblich umwirft, man ringt nach Luft, fühlt sich krank, übel – o nein, es ist nicht angenehm, wenn einem reiner Intellekt ins Hirn sickert! Es schmerzt. In diesem Buch steckt genug TNT, um den Krieg ein für alle Mal vom Antlitz der Erde zu fegen. Aber die Zündschnur ist sehr lang. Noch ist es nicht wirklich hochgegangen, und es ist gut möglich, dass die Explosion noch fünfzig Jahre auf sich warten lässt.

Bedenken Sie, was Bücher in diesem Zusammenhang erreicht haben. Was haben die Regierungen zuerst gemacht? Sie haben Bücher herausgebracht. Blaubücher, Gelbbücher, Weißbücher, Rotbücher – nur keine Schwarzbücher, die in Berlin angebracht gewesen wären. Sie wussten, dass Gewehre und Soldaten nutzlos gewesen wären, hätten sie nicht die Bücher auf ihrer Seite gehabt. Auch Bücher haben Amerika zum Eintritt in den Krieg bewogen. Einige deutsche Bücher haben dazu beigetragen, den Kaiser von seinem Thron zu stürzen – *J'accuse*, und Dr. Muehlons überwältigender Aufschrei *Die Verheerung Europas* und Lichnowskys privates Memorandum, das Deutschland in seinen Grundfesten erschütterte, nur weil er die Wahrheit gesagt hat. Hier haben wir *Menschen im Krieg*, geschrieben von einem ungarischen Offizier mit der hochherzigen Widmung ›An Freund und Feind‹. Hier französische Bücher, in denen der klare, leidenschaftliche

Intellekt dieses mit Ironie gesegneten Volkes wie eine Flamme brennt. Romain Rollands *Au-Dessus de la Mêlée*, entstanden im Schweizer Exil; das erschütternde *Le Feu* von Barbusse; Duhamels bitteres *Civilisation*, Bourgets seltsam faszinierender Roman *Le sens de la mort*. Und die noblen Bücher, die aus England kamen: *A Student in Arms*; *The Tree of Heaven*; *Why Men Fight* von Bertrand Russell – ich hoffe, er schreibt noch eins, dann mit dem Titel *Warum Menschen inhaftiert werden*. Bekanntlich landete Russell ja wegen seiner Haltung selbst hinter Gittern. Und hier *The Letters of Arthur Heath*, das bewegende Buch eines sanften, empfindsamen Dozenten aus Oxford, der an der Westfront gefallen ist. Das sollten Sie lesen. Es zeigt, dass die Engländer frei von jedem Hass waren. In der Nacht, ehe sie einberufen wurden, blieben Heath und seine Freunde auf und sangen ihre deutschen Lieblingslieder – ein Abschied auf das alte, fröhliche, sorglose Leben. Und solche Menschen wie Arthur Heath löscht der Krieg aus. Auch Philip Gibbs müssen Sie lesen und Lowes Dickinson und die jungen Dichter. Wells kennen Sie natürlich schon. Den kennt jeder.«

»Und wie ist es mit den Amerikanern?«, fragte Titania. »Haben die nichts Lohnendes über den Krieg geschrieben?«

»Hier ist eins, das viel Fleisch enthält, durchsetzt mit philosophischem Knorpel.« Roger zündete seine Pfeife wieder an und holte *Professor Latimer's Progress* heraus. »Ich habe mir einen Absatz angestrichen – Moment ... ja, hier ist er.

Bei einer Umfrage unter Zeitungsredakteuren würden Sie möglicherweise viele finden, die den Krieg für Sünde halten. Würden Sie aber eine Befragung unter Pfarrern modischer Großstadtkirchen durchführen …

Da hat er ins Schwarze getroffen! Die Kirche hat es sich mit den meisten denkenden Menschen verdorben. Es gibt übrigens einen interessanten Absatz bei Professor Latimer, in dem er auf den philosophischen Wert des Geschirrspülens hinweist. Manches von dem, was er sagt, deckt sich so genau mit meinen Vorstellungen, dass ich oft denke: Vielleicht kommt er einmal hier vorbei. Ich würde ihn gern kennenlernen. Was die amerikanische Lyrik angeht, sollten Sie sich Edwin Robinson vornehmen …«

Wer weiß, wie lange der Buchhändler seinen Monolog noch fortgesetzt hätte, wenn nicht in diesem Augenblick Helen aus der Küche gekommen wäre.

»Was denkst du dir eigentlich, Roger«, schalt sie. »Du redest und redest. Willst du dem armen Ding eine Vorlesung halten? Damit verleidest du ihr ja die ganze Buchbranche!«

Roger sah ein wenig verlegen drein. »Ich habe nur ein paar Grundsätze unserer Zunft dargelegt …«

»Es war sehr interessant, ehrlich«, versicherte Titania. Mrs. Mifflin, in blauweiß karierter Schürze, die runden Arme mehlbestäubt bis zu den Ellenbogen, zwinkerte ihr zu – soweit eine Frau überhaupt gekonnt zwinkern kann (fragen Sie die zugehörigen Männer).

»Wenn Mr. Mifflin geschäftliche Sorgen hat«, erläuterte sie, »flüchtet er sich in seine Ideale. Er weiß, dass er den ärgsten Beruf hat, der sich denken lässt (wenn man mal vom Klerus absieht), und er versucht tapfer, das vor sich selbst zu verbergen.«

»Ich finde es gar nicht nett von dir, mich vor Miss Titania bloßzustellen«, sagte Roger, aber er lächelte dabei, damit Titania merkte, dass es nur ein Scherz unter Eheleuten war.

»Aber ich fühle mich sehr wohl hier«, protestierte sie. »Ich weiß jetzt alles über Professor Latimer, der *The Handle of Europe* geschrieben hat, und habe auch sonst viel erfahren. Ich hatte immer Angst, dass ein Kunde hereinkommen und uns unterbrechen könnte.«

»So früh am Morgen ist die Gefahr nicht groß«, sagte Helen und ging zurück in die Küche.

»Sie sehen also, Miss Titania, worauf ich hinauswill«, nahm Roger den Faden wieder auf. »Ich möchte den Leuten eine völlig neue Sicht auf mein Gewerbe vermitteln. Das Gran Ruhm, das, wie ich hoffe, sowohl mein Fieber als auch meine »Lethargischkeit« heilen wird, ist mein Konzept der Buchhandlung als Kraftwerk, als Ort, der Wahrheit und Schönheit generiert. Ich behaupte, dass Bücher keine toten Dinge sind. Sie sind so lebendig wie die berühmten Drachenzähne, die, einmal gesät, eines Tages als bewaffnete Krieger aus dem Boden schießen können. Was ist mit Bernhardi? Manche meiner Freunde aus dem Maiskolbenklub meinen, seine Bücher seien reine Handelsware. Pah!«

»Ich habe nicht viel von Bernard Shaw gelesen«, sagte Titania.

»Ist Ihnen schon mal aufgefallen, dass Bücher einen aufspüren und zur Strecke bringen können? Sie verfolgen einen wie der Hund in dem Gedicht von Francis Thompson. Sie riechen ihr Opfer. Nehmen Sie *Die Erziehung des Henry Adams*, sehen Sie nur, wie dieses Buch in diesem Winter denkende Menschen hetzt. Und *The Four Horsemen* – man sieht beinahe, wie es durch die Adern der Leser rast. Es ist geradezu unheimlich, ein bedeutendes Buch in seinem Lauf zu beobachten – es folgt einem unablässig, treibt einen in die Enge und zwingt einen, es zu lesen. Ein eigenartiges altes Buch, *The Life and Opinions of John Buncle, Esq.*, setzt mir seit Jahren zu. Ich habe versucht, ihm zu entkommen, aber immer wieder lugt es um die Ecke. Eines Tages wird es mich erwischen, und dann muss ich es lesen. *Ten Thousand a* Year hat mich ebenso verfolgt, bis ich kapituliert habe. Es ist unglaublich, wie arglistig manche Bücher sind. Man denkt, man hat sie abgeschüttelt, und dann kommt eines Tages ein harmlos aussehender Kunde herein und beginnt ein Gespräch, und man weiß, dass er als heimlicher Agent dem Schicksal von Büchern nachgeht. Hin und wieder kommt ein alter Schiffskapitän vorbei, der wie ein Roman von Captain Marryat auf zwei Beinen ist. Ich komme von dem Mann nicht los und weiß, dass ich *Peter Simpel* lesen muss, ehe ich sterbe, weil der Alte das Buch so liebt. Deshalb sage ich, dass es hier spukt – mein Laden ist voll von den Geistern der Bücher, die ich nicht gelesen habe. Armen ruhelosen Geistern, die immer um mich herum sind. Es gibt nur eine Möglichkeit, den Geist eines Buches zu bannen – man muss es lesen.«

»Ich weiß, was Sie meinen«, bestätigte Titania. »Ich habe nicht viel von Bernard Shaw gelesen, aber ich habe das Gefühl, dass ich ihn lesen muss. Er begegnet mir an jeder Ecke und plagt mich. Und ich kenne viele Leute, die von H. G. Wells terrorisiert werden. Immer, wenn ein neues Buch von ihm herauskommt – und das ist ziemlich oft der Fall –, sind sie geradezu panisch, bis sie es gelesen haben.«

Roger lachte in sich hinein. »Es gibt Zeitgenossen, die genau aus diesem Grunde meinen, die *New Republic* abonnieren zu müssen.«

»Aber weshalb interessieren Sie sich eigentlich so für dieses Buch über Oliver Cromwell?«, fragte Titania.

»Gut, dass Sie mich daran erinnern«, sagte Roger. »Ich muss es wieder ins Regal stellen.« Er lief in die Wohnung, um es zu holen. Just in diesem Moment schepperte die Glocke, ein Kunde kam herein, und der einseitige Dialog war vorerst beendet.

Kapitel 7

AUBREY NIMMT EIN MÖBLIERTES ZIMMER

Ich weiß wohl, dass Mr. Aubrey Gilbert in unserem Stück keinesfalls das Ideal des jugendlichen Helden verkörpert. Heutzutage bedarf es noch einer Erklärung, warum der jugendliche Held keine goldenen Winkel am linken Ärmel trägt. Sicher ist, dass unser Jünger der Reklame von einem Rekrutierungsbüro und der Einberufungsbehörde wegen eines *Pes planus* abgelehnt worden war, wobei ich betonen will, dass diese Deformation seine Haltung nicht beeinträchtigte und ihn an keiner der in seinem Alter üblichen Betätigungen hinderte. Nachdem das Militär ihn mit seiner Ablehnung »plattgemacht« hatte, wie er sich ausdrückte, war er in den Dienst des Committee on Public Information getreten und hatte dort ein gutes Jahr mysteriöse Aufträge ausgeführt, bis der Waffenstillstand unterzeichnet worden war. Infolge einer leichten Fehleinschätzung – inzwischen längst vergessen, aber der bedauerlichen Verspätung der deutschen Emissäre geschuldet, sich mit übereifrigen Pressekorrespondenten kurzzuschließen – hatten die drei letzten Kriegstage ohne seine aktive Mitwirkung stattgefunden. Nach der am 12. November 1918 verständlicherweise notwendigen Erholung nahm ihn die Grey Matter Agency wieder auf, für die er zuvor schon mehrere Jahre tätig gewesen war und wo man seine Kenntnisse und sein Temperament außerordentlich schätzte. Im Zuge seiner Bemühungen, das Nachkriegsgeschäft anzukurbeln, hatte er seine übliche Route ausgeweitet und war so bei Roger Mifflin gelandet. Vielleicht wäre diese Erklärung schon früher angebracht gewesen.

Wie dem auch sei: Als Aubrey am Samstagmorgen aufwachte, etwa um die Zeit, als Titania anfing, die Kartons auf dem Gehsteig abzustauben, war er nicht gerade in Siegerlaune. Es war ein halber Feiertag, deshalb hatte er keine Bedenken, dem Büro fernzubleiben. Die Hauswirtin, eine mütterliche Person, schickte ihm Kaffee und Rührei aufs Zimmer und bestand darauf, einen Arzt zu holen. Die Platzwunde wurde mit mehreren Stichen genäht, danach machte er ein Schläfchen, und als er gegen Mittag aufwachte, fühlte er sich besser, auch wenn sein Kopf noch erbärmlich schmerzte. Er setzte sich im Morgenrock in seiner bescheidenen Klause hin, die kaum mehr Gegenstände als einen Pfeifenständer, Aschenbecher und die gesammelten Werke von O. Henry enthielt, und griff trostsuchend nach einem der Bände. Wir haben bereits angedeutet, dass Mr. Gilbert nicht das war, was man »belesen« nennt. Seine Lektüre beschränkte sich auf Presseerzeugnisse und *Printer's Ink*, das recht einfältige Organ der Werbezunft. Seine Freizeit verbrachte er am liebsten bei einem Lunch im Advertising Club, wo er sich in Werbebroschüren, Plakate und Merkblätter vertiefte und Artikel wie »Erzähle deine Story in Fettdruck« verschlang. Er pflegte zu sagen, dass sich »von dem Knaben, der sich die Packard-Anzeigen ausdenkt, Ralph Waldo Emerson noch eine Scheibe abschneiden könnte«. Doch um seiner Liebe zu O. Henry willen muss man dem jungen Mann vieles nachsehen. Er wusste – was schon viele Glückliche erfahren haben –, dass O. Henry einer jener seltenen und begnadeten Geschichtenerzähler ist, die man in jeder Lebenslage lesen kann. Man mag noch so müde, niedergeschlagen, moralisch am Boden sein – dieser Meister moderner Geschichten aus Tausendundeiner Nacht wird einen wieder aufrichten. »Kommt mir nicht mit Dickens und seinen *Weihnachtserzählungen*«, sagte sich Aubrey, als er an sein Abenteuer in Brooklyn zurückdachte. »Wetten, dass O. Henrys *Geschenk der Weisen* alles in den Schatten stellt, was jemals aus Dicks Feder geflossen ist? Zu schade, dass er gestorben ist, ohne diese Weihnachtsgeschichte in der Zeitschrift *Rolling Stones* zu Ende zu bringen. Wäre doch toll, wenn Edelfedern wie Irvin Cobb oder Edna Ferber sich daran versuchen würden. Wäre ich ein Redakteur, würde ich jemanden dafür einspannen. Es ist ein Verbrechen, eine gute Geschichte halb fertig irgendwo schmoren zu lassen.«

Er saß, leicht von Zigarettenrauch umwabert, in seinem Sessel, als seine Hauswirtin hereinkam.

»Ich dachte mir, dass Sie vielleicht einen Blick in die *Times* werfen möchten«, sagte sie. »So krank wie Sie waren, konnten Sie sicher keine Zeitung holen gehen. Wie ich sehe, reist der Präsident am Mittwoch.«

Aubrey arbeitete sich mit dem geübten Blick eines Lesers durch die Meldungen, der weiß, was ihn interessiert. Dann überflog er gewohnheitsmäßig die Anzeigenseite, wo ihm in der Spalte »Aushilfen gesucht« Folgendes ins Auge sprang:

Gesucht: Für Aushilfstätigkeit im Hotel Octagon, 3 Küchenchefs, 5 erfahrene Beiköche, 20 Kellner. Bewerber melden sich am Dienstag, 11.00 Uhr, direkt beim Küchenchef.

»Wahrscheinlich als Ersatz für die Jungs, die auf der George Washington für Mr. Wilson kochen sollen«, sagte sich Aubrey. »Eine glänzende Reklame für das Octagon. Warum machen die eigentlich nicht mehr daraus? Ich könnte eine Anzeige für sie platzieren.«

Da kam ihm eine Idee, und er ging zu dem Stuhl, auf den er in der vergangenen Nacht seinen Mantel geworfen hatte. Er holte den Buchdeckel von Carlyles *Cromwell* aus der Tasche und sah ihn sich genau an.

»Möchte wissen, was für ein Fluch an diesem Buch hängt«, dachte er. »Erst setzt sich dieser Halunke auf meine Spur, dann finde ich in dem Drugstore diesen Umschlag und bekomme eins übergebraten. Für ein junges Mädchen ein ziemlich gefährliches Pflaster, wie mir scheint.«

Er lief im Zimmer auf und ab. Seine Kopfschmerzen waren vergessen.

»Ob ich der Polizei einen Tipp geben soll?«, überlegte er. »An der Sache scheint etwas faul zu sein. Andererseits würde ich den Fall gern selbst angehen. Bei dem alten Chapman hätte ich bestimmt einen Stein im Brett, wenn ich sein Mädchen vor irgendwas retten könnte … Man hört ja so viel von Kidnapperbanden … Die Sache gefällt mir ganz und gar nicht. Und dieser Buchhändler hat sowieso nicht alle Tassen im Schrank. Einer, der nichts von Reklame hält! Dass Chapman seine Tochter so einem Mann anvertraut hat …«

Die Aussicht, sich mit etwas zu befassen, das persönlicher und romantischer war als ein Werbeetat, und dabei den edlen Ritter zu spielen, war verlockend. »Sobald es heute Abend dunkel wird, mache ich mich auf den Weg nach Brooklyn«, sagte er sich. »Es müsste möglich sein, ein Zimmer zu mieten, von dem aus ich ungesehen die Buchhandlung beobachten und feststellen kann, wer oder was dort spukt. Ich habe noch einen alten Schießprügel aus dem Camp, Kaliber 22, den nehme ich mit. Und dann würde ich auch gern mehr über Weintraubs Drugstore wissen. Die Visage von dem Kerl gefällt mir ganz und gar nicht. Dass der alte Carlyle in so spannende Sachen verwickelt sein würde, hätte ich nie geahnt.«

In romantischer Vorfreude packte er eine Reisetasche: Pyjama, Haar- und Zahnbürste, Zahnpaste (»Tolle Werbung für die Marke Strahleweiß, wenn die wüssten, dass ich eine Tube von ihrem Zeug auf dieses Abenteuer mitnehme«), seinen Revolver Kaliber 22, eine grüne Schachtel mit Patronen, die gewöhnlich bei der Jagd nach Eichhörnchen zum Einsatz kommen, einen Band O. Henry, einen Rasierer mit Zubehör, einen Schreibblock ... Mindestens sechs landesweit beworbene Artikel, stellte er fest, als er seine Ausrüstung musterte. Er schloss die Tasche, zog sich an und ging aus dem Haus, um etwas zu essen. Danach legte er sich wieder hin, weil ihm noch immer der Kopf brummte; er konnte aber nicht schlafen, der Gedanke an Titania Chapmans blaue Augen und die ganze beherzte kleine Gestalt schob sich zwischen ihn und den Schlummer. Er wurde die Überzeugung nicht los, dass ihr Gefahr drohte. Immer wieder sah er auf die Uhr und verfluchte die zögerliche Dämmerung. Um halb fünf machte er sich auf den Weg zur Subway. Er war schon halb die Thirty-third Street herunter, als ihm noch etwas einfiel. Er ging zurück zu seinem Zimmer, holte ein Opernglas aus seinem Koffer und steckte es in die Reisetasche.

Zur blauen Stunde traf er in der Gissing Street ein. Es ist eine Eigenheit des Häuserblocks zwischen der Wordsworth Avenue und der Hazlitt Street, dass auf einer Seite – auf der auch Roger Mifflins Buchhandlung liegt – lebendig-bunte kleine Läden die meisten alten Brownstones ersetzt haben. An der Ecke Wordsworth Avenue, wo die Linie L in einer weiten Kurve donnernd umschwenkt, befindet sich Weintraubs Drugstore. Dahinter macht auf der westlichen Seite eine Reihe funkelnder Schaufenster die Nacht zum Tage. Delikatessenläden mit ihrem appetitlichen Vielerlei aus gekochten und marinierten Fleischsorten, Trockenfrüchten, Käse und farbenfrohen Gläsern mit Eingemachtem; kleine Modeboutiquen mit den Wachsbüsten fein frisierter Damen; Restaurants, deren getipptes Tagesmenü außen an der Scheibe klebt; eine französische Rotisserie, in der Hühner sich zischend vor roter Glut am Spieß drehen; Blumenhändler, Tabakläden, Obstverkäufer und ein griechischer Süßwarenladen mit einer langen Soda Fountain aus glänzendem Onyx mit bunten Lämpchen und Kupferbehältern voll heißer Schokolade; ein Schreibwarengeschäft, das jetzt eine Fülle von Grußkarten, Spielzeug, Kalendern und jenen eigenartigen wildledergebundenen Kipling-, Wilde- und Omar-Khayyām-Bändchen anbietet, die jedes Jahr um Weihnachten herum auftauchen – all dieses muntere Treiben verleiht der Westseite der Gissing Street im Licht der Straßenlaternen eine heitere Note. Die Geschäfte prangten in festlichem Schmuck, an den Zeitungsständen waren gerade die Weihnachtsausgaben der Illustrierten mit ihren farbigen Titelseiten eingetroffen. Dieser Abschnitt von Brooklyn hat ein fast französisches Flair. Man fühlte sich wie auf einem bescheidenen, von Kleinbürgern frequentierten Pariser Boulevard. Und genau in der Mitte dieses sympathisch quirligen Häuserblocks liegt die Buchhandlung von Roger Mifflin.

Aubrey sah die erleuchteten Fenster und die mit Büchern vollgepackten Regale dahinter. Die Versuchung einzutreten war groß, aber nicht nur sein Vorhaben, im Geheimen zu agieren, auch seine Schüchternheit hinderte ihn daran. Der Plan, die Buchhandlung unbemerkt unter Beobachtung zu stellen, erfüllte ihn mit Hochgefühl, und er hatte den Eindruck, auf dem besten Wege zu einem veritablen Abenteuer zu sein. Er blieb auf der anderen Straßenseite, die noch immer eine lückenlose Reihe bescheidener Brownstone-Fassaden zeigt, abgesehen von dem Lichtspielhaus an der oberen Ecke, gegenüber von Weintraub. Etliche Kellergeschosse werden von kleinen Schneidereien, Wäschereien und Reinigungen für Spitzengardinen genutzt (Spitzengardinen sind nach wie vor ein Muss in Brooklyn), aber die meisten Häuser werden privat bewohnt. Aubrey ging, die Reisetasche in der Hand, an dem hellen Lichtkreis des Kinos vorbei. Auf Plakaten, die von *Tarzans Rückkehr* kündeten, war eine Art drittes Kapitel der Schöpfungsgeschichte mit Eva in Sportkleidung zu sehen. »Zusätzliche Attraktion: Mr. und Mrs. Sidney Drew«, las er.

Ein paar Schritte weiter sah er in einem Fenster ein Schild: Zimmer frei. Das Haus lag der Buchhandlung fast genau gegenüber. Sofort stieg er die hohen Stufen zur Haustür hoch und klingelte.

Prompt erschien eine Farbige mit rotbraun gefärbtem Haar – eine »Addie«, wie diese dienstbaren Geister meist in Bausch und Bogen genannt werden. »Kann ich hier ein Zimmer bekommen?«, fragte er.

»Weiß nicht, da fragen Sie mal lieber Mrs. Schiller«, sagte sie. Sie bat ihn nicht herein, ließ aber die Tür offen, wohl um zu zeigen, dass er willkommen war.

Aubrey betrat die Diele und schloss die Tür hinter sich. Ein hoher Spiegel reflektierte das ferne gelbliche Flackern einer Gasflamme. Aubrey betrachtete den Landseer-Stahlstich auf der Tapete mit dem steingrauen Rechteckmuster und die am Rahmen des Spiegels steckende Telefonnotiz für Mrs. J. F. Smith (eine Dame, die es in allen Pensionen gibt): »Mrs. Smith wird gebeten, Stockton 6771 anzurufen.« Eine Treppe mit Läufer und einem schönen alten Mahagonigeländer verlor sich im Dunkeln. Aubrey, bestens vertraut mit möblierten Unterkünften, wusste instinktiv, dass die vierte, neunte, zehnte und vierzehnte Stufe knarren würden. Leichter Moschusgeruch hing in der warmen, schweren Luft, jemand schien Marshmallows über einer Gasflamme zu rösten. Er wusste genau, dass irgendwo im Haus über einer Badewanne ein Schild mit der Mahnung »Bitte hinterlassen Sie diese Wanne so, wie Sie sie vorzufinden wünschen« hing. Roger Mifflin hätte nach einer Besichtigung der Diele gesagt, dass es im Haus bestimmt jemanden gab, der die Gedichte von Rabbi Tagore las, aber solch Sarkasmus lag Aubrey fern.

Mrs. Schiller kam, gefolgt von einem kleinen Mops, die Kellertreppe hoch. Sie war eine warmherzige, rundliche Person mit einer leichten Tendenz, unter den Armen aus den Nähten zu platzen. Mrs. Schiller kam Aubrey freundlich entgegen. Der Mops machte sich an Aubreys Knöcheln zu schaffen.

»Schluss jetzt, Schatzi«, sagte Mrs. Schiller.

»Kann ich hier ein Zimmer bekommen?«, erkundigte sich Aubrey höflich.

»Dritter Stock nach vorn raus, was anderes habe ich nicht«, sagte sie. »Sie rauchen hoffentlich nicht im Bett? Der letzte junge Mann, den ich hatte, hat mir in drei Laken Löcher gebrannt …«

Aubrey beruhigte sie.

»Warmes Essen gibt's bei mir nicht.«

»Ist mir auch recht«, sagte Aubrey.

»Fünf Dollar die Woche.«

»Darf ich es mal sehen?«

Mrs. Schiller stellte die Gasflamme höher und ging voraus. Schatzi hüpfte neben ihr her die Stufen hoch. Der Anblick der sechs zusammen nach oben strebenden Füße amüsierte Aubrey. Tatsächlich – die vierte, neunte, zehnte und vierzehnte Stufe knarrte. Den zweiten Treppenabsatz erhellte orangefarbenes Licht, und Mrs. Schiller freute sich, dass sie hier das Gas nicht höher zu stellen brauchte. Aubrey hörte, wie hinter einer Tür jemand in der Badewanne planschte, und überlegte, ob das wohl Mrs. J. F. Smith war. Auf jeden Fall musste es jemand sein, der aus langer Erfahrung mit möblierten Zimmern wusste, dass abends um halb sechs die beste Zeit zum Baden ist – ehe es ans Essen geht und die Gäste mit ihren feierabendlichen Waschungen den Warmwasserboiler geleert haben.

Es ging noch eine Treppe hoch. Das kleine Zimmer nahm die Hälfte der Vorderfront ein. Ein großes Fenster gewährte einen guten Blick auf die Buchhandlung und die anderen Häuser gegenüber. Ein Waschtisch verbarg sich bescheiden in einem großen Schrank. Über dem Kaminsims hing das – meist jedoch für das Zimmer im vierten Stock nach hinten heraus vorgesehene – Bild einer jungen Damen, die sich von einem frechen kleinen Jungen die Schuhe putzen lässt.

Aubrey war entzückt. »Sehr schön«, sagte er. »Ich zahle eine Woche im voraus.«

Mrs. Schiller war ein wenig irritiert von dem Tempo dieser Transaktion. Sie zog es vor, die Begrüßung eines neuen Mieters etwas gemessener zu gestalten – etwa durch Bemerkungen über das Wetter, die Schwierigkeiten, Hilfe für den Haushalt zu bekommen, ihre jungen Damen, die Teeblätter in den Waschbeckenausguss schütteten und so weiter. Dieses scheinbar planlose Geplauder hat einen sehr soliden Hintergrund – er ermöglicht es der schutzlosen Zimmerwirtin, den Fremden einzuschätzen, der gekommen ist, um sie auszunehmen. Diesen Herrn hatte sie sich noch gar nicht richtig ansehen können, wusste nicht einmal, wie er hieß – und schon hatte er die Miete für eine Woche gezahlt und war eingezogen.

Aubrey erriet den Grund ihres Zögerns und überreichte ihr seine Visitenkarte.

»Also gut, Mr. Gilbert«, sagte sie. »Dann schicke ich Ihnen das Mädchen mit sauberen Handtüchern und einem Haustürschlüssel.«

Aubrey setzte sich in den Schaukelstuhl am Fenster, schob die Tüllgardine beiseite und sah auf die hell erleuchtete Gissing Stret herunter. Ein Gefühl der Zufriedenheit erfüllte ihn, das sich stets bei einem Wohnungswechsel einstellt. Aber in die romantische Genugtuung, der angebeteten Titania so nah zu sein, mischte sich eine leise Ahnung, dass er sich ein wenig albern benahm – ein Verhalten, das junge Männer mehr fürchten als den Tod. Er sah die hellen Fenster der Buchhandlung deutlich vor sich, aber ein überzeugender Vorwand, das Geschäft zu betreten, wollte ihm nicht einfallen. Und schon begriff er, dass die Nähe zu Miss Chapman nicht so tröstlich war, wie er gedacht hatte. Der Wunsch, sie zu sehen, wurde schier übermächtig. Er löschte das Gaslicht, zündete seine Pfeife an, machte das Fenster auf und richtete das Opernglas auf den Eingang zur Buchhandlung. Jetzt sah er alles quälend nah vor sich: Den Tisch im vorderen Teil des Geschäfts, Rogers Schwarzes Brett unter der elektrischen Beleuchtung und ein, zwei Kunden, die in den Regalen stöberten. Und dann hüpfte etwas heftig unter seinem dritten Hemdknopf. Da war sie: Titania, himmlisches Geschöpf, in weißer Bluse mit V-Ausschnitt und braunem Rock, wie sie in ein Buch schaute. Jetzt streckte sie einen Arm aus, und ihre Armbanduhr blitzte auf. In der beängstigenden Intimität des Vergrößerungsglases sah er ihr heiter-ahnungsloses Gesicht, die schön geschwungene Linie von Wange und Kinn … »Wie kann man nur dieses Mädchen in eine Buchhandlung stecken«, rief er. »Ein ausgesprochener Frevel ist das! Der alte Chapman muss den Verstand verloren haben.«

Er holte seinen Pyjama heraus und warf ihn aufs Bett, legte Zahnbürste und Rasierer auf den Waschtisch und Haarbürste und O. Henry auf die Kommode. Dann lud er – hin- und hergerissen zwischen Feierlichkeit und Belustigung – seinen kleinen Revolver und steckte ihn in die Gesäßtasche. Es war sechs. Er zog seine Uhr auf und schwankte, ob er weiter am Fenster mit dem Opernglas Wache schieben oder das Haus verlassen sollte, um die Buchhandlung besser beobachten zu können. Über seinem Abenteuer hatte er die Platzwunde am Kopf ganz vergessen und fühlte sich putzmunter. Als er in der Madison Avenue aufgebrochen war, hatte er das Groteske seines Ausflugs damit zu entschuldigen versucht, dass ein ruhiges Wochenende in Brooklyn die beste Gelegenheit wäre, ein paar erste Entwürfe für die Daintybits-Anzeige zu notieren, die er am Montag seinem Chef vorlegen wollte. Jetzt aber merkte er, dass es unmöglich war, eine derart profane Aufgabe anzugehen. Wie konnte er so gefühllos sein, sich fesselnde Texte für Daintybits Tapioca- und Chapmans Saratoga-Chips auszudenken, wenn das bezauberndste Produkt der Firma nur wenige Meter von ihm entfernt war? Zum ersten Mal kam ihm eine Ahnung von dem erstaunlichen Einfluss junger Frauen auf den Handelsverkehr. Immerhin gelang es ihm, seinen Notizblock herauszuholen und zu schreiben

CHAPMANS LECKERSCHMECKERCHIPS

Diese zarten, in einem geheimen Verfahren zu höchster Knusprigkeit entwickelten Scheibchen vereinen in ihrem typischen Geschmack und Aroma all das lebensspendend Nahrhafte, das die Kartoffel zur Königin der Nutzpflanzen gemacht hat …

Aber Miss Titanias Gesicht schob sich zwischen seine Hand und sein Hirn. Was nützte es, die ganze Welt mit Chapman-Chips zu fluten, wenn diesem Mädchen ein Leid geschah? »Ist dies das Antlitz, welches tausend Chips vom Stapel ließ?«, murmelte er vor sich hin und bedauerte kurz, dass er nicht statt des O. Henry das *Oxford Book of English Verse* mitgenommen hatte.

Es klopfte, und Mrs. Schiller stand vor ihm. »Telefon für Sie, Mr. Gilbert.«

»Für mich?«, fragte er verblüfft, schließlich wusste doch niemand, dass er hier war.

»Der Anrufer wollte den Herrn sprechen, der vor einer halben Stunde gekommen ist. Damit meint er wohl Sie.«

»Hat er gesagt, wer er ist?«, wollte Aubrey wissen.

»Nein.«

Einen Augenblick erwog Aubrey, den Anruf einfach nicht entgegenzunehmen. Weil Mrs. Schiller dadurch aber womöglich misstrauisch geworden wäre, lief er zum Telefon, das unter der Treppe in der Diele stand, und meldete sich mit »Hallo!«.

»Spreche ich mit dem neuen Gast?«, fragte eine tiefe, gutturale Stimme.

»Ja«, antwortete Aubrey.

»Sind Sie der Herr, der vor einer halben Stunde mit einer Reisetasche gekommen ist?«

»Ja. Wer sind Sie?«

»Ein Freund. Ich meine es gut mit Ihnen.«

»Wie geht's, mein Freund und Gönner?«, sagte Aubrey herzlich.

»Ich warne Sie: Gissing Street ist nicht bekömmlich für Sie«, sagte die Stimme.

»Was Sie nicht sagen«, gab Aubrey scharf zurück. »Wer sind Sie?«

»Ein Freund«, brummte es aus dem Hörer. Der harsche Basston versetzte Aubreys Trommelfell in Schwingungen. Er wurde wütend.

»Wenn Sie der Gönner sind, dessen Bekanntschaft ich vergangene Nacht auf der Brücke gemacht habe, rate ich Ihnen dringend zur Vorsicht. Sie sind durchschaut, mein Lieber.«

Einen Augenblick war es still, dann wiederholte der andere gewichtig: »Ich bin ein Freund. Gissing Street ist nicht bekömmlich für Sie.« Es knackte in der Leitung, und am anderen Ende wurde aufgelegt.

Aubrey wunderte sich sehr. Er ging zurück auf sein Zimmer, setzte sich ans Fenster, ohne Licht zu machen, rauchte eine Pfeife und dachte nach, den Blick dabei immer auf die Buchhandlung gerichtet.

Irgendetwas Verdächtiges war hier im Gange, das stand fest. Er ließ die Ereignisse der letzten Tage noch einmal Revue passieren.

Am Montag hatte er durch einen Bücherfreund überhaupt erst erfahren, dass es dieses Geschäft in der Gissing Street gab. Am Dienstagabend war er hingegangen und hatte mit Mr. Mifflin zu Abend gegessen. Am Mittwoch und Donnerstag hatte er in seinem Büro zu tun gehabt, und dabei war ihm die Idee gekommen, eine umfangreiche Werbekampagne für Daintybits in Brooklyn zu starten. Am Freitag hatte er mit Mr. Chapman zu Abend gegessen und war auf eine Reihe eigentümlicher Zufälle gestoßen.

1. Die Suchanzeige in der *Times* am Freitagvormittag.
2. Das Zusammentreffen mit dem Koch im Aufzug, der das angeblich verlorengegangene Buch in der Hand hielt – eben jener Mann, den Aubrey am Dienstagabend in der Buchhandlung gesehen hatte.
3. Wiedersehen mit dem Koch in der Gissing Street.
4. Wiederauftauchen des Buches in der Buchhandlung.
5. Mifflin hatte gesagt, das Buch sei ihm gestohlen worden. Warum aber hatte es dann jemand per Zeitungsanzeige gesucht oder es zurückgebracht?
6. Buch in neuem Einband.
7. Auftauchen des Originaleinbands in Weintraubs Drugstore.
8. Der Zwischenfall auf der Brücke.
9. Anruf eines »Freundes« mit unverkennbar teutonischem Akzent.

Aubrey erinnerte sich an die zwischen Angst und Wut schwankende Miene des Octagon-Kochs, den er im Aufzug angesprochen hatte. Bis zu diesem seltsam drohenden Anruf wäre er geneigt gewesen, den Überfall auf der Brücke beliebigen Straßenräubern zuzuschreiben, jetzt aber musste er folgern, dass der Überfall etwas mit seinen Besuchen in der Buchhandlung zu tun hatte. Außerdem hatte er das Gefühl, dass Weintraubs Drugstore in die Sache verwickelt war. Wäre er überfallen worden, wenn er nicht den Buchdeckel aus dem Drugstore hätte mitgehen lassen? Er holte ihn aus der Reisetasche und sah ihn sich noch einmal genau an. Er war aus einfarbig blauem Leinen, auf dem Rücken war in Gold der Titel eingeprägt, darunter stand »London, Chapman and Hall«. Die Breite des Buchrückens ließ darauf schließen, dass das Buch umfangreich gewesen war. Auf der Innenseite des vorderen Buchdeckels stand in Rot die Ziffer 60 – vielleicht Roger Mifflins Preisauszeichnung. Innen auf dem hinteren Buchdeckel fand er folgende Vermerke, mit schwarzer Tinte und in kleiner, sauberer Schrift:

Bd. 3–166, 174, 210, 329, 349
329 ff. vgl. W. W.

Darunter stand in einer ganz anderen Schrift und mit blasslila Tinte:

153 (3) 1,2

»Wahrscheinlich Seitenzahlen«, dachte Aubrey. »Am besten schaue ich mir das Buch einmal an.«

Er steckte den Buchdeckel in die Tasche und beschloss, erst mal essen zu gehen.

»Es ist ein Rätsel mit drei Fragezeichen«, überlegte er, während er die knarzende Treppe hinunterging. »Die Buchhandlung, das Octagon und Weintraub – aber das Buch scheint der Schlüssel zu sein.«

Kapitel 8

AUBREY GEHT INS KINO UND BEDAUERT, DASS ER NICHT BESSER DEUTSCH KANN

Ein paar Häuser nach der Buchhandlung befand sich ein kleines, nach der Stadt Milwaukee benanntes Restaurant, eines jener sympathischen Lokale, in denen der Kunde sein Essen an der Theke bestellt und in einer Art Lehnsessel Platz nimmt, um es zu verzehren. Aubrey holte sich eine Schale Suppe, eine Tasse Kaffee, eine Portion Eintopf und Kleiemuffins, setzte sich damit auf einen leeren Platz am Fenster und aß, ohne dabei die Straße aus den Augen zu lassen. Von seiner Ecke aus konnte er den Gehsteig vor Roger Mifflins Laden überblicken. Er hatte seinen Eintopf zur Hälfte ausgelöffelt, als er sah, wie Roger aus dem Haus kam und die Bücher aus den Kartons nahm.

Nach dem Essen zündete er sich eine seiner Zigaretten an – »mild – und doch vollmundig« – und blieb in der behaglichen Wärme eines Heizkörpers sitzen. Eine große schwarze Katze räkelte sich auf dem Stuhl neben ihm. An der Essensausgabe hörte man das freundliche Scheppern von robustem Geschirr, wenn wieder ein Gast hereingekommen war und sein Essen bestellt hatte. Aubrey spürte, wie sich sein ganzer Körper langsam entspannte. Die Gissing Street wirkte bei allem geschäftigen Samstagabendbetrieb fröhlich und friedlich. War es nicht grotesk zu glauben, dass sich in einem Antiquariat in Brooklyn ein Melodrama abspielen könnte? Der Revolver lag klobig und unbequem in seiner Hosentasche. Wie anders sieht man doch die Welt nach einer warmen Mahlzeit! Auch der entschiedenste Idealist oder Attentäter wäre gut beraten, das Verfassen seiner Gedichte oder die Planung seiner Gräueltaten auf die Zeit vor dem Abendessen zu verlegen. Nach der narkotisierenden Wirkung einer Mahlzeit stellen sich alsbald eine mildere Stimmung und der Wunsch nach Unterhaltung ein. Selbst Milton hätte kaum die unmenschliche Willensstärke gehabt, sich unmittelbar nach dem Abendessen an das Manuskript von *Das verlorene Paradies* zu setzen. Aubrey fragte sich, ob er mit seinem Verdacht nicht übertrieben hatte. Wie schön wäre es, jetzt in die Buchhandlung hinüberzugehen und Titania ins Kino einzuladen.

Erstaunliche Magie des Denkens: Der Einfall sprühte noch Funken in seinem Kopf, als er sah, wie Titania und Mrs. Mifflin aus der Buchhandlung kamen und schnellen Schrittes an dem Lokal vorbeigingen. Sie plauderten und lachten fröhlich. Titanias Gesicht, das in jugendlicher Vitalität erstrahlte, schien ihm ein wirksamerer Blickfang als jede Überschrift in Zehn-Punkt-Caslon, die er bislang gesehen hatte. Er bewunderte das Layout ihrer Züge unter typographischen Gesichtspunkten. »Gerade genug Leerraum«, dachte er, »um die Augen in den Mittelpunkt des Interesses zu stellen. Ihre Gesichtszüge sind nicht wie diese modernen Schriften in Fettdruck gesetzt, sondern erinnern eher an die klassischen französischen Schriften – kursiv und mit viel Leichtigkeit. Wenn man mich fragt, würde ich auf eine 22-Punkt tippen. Der alte Chapman ist ein fähiger Schriftgießer, das muss man ihm lassen.«

Er lächelte über seinen Dünkel, griff nach Hut und Mantel und stürmte aus dem Lokal.

Mrs. Mifflin und Titania waren stehengeblieben und begutachteten die flotten Hüte in einem Schaufenster. Aubrey überquerte eilig die Straße, lief bis zur nächsten Ecke, überquerte die Straße erneut und bewegte sich in östlicher Richtung, sodass es aussah, als käme er von der Subway. Er war aufgeregter als König Albert bei seiner Rückkehr nach Brüssel. Die beiden Frauen unterhielten sich lebhaft. Helen wirkte in der Gesellschaft ihrer Begleiterin viel jünger. »Ein Futter aus Pussy-Willow-Taft und ein bestickter Unterrock«, sagte sie gerade.

Aubrey näherte sich mit gut gespielter Überraschung.

»Nein, so was! Das ist doch Mr. Gilbert! Wollten Sie Roger besuchen?«, fragte Mrs. Mifflin, die sich an der Verlegenheit des jungen Mannes weidete.

Titania schüttelte ihm herzhaft die Hand. Aubrey, der ihr Gesicht mit der verbissenen Gründlichkeit eines Korrektors musterte, entdeckte darin keine Anzeichen von Verdruss darüber, ihn so bald wiederzusehen.

»Ja … das heißt … ich wollte Sie alle besuchen«, sagte er ziemlich lahm. »Um zu fragen, wie es Ihnen so geht.«

Mrs. Mifflin erbarmte sich. »Mr. Mifflin hütet das Geschäft«, sagte sie. »Er muss sich um ein paar alte Kunden kümmern. Wollen Sie nicht mit uns ins Kino kommen?«

»Ja, bitte«, ergänzte Titania. »Es gibt einen Film mit Mr. and Mrs. Sidney Drew. Sie wissen ja, wie hinreißend die sind.«

Dass Aubrey bereitwillig zustimmte, braucht kaum erwähnt zu werden. Glück und gute Umgangsformen verhalfen ihm zu einem Platz an Miss Chapmans Seite.

»Und, wie gefällt Ihnen das Bücherverkaufen?«, fragte er.

»Es macht riesigen Spaß«, erklärte sie. »Aber bis ich über alle Bücher Bescheid weiß, dauert es bestimmt eine halbe Ewigkeit. Was die Leute einen auch alles fragen! Heute Nachmittag kam eine Frau herein und verlangte die *Blasé Tales*. Woher sollte ich wissen, dass sie *The Blazed Trail* haben wollte?«

»Daran werden Sie sich gewöhnen«, tröstete Mrs. Mifflin. »Einen Augenblick, ich will nur schnell etwas im Drugstore erledigen.«

Sie betraten Weintraubs Reich. So gefesselt von Miss Chapmans Nähe er auch war, entging es Aubrey nicht, dass der Apotheker ihn recht sonderbar beäugte. Und da er ein aufmerksamer junger Mann war, merkte er auch, dass Weintraub ein Etikett für eine Schachtel Alaunpulver, die Mrs. Mifflin erstanden hatte, mit blasslila Tinte beschriftete.

An dem gläsernen Häuschen vor dem Kino ließ Aubrey es sich nicht nehmen, die Karten zu erstehen.

»Wir sind gleich nach dem Abendessen losgegangen«, sagte Titania, »um nicht in das allgemeine Gedränge zu geraten.«

Den Brooklyner Kinofans zuvorzukommen, war allerdings nicht so einfach. Unsere drei mussten mehrere Minuten in einem überfüllten Vorraum ausharren, wo ein strenger junger Mann die wartende Menge mit einer Samtkordel in Schach hielt. Aubreys Beschützerinstinkt kam voll zum Einsatz, als er sich bemühte, Titania vor Rempeleien zu bewahren. Von ihr unbemerkt hielt er den Arm hinter ihr ausgestreckt wie eine Eisenstange, um die erwartungsvoll vorwärtsdrängende Menge zurückzuhalten. Ein Aufstöhnen ging durch die Massen, als die ersten Filmmeter über die Leinwand flimmerten und sie begriffen, dass sie etwas versäumten. Endlich hatte das Trio die Sperre überwunden und fand drei Plätze ziemlich weit vorn an der Seite. Aus diesem Blickwinkel waren die vorüberhuschenden Bilder leicht verzerrt, aber das störte Aubrey nicht.

»Was für ein Glück, dass ich gerade jetzt hier bin«, flüsterte Titania. »Mr. Mifflin ist aus Philadelphia angerufen und gebeten worden, am Montag hinzufahren und eine Bibliothek zu schätzen, die verkauft werden soll. Nun kann ich mich, solange er weg ist, um den Laden kümmern.«

»Ach ja? Zufällig habe ich am Montag geschäftlich in Brooklyn zu tun. Wenn Mrs. Mifflin nichts dagegen hat, schaue ich mal vorbei und kaufe Ihnen ein paar Bücher ab?«

»Kunden sind immer willkommen«, sagte Mrs. Mifflin.

»Mich interessiert besonders dieses Cromwell-Buch«, fuhr Aubrey fort. »Was, glauben Sie, würde Mr. Mifflin dafür nehmen?«

»Es muss wertvoll sein«, meinte Titania. »Heute Nachmittag war jemand da, der es kaufen wollte, aber

Mr. Mifflin mochte sich nicht davon trennen. Es ist eins seiner Lieblingsbücher, sagt er. Du lieber Himmel, was für ein sonderbarer Film.«

Auf der Leinwand tobten Tarzans Leidenschaften weiter, die, wie Aubrey fand, seinen eigenen überwältigenden Gefühlen gefährlich nahekamen. War nicht auch er ein armer Tarzan des Werbedschungels, verloren unter den Elefanten und Krokodilen des Kommerzes, der sich mit brennendem Blick nach dieser zarten unerreichbaren Mädchenblüte verzehrte? Er wagte einen Seitenblick auf ihr Profil und sah das wilde Geflacker auf der Leinwand in winzigen Lichtpünktchen gespiegelt, die in ihren Augen tanzten. In seiner Ahnungslosigkeit bildete er sich ein, dass sie nichts davon bemerkt hatte. Und dann ging das Licht an.

»So ein Unsinn, nicht?«, sagte Titania. »Ein Glück, dass es aus ist. Ich hatte richtig Angst, dass einer dieser Elefanten von der Leinwand herunterkommen und auf uns herumtrampeln würde.«

»Ich verstehe einfach nicht«, sagte Helen, »warum sie nicht das eine oder andere wirklich gute Buch verfilmen – die Erzählungen von Frank Stockton zum Beispiel, das wäre doch schön. Stellt euch mal Mr. und Mrs. Drew in *Rudder Grange* vor.«

»Gott sei Dank!«, freute sich Titania. »Endlich spricht jemand von einem Buch, das ich gelesen habe. Wissen Sie noch, wie Pomona und Jonas auf ihrer Hochzeitsreise in ein Irrenhaus gerieten? Sie und Mr. Mifflin erinnern mich ein bisschen an Mr. und Mrs. Drew.«

Helen und Aubrey schmunzelten über diese unschuldige Assoziation. Dann spielte die Orgel *O How I Hate to Get Up in the Morning*, und Mr. und Mrs. Drew, ergötzlich wie immer, erschienen auf der Leinwand in einer ihrer Familienkomödien. Kinoliebhaber halten zu Recht den Tag, an dem diese Pantomimen ihr menschenfreundliches Talent in den Dienst von Bogenlicht und Objektiv stellten, für den Beginn einer neuen Ära. Aubrey verfolgte ihr Spiel von seinem Platz neben Titania aus mit großem Genuss. Er wusste, dass der Frühstückstisch, an dem sie saßen, nur eine Lattenkonstruktion in einem Filmstudio war, das an eine Scheune erinnerte. Aber seine lebhafte Vorstellungsgabe machte eine idyllische Szene daraus, in der er und Titania dank der Zauberei einer gütigen Vorsehung einen Bungalow bewohnten. Junge Männer haben eine kreative Phantasie: Es ist zweifelhaft, ob je ein Orlando zu seiner Rosalind fand, ohne vorher zu träumen, er sei mit ihr vermählt. So sicher es ist, dass der Mensch tausend Tode stirbt, ehe er das Zeitliche segnet, so fest steht, dass Jünglinge tausend Ehen schließen, ehe sie sich eine Heiratserlaubnis im Rathaus holen.

Aubrey fiel das Opernglas ein, das er noch in der Tasche hatte, und zu dritt amüsierten sie sich, Sidney Drews Gesicht damit anzuschauen. Das Ergebnis war allerdings enttäuschend, weil die Vergrößerung das Netz feiner Risse im Zelluloid offenbarte und Mr. Drews Nase, das amüsanteste Detail in der Welt des Films, dadurch seine Eigenart verlor.

»Jetzt sieht seine witzige Nase aus wie eine Landkarte von Florida«, empörte sich Titania.

»Warum haben Sie eigentlich ein Opernglas in der Tasche?«, fragte Mrs. Mifflin und gab das gute Stück zurück.

Jetzt war eine schnelle und glaubwürdige Antwort gefragt, aber Werbemenschen sind einfallsreich.

»Ich nehme es manchmal nachts mit, um mir die Leuchtreklamen anzusehen, ich bin nämlich etwas kurzsichtig. Es gehört zu meinem Geschäft, ihre Technik zu studieren.«

Nach der Wochenschau ging das Programm von vorn los, und die drei verließen das Kino. »Kommen Sie doch mit herein, und trinken Sie einen Kakao mit uns«, schlug Helen vor, als sie wieder vor der Buchhandlung standen.

Aubrey hätte die Einladung liebend gern angenommen, wollte es aber nicht übertreiben. »Tut mir leid, aber ich muss noch arbeiten. Vielleicht kann ich vorbeikommen, wenn Mr. Mifflin am Montag verreist ist, und Kohle auf den Heizkessel schaufeln oder Ihnen bei etwas anderem helfen?«

Mrs. Mifflin lachte. »Aber sicher, Sie sind jederzeit willkommen.« Die Tür schloss sich hinter ihnen, und Aubrey verfiel in tiefe Schwermut. Der himmlischen Beredsamkeit von Titanias Augen beraubt, wirkte die Gissing Street trist und öde.

Es war noch früh – nicht ganz zehn –, und Aubrey überlegte, dass er, wollte er hier auf Streife gehen, gut beraten wäre, sich die Gegend gut einzuprägen. Hazlitt Street, die nächste Querstraße unterhalb der Buchhandlung, erwies sich als ruhiges Sträßchen, auf das aus bescheidenen Behausungen heiteres Licht fiel. Ein paar Schritte die Hazlitt Street herunter führte eine schmale kopfsteingepflasterte Gasse zwischen den Hinterhöfen der Gissing Street und der Whittier Street zur Wordsworth Avenue. In der Gasse war es stockdunkel, aber es gelang ihm, den Hintereingang der Buchhandlung zu bestimmen, indem er die Häuser abzählte. Er versuchte vorsichtig, das Hoftor zu öffnen. Es war unverschlossen. Im Küchenfenster sah er Licht, dort wurde wohl gerade der Kakao aufgekocht. Dann wurde im Obergeschoss ein Fenster hell, und zu seinem Entzücken erblickte er Titania im Lampenschein. Jetzt ging sie zum Fenster und zog das Rollo herunter. Einen Augenblick zeichneten sich ihr Kopf und ihre Schultern noch vor dem Vorhang ab, dann erlosch das Licht.

Aubrey gab sich kurz sentimentalen Gedanken hin: Hätte er ein paar Decken, könnte er die ganze Nacht in Rogers Hinterhof kampieren. Bestimmt würde Titania kein Leid geschehen, wenn er unter ihrem Fenster Wache hielt. Der Einfall war verrückt genug, um ihm zu gefallen. Während er noch unter dem offenen Gartentor stand, hörte er von der Gasse her Schritte und leise Männerstimmen. Etwa zwei Polizisten auf Streife? Wenn man ihn dabei ertappte, wie er sich mitten in der Nacht vor Hintertüren herumdrückte, konnte das unangenehme Folgen haben. Er betrat den Hof, machte das Tor leise zu und schob vorsichtshalber den Riegel vor.

Die Schritte kamen auf dem unebenen Kopfsteinpflaster stolpernd näher. Er lehnte sich an den Zaun und wartete. Zu seiner Verblüffung blieben die Männer vor Mifflins Tor stehen, er hörte, wie sie vorsichtig an dem Riegel hantierten.

»Abgeschlossen«, sagte eine Stimme. »Da ist nichts zu machen. Wir müssen es anders angehen, mein Freund.«

Aubrey lief es bei diesen kehligen Tönen kalt den Rücken herunter. Kein Zweifel – das war die Stimme des »Freundes und Gönners«, der ihn angerufen hatte.

Der andere Mann flüsterte etwas auf Deutsch. Aubrey, der die Sprache im College gelernt hatte, schnappte zwei Worte auf – »Tür« und »Schlüssel«.

»Also gut«, ließ sich die erste Stimme vernehmen. »Aber wir müssen noch heute Nacht handeln. Die verdammte Sache muss bis morgen erledigt sein. Deine idiotische Dämlichkeit ...«

Wieder folgte unverständliches gutturales Gegurgel auf Deutsch. Der Riegel klickte noch einmal, und er legte die Hand an den Revolver, aber gleich darauf hatten die beiden ihren Weg die Gasse hinunter fortgesetzt.

Aubrey blieb mit hämmerndem Herzen am Zaun stehen. Seine Hände waren feucht, die Füße schienen größer geworden zu sein und am Boden zu kleben. Was für ein schurkisches Komplott wurde da vorbereitet? Heiße Wut packte ihn. Schmiedete dieser sanftmütige, aalglatte, geschwätzige Buchhändler einen erpresserischen Plan, Titania zu kidnappen und aus ihrem Vater Blutgeld herauszuholen? Und das auch noch im Bund mit Deutschen, dieser Schuft! Wie war der alte Chapman nur auf die hirnrissige Idee gekommen, ein schutzloses junges Mädchen hierher, ins wilde Brooklyn, zu schicken – und was sollte er, Aubrey, jetzt unternehmen? Die ganze Nacht vor dem Hinterhof Wache halten? Nein, wie hatte der Freund und Gönner gesagt: »Wir müssen es anders angehen.« Außerdem wusste Aubrey, dass der alte Terrier der Mifflins in der Küche schlief. Bestimmt würde Bock nachts niemanden ins Haus lassen, ohne Krach zu schlagen. Am besten wäre es wohl, die Vorderseite der Buchhandlung zu beobachten. Ratlos und verzweifelt wartete er einige Minuten, bis die beiden Deutschen nach seiner Berechnung außer Hörweite sein mussten. Dann entriegelte er das Hoftor und schlich in der entgegengesetzten Richtung die Gasse hoch. Sie mündete gleich hinter Weintraubs Drugstore in die Wordsworth Avenue, über deren Rückseite die schweren Tragbalken und Gerüste der Subway-Station zu sehen waren, eine Art Schweizer Chalet, das die Straße auf Stelzen überspannte. Vorsichtshalber machte er einen Umweg, indem er sich auf der Wordsworth Avenue nach Osten wandte, bis er zur Whittier Street kam, auf der er, scharf nach Verfolgern Ausschau haltend, einen Block entlangging. Brooklyn hatte seine Beleuchtung ausgeschaltet, und alles war ruhig. Er bog in die Hazlitt Street ein und kam so zur Gissing Street. Die Buchhandlung lag im Dunkeln. Es war fast elf, die letzten Zuschauer kamen aus dem Kino, wo zwei Arbeiter auf Leitern balancierend die Leuchtreklame für *Tarzan* herunternahmen und die Werbung für den nächsten Film anbrachten.

Nachdem er ein wenig hin und her überlegt hatte, beschloss er, in sein Zimmer bei Mrs. Schiller zurückzugehen, von wo aus er den Eingang der Buchhandlung beobachten konnte. Es traf sich gut, dass fast unmittelbar vor Mifflins Haus ein Laternenpfahl stand, der genug Licht auf den kleinen vertieften Bereich vor der Tür warf. Mit seinem Opernglas würde er von seinem Zimmer aus alles verfolgen können, was dort vor sich ging. Während er die Straße überquerte, sah er zu Mrs. Schillers Haus hoch. Zwei Fenster im vierten Stock waren erleuchtet, und unten in der Diele brannte eine spärliche Gasflamme, ansonsten war alles dunkel. Als er das Fenster seines Zimmers mit der zurückgeschobenen Gardine ins Auge fasste, fiel ihm etwas Sonderbares auf. Ein leuchtender roter Punkt glühte hinter der Scheibe, verschwand, kam wieder – in seinem Zimmer rauchte jemand eine Zigarre.

Aubrey ging ruhig weiter, als habe er nichts gesehen. Dann lief er, um sich zu vergewissern, auf der gegenüberliegenden Seite zurück. Das Lichtpünktchen war noch da, und er vermutete in dem Raucher seinen Freund und Gönner oder jemanden aus seiner Bande. Der zweite Mann in der Gasse konnte Weintraub gewesen sein. Bei einem vorsichtigen Blick durch das Fenster des Drugstores sah er den Apotheker an seinem Ladentisch stehen. Dem Herrn mit der gutturalen Aussprache, der in gewiss nicht freundschaftlicher Absicht auf ihn wartete, würde er es gründlich heimzahlen. Er war heilfroh, dass er vorhin den Buchdeckel in seine Manteltasche gesteckt hatte. Offenbar hatte jemand das größte Interesse daran, ihn in die Hand zu bekommen.

Als er an dem kleinen Blumengeschäft vorbeilief, das gerade schließen wollte, kam ihm eine Idee. Er kaufte ein Dutzend weiße Nelken, dann fragte er, als sei ihm das eben erst eingefallen: »Haben Sie Blumendraht?«

Die Verkäuferin zeigte ihm eine Rolle der dünnen, kräftigen Metallschnur, mit der man manchmal die Knospen teurer Rosen anritzt, damit sie nicht so schnell aufblühen.

»Ich brauche etwa zweieinhalb Meter, und die Eisenwarenhandlungen sind schon zu.«

Mit seinem Einkauf ging er zu Mrs. Schillers Haus, wobei er sich dicht an den Häusern hielt, um nicht von den oberen Fenstern aus gesehen zu werden. Er stieg die Vortreppe hoch und schloss mit angehaltenem Atem die Haustür auf. Es war halb zwölf. Wie lange würde er warten müssen, bis sein Gönner herunterkam?

Er lachte leise vor sich hin, während er seine Vorbereitungen traf, denn er musste an eine ähnliche Unternehmung im College denken, die von den Umständen her vergleichbar, deren Zweck aber weniger gewichtig gewesen war. Zuerst zog er die Schuhe aus und stellte sie sorgsam beiseite, sodass er sie später, wenn es eilte, schnell wiederfinden würde. Dann suchte er sich einen Treppenpfosten etwa zwei Meter vom Fuß der Treppe entfernt, band ein Ende des Drahts fest um den Sockel und legte den Rest in einem großen Bogen über zwei Treppenstufen. Das Ende des Drahtes fädelte er durch das Geländer und bog es zu einer handlichen kleinen Schlaufe. Dann löschte er das Gaslicht in der Diele und harrte in der Dunkelheit der Dinge, die da kommen sollten.

Die Wartezeit dehnte sich, zumal er jederzeit befürchten musste, dass der Mops im Haus herumstrich und ihn aufstöberte. Eine Dame im Morgenmantel – vielleicht Mrs. J. F. Smith – jagte ihm einen gelinden Schrecken ein, als sie ein Zimmer im Erdgeschoss verließ, in der Dunkelheit ganz dicht an ihm vorbeikam und sich leise murmelnd nach oben bewegte. Er konnte die Schlinge gerade noch rechtzeitig wegziehen. Endlich wurde seine Geduld belohnt. Oben hörte er eine Tür quietschen und dann die Treppe knarren. Er legte seine Falle erneut und grinste vor sich hin. Irgendwo im Haus schlug eine Uhr zwölf, als der Mann sich die letzten Stufen heruntertastete. Aubrey hörte ihn leise fluchen.

Als Aubreys Opfer mit beiden Füßen in der Schlinge stand, zog Aubrey kräftig an dem Draht. Der Mann fiel wie ein Baum, krachte gegen das Geländer und blieb, alle viere von sich gestreckt, stöhnend und fluchend liegen. Der Sturz hatte das ganze Haus zum Beben gebracht.

Aubrey, der sich kaum noch halten konnte vor Heiterkeit, riss ein Streichholz an und hielt es über den Gestürzten. Das Gesicht des Mannes lag unter einem ausgestreckten Arm, aber der Bart ließ keinen Zweifel zu: Es war der Koch aus dem Octagon, halb bewusstlos. »Verbranntes Haar ist gut zur Wiederbelebung«, sagte sich Aubrey, hielt das Streichholz an den Bart, sengte lustvoll zwei, drei Zentimeter ab und legte die Nelken auf dem Haupt des Unglücklichen ab. Dann hörte er, wie sich im Souterrain etwas bewegte. Rasch griff er sich den Draht und seine Schuhe und eilte nach oben. Hocherfreut, aber mit der gebotenen Vorsicht, um nicht in eine Falle zu tappen, betrat er sein Zimmer. Bis auf einen starken Geruch nach Zigarren konnte er nichts Auffälliges feststellen. Von der Diele her kamen Mrs. Schillers spitze Schreie, untermalt von Mopsgebell. Oben öffneten sich Türen, Fragen schwirrten durchs Treppenhaus. Der Bärtige stöhnte kehlig, fluchte und erklärte wütend, er sei die Treppe heruntergefallen. Der Mops, außer Rand und Band vor Aufregung, kläffte wie besessen. Eine Frauenstimme – möglicherweise Mrs. J. F. Smith – rief: »Was brennt denn da?« Jemand anderes sagte: »Sie verbrennen Federn unter seiner Nase, damit er wieder zu sich kommt.«

»Ja, Federn von Hunnen«, dachte Aubrey und lachte in sich hinein. Er schloss das Zimmer ab und setzte sich mit seinem Opernglas ans Fenster.

Kapitel 9

ERNEUT WIRD DIE GESCHICHTE UNTERBROCHEN

Roger hatte einen ruhigen Abend in der Buchhandlung verbracht. An seinem Schreibtisch unter einer Tabakwolke sitzend, hatte er die ehrliche Absicht gehabt, an dem zwölften Kapitel seines großen Werks über den Buchhandel weiterzuschreiben. Es sollte die (leider gänzlich imaginäre) »Rede eines Buchhändlers anlässlich der Verleihung des Ehrendoktors für Literaturwissenschaft einer führenden Universität« werden und bot so viele verlockende Möglichkeiten, dass Rogers Gedanken von seinem Text ständig zu hinreißenden Bildern der gedachten Szene wanderten. Liebevoll malte er sich die schmeichelhaften Details dieser feierlichen Zeremonie aus, mit der man den Buchhandel endlich als einen akademischen Beruf anerkennen würde. Er sah die weiträumige Aula voller kultivierter Menschen vor sich, Männer mit Emerson-Profil, Frauen, die hinter flatternden Programmen miteinander flüsterten. Er sah den akademischen Pedell, Proktor, Dekan (was auch immer er sein mochte, Roger war sich da nicht ganz sicher), der die erhabenen Worte der Verleihungsurkunde verlas:

Ein Mann, der jahrein, jahraus auf persönlichen Gewinn um des öffentlichen Wohls willen verzichtet, plagt sich mit prometheischer und opferbereiter Inbrunst, die Liebe zur Literatur zahllosen Tausenden nahezubringen, ein Mann, dem und dessen Kollegen wir inmitten der Vergänglichkeit menschlichen Handelns vor allem das Knospen des literarischen Geschmacks verdanken; mit dem wir jenen noblen und selbstverleugnenden Beruf ehren, dessen so überaus repräsentatives Mitglied er ist …

Dann sieht er, wie der bescheidene Buchhändler, mit etwas feuchten Extremitäten, halb versinkend in seiner akademischen Robe und nervös an seinem Barett herumspielend, von Ordnern nach vorn geschoben wird und mit gerötetem Gesicht auf den Kanzler, Hochschuldirektor, Präsidenten (wer auch immer es sei) zustolpert, der ihm die Urkunde überreicht. Dann sieht er, wie der so ausgezeichnete Bibliopole sich dem erwartungsvollen Publikum zuwendet, wobei er seine schleifende Robe mit einem geschickten Tritt nach hinten befördert, wie es die Damen auf der Bühne tun, und ohne Zögern oder Verlegenheit, mit elegant eingeflochtenen Scherzen, jene gelehrte und mühelose Rede über die Freuden der Bücherliebe hält, von der er so oft geträumt hat. Auch den anschließenden Empfang sieht er vor sich, die angesehenen Gelehrten, die sich um ihn scharen, die Teller mit Makronen, die halbvollen Teetassen, die zwitschernden Damen: »Ich muss Sie unbedingt etwas fragen: Warum gibt es so viele Denkmäler für Generäle, Admirale, Pfarrer, Ärzte, Staatsmänner, Wissenschaftler, Künstler und Schriftsteller – aber keins für Buchhändler?«

Die Betrachtung dieser glanzvollen Szene verführte Roger immer zu ausschweifenden Träumereien. Seit er vor einigen Jahren mit einem von einem dicken Schimmel gezogenen Fuhrwerk über die Landstraßen gezogen war, um Bücher zu verkaufen, hegte er die heimliche Hoffnung, irgendwann eine fahrende Buchhandlungskette namens Parnassus gründen zu können, ein Unternehmen, das eine ganze Flotte dieser Fuhrwerke in jene ländlichen Regionen schicken würde, in denen Buchhandlungen unbekannt sind. Er sah eine große Landkarte des Staates New York vor sich, auf der die tägliche Position jedes reisenden Parnassus mit einem farbigen Stift gekennzeichnet war. Er träumte davon, in einem großen zentralen Warenlager gebrauchter Bücher zu sitzen, seine Karte zu studieren wie ein Feldherr und Kisten mit literarischer Munition an diverse Stützpunkte zu schicken, wo seine Fahrzeuge mit neuer Ware bestückt wurden. Seine Handelsvertreter, so stellte er sich das vor, würde er vor allem aus dem Kreis von Hochschullehrern, Pfarrern und Zeitungsleuten anwerben, die ihre undankbare Arbeit satthatten und die Gelegenheit begrüßen würden, etwas anders kennenzulernen. Unter anderem hoffte er, Mr. Chapman für diesen grandiosen Plan gewinnen zu können, und träumte von dem Tag, an dem die Aktien seines Parnassus auf Rädern eine hübsche Dividende abwerfen und bei seriösen Anlegern heiß begehrt sein würden. Diese Überlegungen brachten ihn auf seinen Schwager Andrew McGill, Verfasser mehrerer liebenswerter Bücher über die Freuden des Landlebens, der auf der Sabine Farm in dem grünen Knick eines Tales in Connecticut lebte. Der echte Parnassus, ein kurioses altes blaues Fuhrwerk, in dem Roger vor seiner Heirat Tausende von Meilen im Dienste des Buches auf Landstraßen zurückgelegt und in dem er auch gewohnt hatte, war jetzt in Andrews Scheune untergebracht. Auch Peg, der dicke Schimmel, hatte dort seine Unterkunft. Weil Roger seinem Schwager noch einen Brief schuldete, legte er die Notizen für seine akademischen Weihen zur Seite und begann zu schreiben.

Buchhandlung Parnassus
163 Gissing Street, Brooklyn
30. November 1918

Mein lieber Andrew,

es ist unerhört, dass ich dir noch immer nicht für das jährliche Fässchen Cider gedankt habe, das uns noch mehr als sonst erfreut hat. In diesem Herbst ist es mir schwergefallen, mit meinen eigenen Gedanken zu Rande zu kommen, und Briefe habe ich überhaupt keine geschrieben. Wie alle denke ich ständig an diesen neuen Frieden, der auf so wunderbare Weise über uns gekommen ist, und hoffe sehr auf Staatsmänner, die ihn zum Wohle der Menschheit gestalten können. Ich wünschte, es käme zu einer internationalen Friedenskonferenz der Buchhändler, denn (du wirst das belächeln) es ist meine feste Überzeugung, dass das künftige Glück der Welt in nicht geringem Maße von ihnen und den Bibliothekaren abhängt. Wie mag ein deutscher Buchhändler wohl sein? Ich lese gerade ›Die Erziehung des Henry Adams‹ – zu schade, dass er nicht lange genug gelebt hat, um uns seine

Gedanken über den Krieg wissen zu lassen. Der Krieg hätte ihn umgeworfen, fürchte ich. Schließlich meinte er ja, dass dies eine Welt ist, »die sensible und furchtsame Naturen nicht ohne Schaudern betrachten können«. Was hätte er von dem vierjährigen Schlachten gesagt, das wir wehen Herzens mit ansehen mussten?
Du erinnerst dich an mein Lieblingsgedicht – ›The Church Porch‹ alten George Herbert:

> *Auf jeden Fall schau, dass du manchmal bist allein,*
> *entbiet dir einen Gruß, sieh deiner Seele nach,*
> *wag einen Blick in deine Brust, denn sie ist dein,*
> *und wende hin und her, was du dort finden magst.*

Ich für mein Teil habe meine Gedanken gehörig hin und her gewendet. Schwermut ist ja wohl allgemein der Fluch der denkenden Klassen, aber ich muss gestehen, dass meine Seele in diesen Tagen mit besonderer Beklommenheit kämpft. Ich habe den Eindruck, dass die jähe und erstaunliche Wendung im Geschick der Menschheit, die von beispielloser Dramatik in der Geschichte ist, wie selbstverständlich hingenommen wird. Meine große Angst ist es, dass die Menschheit die furchtbaren und nie erzählten Leiden des Krieges vergisst, und ich hoffe und bete, dass Männer wie Philip Gibbs uns berichten werden, was sie wirklich gesehen haben.
Du wirst mit dem, was ich jetzt sagen werde, nicht einverstanden sein, denn ich kenne dich als strammen Republikaner: Ich danke dem Schicksal, dass Wilson zu der Friedenskonferenz reist. Ich beschäftige mich zur Zeit viel mit einem meiner Lieblingsbücher – es liegt

neben mir, während ich schreibe –, Cromwells Briefe und Reden, herausgegeben von Carlyle mit »Erläuterungen«, wie er witzigerweise schreibt (das Erläutern war noch nie seine Sache). Irgendwo habe ich gehört, dass es auch eins von Wilsons Lieblingsbüchern ist, und tatsächlich steckt in Wilson ein gutes Stück Cromwell. Mit welch verbissenem Bündniseifer er das Schwert ergriff, als es ihm schließlich aufgezwungen wurde! Und ich denke mir, dass das, was er der Friedenskonferenz zu sagen hat, stark an das erinnern wird, was der alte Oliver 1657 und 1658 dem Parlament gesagt hat: »Wenn wir Frieden ohne einen Wurm darin wünschen, lasst uns als Grundsteine Gerechtigkeit und Rechtschaffenheit legen.« Was alle Gedankenlosen an Wilson so irritiert, ist die Tatsache, dass er ausschließlich der Vernunft und nicht der Leidenschaft gehorcht. Er widerspricht Kiplings berühmten Zeilen, die auf die meisten Menschen zutreffen:

> *Sehr selten nur wird er die Logik eines Sachverhalts*
> *bis zur letzten Konsequenz in die Tat umsetzen.*

In diesem Fall dürfte die Vernunft gewinnen, ich spüre förmlich, wie der ganze Weltenlauf sich in diese Richtung bewegt.
Eine kuriose Vorstellung, dass der alte Woodrow, eine Art Cromwell-Wordsworth, nach drüben reist, um inmitten diplomatischer Bombenkrater seine Pflicht und Schuldigkeit zu tun. Ich warte auf den Tag, an dem er ins Privatleben zurückkehrt und ein Buch darüber schreibt. Das ist eine Aufgabe für einen Mann, von dem man mit Fug und Recht erwarten dürfte, dass er erschöpft an Leib

und Seele ist. Wenn dieses Buch kommt, werde ich den Rest meines Lebens damit verbringen, es zu verkaufen – ich könnte mir nichts Besseres wünschen. Apropos Wordsworth: Ich frage mich oft, ob Woodrow nicht ein paar Gedichte zwischen seinen Akten versteckt hat. Ich könnte mir gut vorstellen, dass er heimlich welche geschrieben hat. Übrigens brauchst du über meine Liebe zu George Herbert nicht zu spotten. Ist dir klar, dass zwei der bekanntesten Zitate unserer Sprache aus seiner Feder stammen, nämlich:

> *Man kann seinen Kuchen nicht essen und trotzdem behalten.*

und

> *Wage die Wahrheit, der Lüge bedarf es nie.*
> *Durch eine Schuld, die ihrer am meisten bedarf, entstehen dadurch zwei.*

Verzeih diesen ermüdenden Sermon! Meine Seele ist in diesem Herbst so sehr in Aufruhr, dass ich mich in einem eigenartigen Zustand zwischen Schwermut und Hochgefühl befinde. Du weißt, wie sehr ich in Büchern und für Bücher lebe. Nun habe ich ein seltsames Gefühl, eine Art Vorahnung, dass aus diesem Chaos menschlicher Hoffnungen und Ängste wahrhaft große Bücher erwachsen könnten, ein Buch vielleicht, in dem sich die Menschheit artikulieren wird wie nie zuvor. Die Bibel ist eine ziemliche Enttäuschung, sie hat für die Menschheit nicht das getan, was sie hätte tun sollen. Warum eigentlich nicht? Walt Whitman wird vieles bewirken, aber ihn meine ich nicht. Irgendetwas wird kommen – ich weiß nur noch nicht, was. Ich danke Gott, dass ich ein Buchhändler bin, der mit den Träumen und Schönheiten und Kuriositäten der Menschheit handelt, und nicht einer, der nur Waren verhökert. Doch wie hilflos sind wir alle, wenn wir versuchen zu erklären, was in uns vorgeht. Das habe ich neulich in einem der Briefe von Lafcadio Hearn gefunden – ich habe den Absatz für dich angestrichen.

> *Bei Baudelaire gibt es ein ergreifendes Gedicht über einen Albatros, das dir gefallen würde. Er schildert darin, wie dieser Vogel – gleich der Seele des Dichters – schwerelos im Blau schwebt, aber beschimpft wird, hilflos ist, hässlich und schwerfällig, wenn er versucht, sich auf dem Erdboden zu bewegen – sprich: an Deck eines Schiffes, wo Matrosen ihn mit Tabakspfeifen und dergleichen quälen.*

Du kannst dir meine Abende hier zwischen meinen Regalen vorstellen, jetzt, da die langen dunklen Nächte gekommen sind. Bis um zehn, wenn ich den Laden schließe, werde ich natürlich ständig unterbrochen, wie auch jetzt bei diesem Brief, einmal, um ein Exemplar von ›Helenes Kinderchen‹ und ein zweites Mal, um ›Die Ballade vom Reading-Gefängnis‹ zu verkaufen – du siehst, die Geschmäcker meiner Kundschaft sind sehr unterschiedlich. Später aber, wenn wir unseren abendlichen Kakao getrunken haben und Helen zu Bett gegangen ist, streife ich im Laden herum, greife zu dem und jenem, berausche mich an Spekulationen. Wie klar und hell die Gedanken in jenen späten Stunden strömen, nachdem alles Treibgut, alle Ablagerungen des Tages abgeflossen sind. Manchmal ist mir, als glitte ich an den Küsten von Schönheit oder Wahrheit entlang und hörte die Wellen auf den schimmernden Sand schlagen. Dann aber trägt mich ein ablandiger Wind der Resignation oder des Vorurteils wieder davon. Ist dir schon mal Andrejews Das Joch des Krieges *in die Hände gefallen? Eins der ehrlichsten Bücher über den Krieg. Der Autor schließt sein Bekenntnis wie folgt:*

> *Meine Wut hat mich verlassen, meine Traurigkeit ist zurück, und wieder fließen die Tränen. Wen soll ich verfluchen, wen verurteilen, da wir doch alle gleich unglücklich sind? Das Leiden ist universell: Hände strecken sich aus, und wenn sie sich berühren … wird die große Lösung kommen. Mein Herz erglüht, und ich strecke die Hand aus und rufe: »Komm, wir wollen uns zusammentun! Ich liebe dich. Ich liebe dich.«*

Und wenn man sich gerade in so einen Zustand versetzt hat, kommt bestimmt jemand daher und stiehlt dir die Brieftasche … Wir müssen wohl lernen, so stolz zu sein, dass wir dem Dieb den Brieftaschenklau nicht übel nehmen!
Hast du dir schon mal überlegt, dass die Welt eigentlich von Büchern regiert wird? Das Schicksal dieses Landes im Krieg zum Beispiel wurde im Wesentlichen von den Büchern bestimmt, die Wilson gelesen hat, seit er anfing

zu denken. Könnten wir eine Liste der wichtigsten Bücher einsehen, die er seit Kriegsbeginn gelesen hat – wie faszinierend wäre das.
Hier sind ein paar Zeilen, die ich gerade abgeschrieben und an mein Schwarzes Brett gehängt habe, damit meine Kunden etwas zu denken haben. Sie stammen von Charles Sorley, einem jungen Engländer, der 1915 in Frankreich gefallen ist. Er war erst zwanzig Jahre alt.

AN DEUTSCHLAND

Verblendet seid ihr, so wie wir. Niemand hat eure Schmerzen je gewollt,
und niemand wollte euer Land als Beute sehn.
Der Herrscher Tunnelblick auf beiden Seiten ist gezollt,
dass wir die Riesendummheit nicht verstehn.

Groß habt ihr nur die eigne Zukunft euch begehrt,
wie wir, doch Freiheit unsres Denkens war im Schwinden,
weil jeder jedem hart das Lieblingsziel versperrt,
ward er gehasst und ausgezischt. Es war ein Kampf nur unter Blinden.

Wenn Frieden ist, dürfen wir neu erkunden
mit neuen Augen dann des Andren wahre Art,
und staunen. Dann Herz und Güte liebevoll gepaart,
fest ausgestreckte Hände fassend, verlachen alte Wunden.

Wenn Frieden ist. Doch bis zum Frieden ist es hart,
ist Sturm und Donner, Tränenflut und lange dunkle
Stunden.

Sind das nicht edle Worte? Du merkst, wonach ich hilflos taste – eine Möglichkeit, so an den Krieg zu denken, dass er künftigen Generationen als Reinigung für die Menschheit erscheint und nicht nur als schiere Schwärze, die aus stinkender Schlacke besteht, aus gefoltertem Fleisch und aus Sümpfen voller Blut der von Kugeln zerfetzten Menschen. Aus dieser unsagbaren Trostlosigkeit muss der Mensch zu einem neuen Begriff nationaler Nachbarschaft gelangen. Ich höre so viel von Befürchtungen, dass Deutschland nicht hinlänglich für seine Verbrechen bestraft werde. Aber wie kann man für ein so gewaltiges Panorama des Leidens eine Strafe erdenken oder verhängen? Das Land hat sich selbst schon schlimm genug gestraft, denke ich, und wird es weiterhin tun. Ich bete darum, dass das, was wir durchgemacht haben, die Welt wieder erkennen lässt, wie heilig das Leben ist – alles Leben, das der Tiere wie das der Menschen. Findest du nicht auch, dass der Besuch in einem Zoo mit seiner erstaunlichen und bizarren Vielfalt lebendiger Energie einen demütig machen und zum Staunen bringen kann? Was erkennen wir in allen Lebensformen? Ein Streben – in dieser oder jener Form, eine unerklärliche Macht, die selbst das kleinste Insekt auf seine wunderlichen Reisen schickt. Gewiss hast du schon mal eine winzige rote Spinne beobachtet, die auf einem Lattenzaun entlangeilt – wer weiß, warum und wohin. Und was den Menschen betrifft – welches Chaos von Trieben und Begierden stößt ihn immer aufs Neue in diesen Kreislauf kurioser Handlungen? Und in jedem Menschenherz findest du irgendein Leid, irgendeine Enttäuschung, irgendeinen lauernden Schmerz. Ich denke oft an die Geschichte, die Lafcadio Hearn über seinen japanischen Koch erzählte. Hearn sprach von der Gewohnheit der Japaner, sich ihre Gefühle nicht anmerken zu lassen. Sein Koch war ein munterer, gesunder junger Mann von angenehmem Äußeren, der stets eine heitere Miene zeigte. Eines Tages sah Hearn zufällig durch ein Loch in der Wand seinen Koch allein dasitzen. Sein Gesicht war nicht wiederzuerkennen. Es war schmal und verhärmt und von Spuren alter Nöte oder Leiden durchzogen. Genau so, dachte Hearn, wird er aussehen, wenn er tot ist. Er ging in die Küche, und auf einen Schlag war der Koch wie verwandelt, war wieder jung und glücklich. Hearn hat dieses Leidensgesicht nie mehr gesehen, aber er wusste, der Mann trug es, wenn er allein war.

Findest du nicht auch, dass darin eine Art Gleichnis für die ganze Menschheit liegt? Ist dir noch nie ein Mensch begegnet, bei dem du dich gefragt hast, welche tiefe Sorge er vor der Welt verbirgt, welche Gegensätze zwischen Wunsch und Wirklichkeit ihn quälen? Steckt nicht hinter jeder lächelnden Maske eine schmerzverzerrte Grimasse? Henry Adams formuliert es prägnant. Der menschliche Geist, sagt er, taucht plötzlich und unerklärlich aus einem unbekannten und unvorstellbaren Nichts auf. Er verbringt die Hälfte seines bewussten Lebens in dem seelischen Chaos des Schlafes. In wachem Zustand ist er Opfer seiner eigenen mangelnden Anpassung, Opfer von Krankheit, Alter, von äußeren Einflüssen, Zwängen der

Natur. Er zweifelt an seinen eigenen Empfindungen und vertraut nur Instrumenten und Durchschnittswerten. Nach sechzig Jahren wachsender Ratlosigkeit steht er plötzlich wieder vor dem Nichts – dem Tod. Und, sagt Adams, mehr als dass er vorgibt, mit seiner Leistung zufrieden zu sein, kann man nicht verlangen. Dass der Geist tatsächlich zufrieden sei, würde beweisen, dass er nur als Schwachsinn existiert.

Lass mich bitte wissen, auf welchen Wegen deine Gedanken wandeln. Ich für mein Teil habe das Gefühl, dass uns erstaunliche Entwicklungen bevorstehen. Seit langem greife ich auf Bücher als den einzigen beständigen Trost zurück, als die alleinige makellose und unantastbare Leistung der Menschheit. Es macht mich traurig, dass ich Tausende von Büchern nicht gelesen habe, die mir erhabenes und reines Glück geschenkt hätten. Ich will dir ein Geheimnis verraten. Ich habe nie ›König Lear‹ gelesen, und zwar absichtlich nicht. Wäre ich einmal sehr krank, brauchte ich mir nur zu sagen: Du kannst noch nicht sterben, du hast den ›Lear‹ noch nicht gelesen, und ich bin sicher, dass mich das wieder auf die Beine bringen würde.

Du siehst – Bücher sind die Antwort auf unsere Ratlosigkeit. Henry Adams knirscht mit den Zähnen, weil er das Universum nicht begreifen kann. Allenfalls kommt er uns mit einem »Beschleunigungsgesetz«, womit er wohl meint, dass die Natur den Menschen in einem ständig höheren Tempo vorantreibt, sodass er entweder all ihre Probleme lösen oder an der Anstrengung zugrunde gehen wird. Aber Adams' ehrliche Darstellung eines Geistes, der hilflos mit seinen Rätseln kämpft, ist so sympathisch, dass man über der Genauigkeit des Bildes die Vergeblichkeit des Kampfes vergisst. Der Mensch ist unbesiegbar, weil er selbst seine Hilflosigkeit so unterhaltsam darstellen kann. Sein Motto scheint zu sein: »Er mag mich wohl töten, doch ich werde Seiner spotten.«

Ja, Bücher sind der größte Triumph des Menschen, denn sie bündeln all seine sonstigen Triumphe und geben sie weiter. Walter de la Mare schreibt dazu sehr treffend: »Wie verständnislos muss ein Engel im Himmel auf ein armes Menschenwesen herunterlächeln, das in einen Roman vertieft ist – mit abgeknicktem Oberkörper regungslos in seinem Sessel sitzend, Brille auf der Nase, die beiden Füße so dicht beisammen wie die Schwimmflossen am Schwanz einer Meerjungfrau, während sich nur seine seltsamen Augen in den müden Zügen bewegen.«

Jetzt habe ich schon viele Seiten vollgeschrieben und dir doch nichts Neues berichtet. Helen kam neulich von einem Besuch in Boston zurück, wo es ihr sehr gut gefallen hat. Heute ist sie mit unserem jungen Schützling im Kino. Miss Titania Chapman ist ein liebenswürdiges junges Mädchen, das wir als Buchhandelslehrling eingestellt haben. Die kuriose Idee stammt von ihrem Vater, Mr. Chapman, Besitzer der Firma Chapman's Daintybits, deren Produkte man überall in der Werbung sieht. Er ist ein großer Bücherfreund und möchte, dass auch seiner Tochter die Liebe zum Buch vermittelt wird. Du kannst dir vorstellen, welche Freude es für mich ist, eine Adeptin zu haben, der ich Bücher predigen kann! Außerdem kann ich dadurch häufiger mal das Geschäft verlassen. Heute Nachmittag bekam ich einen Anruf aus Philadelphia mit

der Bitte, am Montagabend dort eine private Sammlung zu schätzen, die verkauft werden soll. Ich war recht geschmeichelt, denn ich kann mir gar nicht vorstellen, wie man auf meinen Namen gekommen ist.
Verzeih dieses lange unzusammenhängende Geschreibsel.
Wie hat dir ›Erewhon‹ gefallen?
Wir schließen gleich, und ich muss noch die Einträge im Hauptbuch absegnen.

Immer der Deine,
Roger Mifflin

Kapitel 10

ROGER PLÜNDERT DEN EISSCHRANK

Roger hatte gerade Carlyles *Cromwell* an seinen Platz in der Abteilung Geschichte zurückgestellt, als Helen und Titania aus dem Kino kamen. Bock, der unter dem Sessel seines Herrn gedöst hatte, erhob sich höflich und schwänzelte ehrerbietig.

»Er hat wirklich hinreißende Manieren«, sagte Titania.

»Es ist ein Wunder«, bestätigte Helen, »dass seine Schwanzmuskeln noch nicht ausgeleiert sind, so sehr misshandelt er sie.«

»Habt ihr euch gut amüsiert?«, fragte Roger.

»Glänzend«, rief Titania mit so leuchtendem Gesicht und strahlender Stimme, dass zwei brummige Stammkunden die Köpfe aus den Nischen ›Essay‹ und ›Theologie‹ steckten und große Augen machten. Einer ging sogar so weit, Leigh Hunts *Wishing Cap Papers*, die er gerade durchgekaut hatte, käuflich zu erwerben, um sich der Gruppe nähern und dieses Phänomen in Augenschein nehmen zu können. Als Miss Chapman ihm das Buch abnahm und einwickelte, kannte seine Verwunderung keine Grenzen.

Titania, die sich ihrer geschäftsfördernden Wirkung nicht bewusst war, fuhr unbefangen fort:

»Wir haben unterwegs Ihren Freund Mr. Gilbert getroffen, und er hat uns ins Kino begleitet. Er will am Montag vorbeikommen und nach dem Heizkessel sehen, wenn Sie verreist sind.«

»Diese Werbeagenturen lassen sich wirklich etwas einfallen. Da schicken sie einen Mann los und lassen ihn nach meinem Heizkessel sehen, damit er so einen Auftrag ergattert.«

»Hattest du einen ruhigen Abend?«, fragte Helen.

»Ich habe an Andrew geschrieben, damit ging die Zeit dahin. Aber dann ist noch etwas Lustiges passiert – ich habe doch tatsächlich den *Philip Dru* verkauft.«

»Nein!«, staunte Helen.

»Doch! Ein Kunde hat ihn sich angesehen, und ich habe ihm gesagt, dass Colonel House das Buch geschrieben hat. Da wollte er es unbedingt haben. Aber er wird sich schön ärgern, wenn er versucht, es zu lesen!«

»Hat Colonel House es wirklich geschrieben?«, fragte Titania.

»Keine Ahnung«, erwiderte Roger. »Ich hoffe nicht, denn insgeheim halte ich Mr. House für einen fähigen Mann. Sollte er doch der Autor sein, kann ich nur hoffen, dass keiner der ausländischen Politiker in Paris Wind davon bekommt.«

Während Helen und Titania die Mäntel ablegten, schloss Roger den Laden und ging mit Bock zur nächsten Ecke, um seine Briefe einzuwerfen. Als er zurückkam, hatte Helen einen großen Krug Kakao gekocht, und sie setzten sich damit ans Feuer.

»Chesterton hat ein Gedicht geschrieben, in dem er schonungslos über den Kakao herzieht, es steht im *Flie-*

genden Wirtshaus«, sagte Roger, »aber ich finde, dass Kakao der ideale Abendtrunk ist. Er entspannt einen sanft und bereitet dem Schlaf den Weg. Ich habe schon häufig festgestellt, dass drei Becher von Mrs. Mifflins Kakao die fürchterlichsten philosophischen Bauchschmerzen beheben können. Man kann ungefährdet den ganzen Abend Schopenhauer lesen, wenn man einen Löffel Kakaopulver und eine Dose Kondensmilch bei der Hand hat. Wohlgemerkt – es muss Kondensmilch sein.«

»Ich hätte nie gedacht, dass sie so gut sein könnte«, sagte Titania. »Daddy macht natürlich Kondensmilch in einer seiner Fabriken, aber ich bin nie auf die Idee gekommen, sie zu kosten. Ich dachte, die ist nur was für Leute wie die Forscher am Nordpol und so.«

»Wie dumm von mir, jetzt hätte ich es fast vergessen«, rief Roger. »Ihr Vater rief an, Miss Chapman, als Sie gerade weggegangen waren, und wollte wissen, wie Sie zurechtkommen.«

»Ach je, der wird mir bestimmt was erzählen, weil ich schon am zweiten Tag im neuen Job im Kino war! Vermutlich hat er gesagt, dass mir das ähnlich sieht.«

»Ich hätte darauf bestanden, dass Sie Mrs. Mifflin begleiten, habe ich ihm erklärt, weil ich das Gefühl hatte, Sie könnten eine Abwechslung gebrauchen.«

»Lassen Sie sich von Daddy nichts einreden«, bat Titania. »Er hält mich für furchtbar leichtfertig, weil ich leichtfertig aussehe. Aber ich möchte diesen Job wirklich gut machen. Ich habe den ganzen Nachmittag Päckchenpacken geübt, um zu lernen, wie man die Schnur hübsch bindet und verknotet, ohne sie schon vorher abzuschneiden. Wenn man sie nämlich vorher abschneidet, ist sie entweder zu kurz oder zu lang, und das wäre Verschwendung. Und ich habe auch gelernt, mir Manschetten aus Papier zu machen, damit meine Ärmel sauber bleiben.«

»Ich bin noch nicht fertig«, fuhr Roger fort. »Ihr Vater lädt uns alle für morgen zu sich nach Hause ein. Er möchte uns einige Bücher zeigen, die er gerade gekauft hat. Außerdem meint er, Sie könnten Heimweh haben.«

»Wo es hier so viele schöne Bücher zu lesen gibt? Unsinn! Ich möchte das nächste halbe Jahr nicht mehr nach Hause.«

»Er hat es sich nicht ausreden lassen, gleich morgen früh schickt er Edwards mit dem Wagen.«

»Das wird sicher hübsch«, sagte Helen.

»Eine bedrückende Vorstellung, diese fabelhafte Buchhandlung im Stich zu lassen, um den Sonntag in Larchmont zu verbringen. Na schön, dann kann ich wenigstens die Georgettebluse mitnehmen, die ich neulich vergessen hatte.«

»Um welche Zeit kommt der Wagen?«, erkundigte sich Helen.

»Gegen neun, meint Mr. Chapman. Er erwartet uns so früh wie möglich.«

Während sie noch vor dem verglimmenden Feuer saßen, kramte Roger in seiner Büchersammlung. »Haben Sie schon mal etwas von Gissing gelesen?«, wollte er von Titania wissen.

Die warf Mrs. Mifflin einen kläglichen Blick zu. »Immer diese peinlichen Fragen! Nein, ich habe noch nie von ihm gehört.«

»Da die Straße, in der wir wohnen, nach ihm benannt ist, sollten Sie ihn aber kennen«, sagte Roger und holte

The House of Cobwebs heraus, einen Band mit Erzählungen. »Ich lese euch jetzt eine der charmantesten Kurzgeschichten vor, die ich kenne. Sie heißt *A Charming Family.*«

»Nicht heute Abend, Roger«, sagte Mrs. Mifflin bestimmt. »Es ist elf, und Titania ist müde, das sehe ich ihr an. Bock ist schon in seiner Hütte, der ist vernünftiger als du.«

»Na schön«, gab der Buchhändler nach. »Nehmen Sie das Buch mit nach oben, und lesen Sie es im Bett, wenn Sie mögen. Sind Sie eine Librocubicularistin?«

Titania sah ihn entrüstet an.

»Das ist nichts Schlimmes«, beruhigte Helen sie. »Er will nur wissen, ob Sie gern im Bett lesen. Ich habe schon auf das Wort gewartet, er hat es nämlich erfunden und ist unheimlich stolz darauf.«

»Im Bett lesen? Was für eine drollige Idee«, sagte Titania. »Das wäre mir nie eingefallen. Wenn ich mich hinlege, bin ich so müde, dass …«

»Dann ab mit euch zu eurem Schönheitsschlaf«, befahl Roger. »Ich komme bald nach.«

Das war in diesem Moment ehrlich gemeint, aber als er wieder an seinen Schreibtisch trat, fiel sein Blick auf eine kleine Kollektion von Büchern, die dort bereitstanden, um »Perturbationen zu beseitigen«, wie Burton sich ausdrückt. Es waren unter anderem John Bunyans *Pilgerreise zur Ewigen Seligkeit*, Shakespeare, *Anatomie der Melancholie*, das *Hausbuch der Lyrik*, Gedichte von George Herbert, die Notizbücher von Samuel Butler und *Grashalme*. Er griff zur *Anatomie der Melancholie*, jenem für mitternächtliches Stöbern so idealen Werk, und schlug einen seiner Lieblingsabschnitte auf – »Ein trostreicher Exkurs, enthaltend die Mittel zur Abhilfe von Missbehagen aller Art« –, der ihn so in Bann schlug, dass sein Körper nur so weit reagierte, als nötig war, um hin und wieder die Pfeife auszuklopfen, neu zu stopfen und wieder in Gang zu setzen. Das Alleinsein ist für Menschen, die tagein, tagaus die Eintönigkeit des Geschäftslebens ertragen müssen, ein kostbares Gut. Roger brauchte diese mitternächtlichen Meditationen. Bei bewährten Gefährten wie Robert Burton und George Herbert konnte er seinen Geist befreien. Es amüsierte ihn, dass ausgerechnet Burton, der einsame Gelehrte aus Oxford, jenes gewichtige Buch geschrieben hatte, um seine eigene Schwermut zu beheben.

Beim Blättern in den muffigen alten Seiten stieß er auf einen Absatz über den Schlaf:

Am dienlichsten dafür ist die Zeit zwei oder drei Stunden nach dem Nachtessen, wenn das Fleisch sich unten im Magen gesetzt hat, und es empfiehlt sich, erst auf der rechten Seite zu liegen, weil so die Leber unter dem Magen ruht und ihn nicht molestiert, sondern wärmt wie ein Feuer den Kessel, den man auf dasselbe stellt. Nach dem ersten Schlaf ist es nicht verkehrt, sich auf die linke Seite zu legen, damit das Fleisch sich besser senkt, und zuweilen auch auf den Bauch, aber nie auf den Rücken. Sieben oder acht Stunden sind für einen Melancholiker eine passable Ruhezeit …

Wenn das so ist, dachte Roger, wird es Zeit, dass ich ins Bett gehe. Er sah auf die Uhr und stellte fest, dass es halb eins war. Er machte das Licht aus und ging in die Küche, um nach dem Herd zu sehen.

Ich zögere, ein Thema zu berühren, das regelmäßig zu häuslichem Unfrieden führt, kann aber ehrlicherweise nicht verschweigen, dass Rogers Nachtwachen unweigerlich am Kühlschrank endeten. Zu diesem Thema gibt es zwei Theorien, die eine vertreten vom Ehemann, die andere von der Ehefrau. In ihrer Einfalt glauben Männer, wenn sie von allem Leckeren, das sie im Eisschrank finden, etwas nähmen, ihren Raubzug aber gleichmäßig auf alles dort Befindliche verteilten, die Verheerung in enge Grenzen halten zu können. Ihre Frauen hingegen sagen (und Mrs. Mifflin hatte es Roger oft genug klargemacht), dass es viel besser ist, ein Gericht ganz, statt von jedem nur ein bisschen zu nehmen, denn in letzterem Fall schrumpfen die einzelnen Speisen so sehr, dass sie zur Resteverwertung nicht mehr taugen. Roger aber litt an der latenten Lasterhaftigkeit aller guten Ehemänner und kannte die Freuden kalter Lebensmittel nur zu gut. So manche gedünstete Backpflaume, so manche grüne Bohne oder kalte Pellkartoffel, so manches Hühnerbein, so mancher Apfelkuchen- oder Reispuddingrest hatte bei seinen nächtlichen Gelagen dran glauben müssen. Für ihn war es Ehrensache, ein Gericht nie ganz aufzuessen, sondern mit unvermindertem Eifer vom einen zum anderen zu gehen. Im Krieg hatte er heldenhaft gegen diese Gewohnheit angekämpft, sie aber, wie Mrs. Mifflin feststellte, nach dem Waffenstillstand umso vehementer wieder aufgenommen. Der Hausfrau bietet sich dann am nächsten Morgen ein erschütterndes Bild: Zwei Scheibchen rote Rüben in einer kleinen Steingutschale; ein zentimeterbreites Stück Apfelkuchen; drei in einer bescheidenen Pfütze ihres eigenen Saftes liegende Backpflaumen; und ein Esslöffel geschmorter Rhabarber in einer zuvor gut gefüllten gelben Schüssel – was kann eine Küchenfee, und sei sie noch so einfallsreich, mit diesen Überbleibseln anfangen? Dieser schlimme Brauch kann also nicht scharf genug verurteilt werden.

Doch wir sind, wer wir sind, und Roger noch viel mehr als andere. Von der *Anatomie der Melancholie* bekam er immer Hunger, und so bediente er sich diskret aus verschiedenen nahrhaften Schüsseln und Gefäßen, wobei er ein paar Reste mit Bock teilte, dessen bittende braune Augen verrieten, dass er das Verstohlene und Beschämende dieser nächtlichen Tätigkeit durchaus begriff. Bock war klar, dass Roger am Eisschrank nichts zu suchen hatte, denn die Grundregeln gesellschaftlichen Zusammenlebens, ohne die kein Haushalt funktioniert, sind auch Hunden bewusst. Doch weil man Bock seine hechelnde Bereitschaft ansah, bei diesem Fehltritt mitzumachen, und auch, um seiner stummen Kritik zu entgehen, gab Roger ihm immer den Löwenanteil der kalten Kartoffeln. Von einem Hund geächtet zu werden, verträgt kein Mensch. Aber ich schweife ab, wie Burton sagen würde.

Nach dem Eisschrank kam der Keller an die Reihe. Wie jeder echte Haushaltungsvorstand liebte Roger seinen Keller. Er roch ein wenig modrig, enthielt aber eine gut sortierte Kiste mit alkoholischen Getränken; und den Feuerschein, der aus der Klappe des Heizkessels auf den Betonboden fiel, betrachtete der Buchhändler immer von neuem mit innigem Vergnügen. Beglückt sah er in die blauen Flammen, die um den Kohleberg in der Feuerkammer herumtanzten – zarte, veilchenblaue Luftgeister, die in den hochsteigenden Gasen auf und nieder schwebten. Ehe er eine letzte Schaufel Kohle aufs Feuer warf, zog er sich eine Holzkiste heran, in der irgendwann mal Bushmill-Whisky gewesen war, drehte dann die elektrische Deckenbeleuchtung aus und blickte bei einer letzten Pfeife in den rosigen Schein des Feuerrosts. Der Tabakrauch, den das Feuer nach innen zog, wirkte grau und trocken vor dem schimmernden Gold. Bock, der hinter ihm die Treppe heruntergetappt war, schnuffelte und schnoberte im Keller herum. Roger dachte an Burtons Worte über das unsterbliche Kraut:

> *Tabak, göttlicher, rarer, höchstvortrefflicher Tabak, weit besser als sämtliche Allheilmittel, trinkbares Gold und Steine der Weisen, exzellentes Wundermittel gegen alle Übel … ein ausgezeichnetes Kraut, sofern man es mit Bedacht und in medizinischen Dosen genießt; da es aber gewöhnlich von den meisten Menschen missbraucht wird, die es zu sich nehmen wie die Kesselflicker das Bier, ist es eine Plage, ein Unheil, das Güter, Ländereien und die Gesundheit vernichtet; höllischer, teuflischer, verfluchter Tabak, Ruin und Untergang von Leib und Seele …*

Bock hatte sich auf die Hinterbeine gestellt und sah zur Kellerwand hoch, in der zwei kleine Gitterfenster auf die abgesenkte Fläche vor der Ladentür hinausgingen. Er knurrte leise und schien unruhig.

»Was ist denn, Bock?«, fragte Roger gelassen und rauchte seine Pfeife zu Ende.

Bock bellte einmal kurz, scharf und protestierend. Doch Roger war in Gedanken immer noch bei Burton.

»Ratten?« fragte er. »Über die brauchst du dich nicht aufzuregen, alter Junge. Wie heißt es bei Browning? ›Mit einem Lächeln fiel die Ratte tot um.‹«

Bock strich, ohne diese literarische Anspielung zur Kenntnis zu nehmen, an der Kellerwand entlang und sah aufgeregt nach oben. Wieder knurrte er leise.

»Lass die Ratten, Bock«, beruhigte ihn Roger. »Komm, wir beschicken jetzt noch mal das Feuer, und dann ab ins Bett. Himmel, es ist ja schon eins!«

Kapitel 11

TITANIA VERSUCHT, IM BETT ZU LESEN

Aubrey, der mit seinem Opernglas am Fenster saß, merkte bald, dass er todmüde war. Selbst romantische Helden sind nicht gegen Erschöpfung gefeit, den ärgsten Feind aller Handelnden und Träumenden. Es war – angefangen mit dem Schlag auf den Kopf – ein langer Tag gewesen, und nur die kalte Luft aus dem geöffneten Schiebefenster hielt ihn noch wach. Beinah war er schon eingedöst, als er hörte, wie sich auf der gegenüberliegenden Straßenseite Schritte näherten.

Ein paarmal hatte er sich gezwungen, wieder wach zu werden, als harmlose Passanten durch die unschuldige Dunkelheit der Brooklyner Nacht flaniert waren, jetzt aber geschah endlich das, worauf er gewartet hatte. Der Mann bewegte sich mit einer Mischung aus Achtsamkeit und Selbstbewusstsein, blieb unter dem Laternenpfahl vor der Buchhandlung stehen, und in der Vergrößerung erkannte Aubrey mühelos, dass es Weintraub war, der Apotheker.

Die Buchhandlung lag jetzt gänzlich im Dunkeln, nur unter der Ebene des Gehsteigs leuchtete irgendetwas schwach hervor. Aubrey wunderte sich ein wenig, konzentrierte sich aber jetzt ganz auf die Tür des Geschäfts. Weintraub holte einen Schlüssel aus der Tasche, schob ihn behutsam ins Schloss, machte leise die Tür auf, schlüpfte ins Haus und ließ die Tür angelehnt.

»Was ist denn das für eine Schurkerei?«, dachte Aubrey zornig. »Der Kerl hat sogar einen eigenen Schlüssel. Kein Zweifel, er und Mifflin stecken unter einer Decke.«

Er schwankte kurz. Sollte er die Treppe hinunter und über die Straße laufen? Dann erschien ein matter Lichtstrahl in der linken vorderen Ecke des Geschäfts, und er sah den gelben Kreis einer Taschenlampe über die Regale wandern. Weintraub holte einen Band heraus, und das Licht erlosch. Gleich darauf stand der Apotheker wieder unter der Tür, machte sie behutsam hinter sich zu und ging rasch und leise die Straße hinunter. Nach einer Minute war alles vorbei. Zwei gelbe Rechtecke leuchteten ein, zwei Minuten unter der Tür auf, und jetzt erkannte Aubrey, dass es die Kellerfenster waren. Dann wurden auch sie dunkel, und alles war wieder still. Im schwankenden Licht der Straßenlampen leuchtete das Schild des Buchhändlers weiß. ›In diesem Laden spukt es‹, las Aubrey.

Er lehnte sich zurück. »Damit hat der Kerl den Nagel auf den Kopf getroffen«, dachte er, »aber wahrscheinlich geht's doch bloß um Bücherklau. Oder haben er und Weintraub sich auf die Fälschung von Erstausgaben verlegt? Wenn ich nur wüsste, was hier los ist!«

Er blieb – jetzt hellwach – auf seinem Posten, aber kein Laut durchdrang die Stille der Gissing Street. Von weitem hörte er von Zeit zu Zeit das Rumpeln der Hochbahn, die um die Kurve an der Wordsworth Avenue schurrte. Sollte er sich gewaltsam Zugang zur Buchhandlung verschaffen und nachsehen, ob alles in Ordnung war? Aber wie jeder gesunde junge Mann hatte er einen Horror davor, sich lächerlich zu machen. Allmählich milderte die Müdigkeit seine Ängste. Von fernen Kirchtürmen schlug und hallte die zweite Stunde. Er zog sich aus und kroch ins Bett.

Als er am Sonntag aufwachte, war es bereits zehn. Eine breite Sonnenbahn teilte das Zimmer in zwei Hälften, die weiße Gardine flatterte aus dem Fenster wie eine Fahne. Beim Blick auf die Uhr entfuhr ihm ein Schreckensschrei: Er hatte seine Pflichten sträflich vernachlässigt. Was hatte sich in dem Haus gegenüber getan?

Er sah zu der Buchhandlung hinüber. Friedlich und heiter lag die Gissing Street an diesem stillen, frischen Vormittag da. In Roger Mifflins Haus regte sich nichts. Alles war unverändert, nur auf der Innenseite der großen Schaufenster waren breite grüne Rollos heruntergelassen, sodass man die vollgestopften Bücherregale nicht sehen konnte.

In Ermangelung eines Morgenrocks zog Aubrey seinen Mantel über und machte sich auf die Suche nach einer Badewanne. Das Badezimmer auf seiner Etage war abgeschlossen, hinter der Tür hörte man genüssliches Plätschern. »Zum Kuckuck mit Mrs. J. F. Smith«, dachte er und wollte schon, seiner nackten Füße und der Beine in Pyjamahosen peinlich bewusst, nach unten gehen, als er übers Treppengeländer Mrs. Schiller und Hündchen Schatzi mit irgendwelchen häuslichen Tätigkeiten beschäftigt sah. Beim Anblick der Pyjamabeine fing der Mops an zu kläffen, und Aubrey, der Hoffnung auf ein Bad beraubt, trat frustriert den Rückzug an. Rasch zog er sich an und rasierte sich.

Auf dem neuerlichen Weg nach unten begegnete er Mrs. Schiller, die ihn missbilligend betrachtete.

»Ein Herr wollte gestern Abend zu Ihnen, Sir. Er hat es sehr bedauert, Sie nicht anzutreffen.«

»Ich bin ziemlich spät nach Hause gekommen«, gab Aubrey zurück. »Hat er gesagt, wie er heißt?«

»Nein, er wollte ein andermal wiederkommen. Er ist die Treppe heruntergefallen und hat damit das ganze Haus geweckt«, ergänzte sie säuerlich.

Aubrey beeilte sich, wegzukommen. Er brannte darauf zu erfahren, ob drüben alles in Ordnung war, aber die Mifflins sollten nicht wissen, dass er gegenüber wohnte.

Als er eilig über die Straße ging, stellte er fest, dass der Milwaukee Lunch, in dem er am Vorabend gegessen hatte, offen war. Nach einem guten Frühstück mit Grapefruit, Rührei und Schinken, Kaffee und Donuts zündete er sich eine Pfeife an, setzte sich ans Fenster und dachte nach. »Es ist ein echtes Dilemma«, sagte er sich, »bei dem ich nur verlieren kann. Wenn ich nichts unternehme, könnte Titania etwas zustoßen, falls ich zu früh losschlage, bekomme ich Ärger mit ihr. Wenn ich nur wüsste, was Weintraub und dieser Koch im Schilde führen.«

Das Lokal war praktisch leer bis auf den Besitzer und einen Mitarbeiter, die ganz in Aubreys Nähe zusammensaßen. Er horchte auf, als der eine sagte:

»Hör mal, der Buchhändler hat wohl das große Los gezogen?«

»Wer, Mifflin?«

»Genau. Hast du den Wagen gesehen, der heute früh vor seinem Laden stand?«

»Nein.«

»Toller Schlitten, sag ich dir.«

»War vielleicht ein Leihwagen. Weißt du, wohin er wollte?«

»Keine Ahnung. Hab ihn nicht wegfahren sehen.«

»Aber die süße Puppe hast du gesehen, die er sich als Bürokraft angelacht hat?«

»Allerdings. Vielleicht wollte er mit ihr in der Gegend herumkutschieren.«

»Kann ich ihm nicht verdenken …«

Aubrey tat, als hätte er nichts gehört, und verließ das Lokal. Hatte er am Ende Titanias Entführung verschlafen? Er schämte sich in Grund und Boden über das klägliche Misslingen seiner Nachtwache. Sein erster Gedanke war, sich Weintraub zu schnappen und ihn zu zwingen, seine Verbindung zu Mifflins Buchhandlung zu erklären. Dann überlegte er, Mr. Chapman anzurufen und zu warnen; schließlich aber sah er ein, dass beides wenig sinnvoll war, solange er nicht wusste, was wirklich passiert war. Er beschloss, in die Buchhandlung selbst einzudringen und ihr finsteres Geheimnis zu lüften.

Eilig ging er um die Ecke in die schmale Gasse und besah sich die Privaträume der Mifflins. Zwei Fenster im zweiten Stock standen ein wenig offen, aber dahinter rührte sich nichts. Das Hoftor war immer noch nicht abgeriegelt, und er betrat unerschrocken das kleine Geviert, das friedlich im blassen winterlichen Sonnenlicht dalag. An einem Zaun zogen sich Büsche und Stauden entlang, deren Wurzeln mit Stroh geschützt waren. Der Rasen war uneben, das Gras gelblich verfärbt und mit leichtem Raureif überpudert. Unter der Treppe zur Küchentür stand eine kleine Laube mit einer rustikalen Bank, auf der Roger an Sommerabenden seine Pfeife zu rauchen pflegte. Dahinter war die Kellertür. Aubrey rüttelte daran – sie war abgeschlossen.

Von solchen Kleinigkeiten gedachte er sich nicht aufhalten zu lassen – das Rätsel der Buchhandlung musste gelöst werden. Rechts von der Kellertür lag auf gleicher Höhe mit dem gepflasterten Boden des Hofes ein Fenster. Durch die staubige Scheibe sah er, dass es innen nur mit einem Haken gesichert war. Er trat mit dem Absatz gegen das Glas. Als die Scherben scheppernd auf den Kellerboden fielen, hörte er ein leises Knurren. Er hob den Haken, schob den Rahmen des kaputten Fensters hoch, sah hinein und erblickte Bock, der mit fragend schief gelegtem Kopf ein leises, gleichsam wie von selbst aus seinem Inneren hochsteigendes Knurren von sich gab.

Aubrey war etwas geknickt, sagte aber munter: »Hallo, Bock, alter Junge! Brav, brav!« Zu seiner Überraschung sah Bock einen Freund in ihm und schwänzelte leicht, knurrte aber weiter.

»Lästig, dass Hunde solche Pedanten sind«, dachte Aubrey. »Wäre ich vorn hereingekommen, hätte Bock nichts gesagt, aber dass ich hier auftauche, irritiert ihn. Na schön, das muss ich eben riskieren.«

Er schob die Beine durchs Fenster und hielt dabei den mit schartigen Scherben gespickten Schieberahmen sorgsam fest. Niemand wird je erfahren, welche Versuchung Aubreys Extremitäten für Bock darstellten, aber er war schon alt, und Jahre liebevoller Behandlung hatten seine kriegerischen Instinkte untergraben. Außerdem erinnerte er sich sehr gut an Aubrey, und dessen Hosen rochen nicht feindselig. Deshalb begnügte er sich mit einem leisen, grollenden Protest. Er war ein Irish Terrier, mit der Sinn Féin hatte er aber nichts gemein.

Aubrey sprang auf den Kellerboden und tätschelte den Hund. »Glück gehabt«, dachte er. Dann sah er sich im Keller um, entdeckte aber nichts Erschreckenderes als etliche Kästen Bier. Als er leise zur Kellertreppe ging, folgte ihm Bock auf dem Fuß, von nachvollziehbarer Neugier getrieben. Die Vorstellung, dass der Hund ihm durchs ganze Haus folgen würde, gefiel Aubrey ganz und gar nicht. »Wenn ich etwas anrühre«, dachte er, »beißt er mir womöglich ein Stück Wade heraus.«

Er schloss die Tür zum Hof auf, Bock, dem Trieb aller Terrier folgend, stürmte ins Freie, und Aubrey machte die Tür rasch wieder zu. Vor dem kaputten Fenster erschien Bock und sah mit so verblüffter und empörter Miene in den Keller hinein, dass Aubrey fast lachen musste. »Schon gut, alter Junge«, sagte er. »Ich will mich nur ein bisschen umsehen.«

Er schlich die Treppe hoch und landete in der Küche. Alles war still, nur ein Wecker tickte stolpernd vor sich hin. Auf dem Fensterbrett standen Geranientöpfe. Der Herd verströmte sanfte Wärme. Durch eine kleine dunkle Speisekammer betrat er das Esszimmer. Auch hier schien alles in Ordnung zu sein. Auf dem Tisch stand ein Blumentopf mit weißer Heide, und auf der Anrichte lag eine Maiskolbenpfeife. »Das ist die harmloseste Kidnapperhöhle, von der ich je gehört habe«, dachte er. »Jeder Filmregisseur müsste sich für so eine Szenerie schämen.«

In diesem Augenblick hörte er über sich Schritte. Seltsam behutsame, gedämpfte Schritte. Sofort war er alarmiert und machte sich auf das Schlimmste gefasst.

Oben ging ein Fenster auf. »Was machst du im Garten, Bock?«, ertönte eine klare, energische Stimme, die ihn irgendwie an das dünne Zirpen eines feinen Trinkglases denken ließ. Es war Titania.

Entgeistert blieb er stehen. Jetzt hörte er eine Tür gehen und Schritte auf der Treppe. Großer Gott, sie durfte ihn hier nicht finden, was würde sie denken? Er schlüpfte zurück in die Speisekammer und drückte sich in eine Ecke. Die Schritte waren am Fuß der Treppe angelangt. Von der Diele aus führt eine Tür in die Küche, sie braucht also gar nicht durch die Speisekammer zu gehen, dachte er. Und schon hatte sie die Küche betreten.

In seiner Not hockte er sich unter die Spüle und stieß dabei mit einem Fuß an ein großes Tablett aus Blech, das an der Wand gelehnt hatte und jetzt mit schaurigem Geschepper umfiel. »Was machst du da, Bock?«, fragte Titania streng.

Aubrey überlegte kläglich, ob er ein Bellen nachahmen sollte, aber es war zu spät. Die Tür zur Speisekammer ging auf, und Titania sah hinein.

Sie starrten einander einen Augenblick in gegenseitigem Schrecken an. Selbst in seiner demütigenden Lage, unter der Spüle in einer Ecke hockend, konnte Aubrey nur denken, dass er noch nie etwas so Bezauberndes gesehen hatte. Titania trug einen blauen Kimono und ein zartes Spitzenhäubchen, dessen Zweck er nicht begriff. Die Haare mit den goldenen Glanzlichtern hingen ihr zu zwei dicken Zöpfen geflochten über die Schultern. In den blauen Augen standen Überraschung und eine Betroffenheit, die rasch in Zorn umschlug.

»Mr. Gilbert!«, stieß sie hervor. Einen Augenblick sah es aus, als würde sie anfangen zu lachen. Dann wechselte ihr Ausdruck, sie drehte sich um und flüchtete. Er hörte, wie sie nach oben rannte. Eine Tür klappte und wurde abgeschlossen, ein Fenster eilig zugeschlagen. Dann war alles wieder still.

Von Kummer übermannt, rappelte er sich aus seiner unbequemen Haltung hoch. Was um Himmels willen sollte er tun, wie sollte er das alles erklären? Unentschlossen blieb er an der Spüle stehen. Sollte er sich aus dem Haus schleichen? Nein, ohne Erklärung ging das nicht. Und er war immer noch davon überzeugt, dass diesem Haus Gefahr drohte. Er musste Titania warnen, und wenn das noch so peinlich für ihn war. Wie viel leichter wäre alles gewesen, wenn sie nicht einen Kimono getragen hätte.

Er ging in die Diele und blieb am Fuß der Treppe in qualvoller Ungewissheit stehen. Nach einer Weile räusperte er sich und rief:

»Miss Chapman!«

Keine Antwort – aber von oben hörte er leise, schnelle Bewegungen.

»Miss Chapman!«, rief er noch einmal.

Die Tür ging auf, und die Worte, die ihn von oben erreichten, waren so frostig wie ein dünnes Glas voller Eiswürfel.

»Mr. Gilbert!«

»Ja?«, fragte er kläglich.

»Bitte holen Sie mir ein Taxi.«

Etwas in ihrem ruhigen, zwingenden Ton reizte ihn.

»Mit Vergnügen – aber erst muss ich Ihnen noch etwas sagen. Es ist sehr wichtig. Es tut mir sehr leid, dass ich Sie erschreckt habe, aber es ist wirklich äußerst dringend.«

Es gab eine kleine Pause. »Brooklyn ist schon sehr sonderbar«, sagte sie dann. »Bitte warten Sie einen Augenblick.«

Geistesabwesend zog Aubrey mit dem Blick das Tapetenmuster nach. Er hatte plötzlich großes Verlangen nach einer Pfeife, aber in dieser Situation verbot die Etikette wohl das Rauchen.

Wenig später kam Titania in ihrer gewohnten Kleidung aus dem Zimmer und setzte sich auf die oberste Treppenstufe. Schlimmer konnte es nach Aubreys Auffassung kaum kommen. Hätte er ihr Gesicht sehen können, hätte ihn das zumindest für seine Verlegenheit entschädigt, aber das Licht aus einem Treppenfenster leuchtete hinter ihr, und ihre Züge waren im Dunkeln. Sie hatte die Hände um die Knie gelegt, und ein heller Schein fiel nur auf ihre Fesseln. Unbewusst wandelten seine Gedanken auf gewohnten Wegen. »Ein sensationelles Bild für eine Anzeige«, dachte er sich, »das muss ich den Leuten von Ankle Shimmer mal vorschlagen.«

»Nun?«, fragte sie, aber dann musste sie lachen, weil er so jämmerlich aussah. »Zünden Sie doch Ihre Pfeife an, Sie schauen so kummervoll drein wie der Kaiser.«

»Miss Chapman, ich fürchte, Sie denken ... Ich weiß nicht, was Sie denken«, sagte Aubrey. »Aber ich bin heute Vormittag hier eingedrungen, weil ... weil ich glaube, dass Sie hier nicht sicher sind.«

»Genau. Deshalb habe ich Sie ja gebeten, mir ein Taxi zu holen.«

»Irgendetwas Merkwürdiges geht vor sich. Sie dürfen hier nicht allein bleiben. Ich hatte Angst um Sie. Natürlich wusste ich nicht, dass Sie … dass …«

Sie errötete ein wenig. »Ich habe gelesen«, erklärte sie. »Mr. Mifflin redet ständig davon, dass man im Bett lesen soll, da habe ich gedacht, ich probiere es mal. Ich sollte heute mitfahren, aber ich hatte keine Lust. Wenn ich Buchhändlerin werden soll, muss ich jede Menge Lektüre nachholen. Als sie weg waren, wollte ich sehen, ob das Lesen im Bett wirklich so toll ist.«

»Wohin ist Mifflin denn gefahren?«, fragte Aubrey. »Wie konnte er Sie hier allein lassen?«

»Ich hatte ja Bock. Ein Sonntagvormittag in Brooklyn scheint mir nicht besonders gefährlich. Wenn Sie es unbedingt wissen wollen – er und Mrs. Mifflin werden den Tag bei meinem Vater verbringen. Aber was geht Sie das überhaupt an? Sie sind so schlimm wie Morris Finsbury in *Die falsche Kiste*, das habe ich nämlich gerade gelesen, als ich den Hund bellen hörte.«

Aubrey begann, sich zu ärgern. »Sie halten mich offenbar für aufdringlich. Aber ich will Ihnen mal was sagen …« Und dann schilderte er ihr kurz gefasst seine Erlebnisse, seit er am Freitagabend die Buchhandlung verlassen hatte, verschwieg allerdings, dass er direkt gegenüber wohnte.

»Was hier läuft, ist mächtig unerfreulich«, sagte er. »Zuerst habe ich gedacht, dass Mifflin ein falsches Spiel mit gestohlenen Büchern treibt. Aber als ich Weintraub mit einem eigenen Schlüssel das Haus betreten sah, ist bei mir der Groschen gefallen. Er und Mifflin stecken unter einer Decke. Worauf sie aus sind, weiß ich nicht, aber die

Sache gefällt mir nicht. Sie sagen, Mifflin ist zu Ihrem Vater gefahren? Schätze, das ist nur ein Ablenkungsmanöver, um Sie hinzuhalten. Ich hätte große Lust, Mr. Chapman anzurufen und ihm zu sagen, er soll Sie hier rausholen.«

»Ich will kein schlechtes Wort über Mr. Mifflin hören«, herrschte Titania ihn an. »Er ist einer der ältesten Freunde meines Vaters. Was würde Mr. Mifflin sagen, wenn er wüsste, dass Sie bei ihm eingebrochen sind und mich zu Tode erschreckt haben? Sehr bedauerlich, dass Sie diesen Schlag auf den Kopf bekommen haben, denn der scheint ohnehin Ihre Schwachstelle zu sein. Ich kann sehr gut selbst auf mich aufpassen, besten Dank. Wir sind hier nicht im Kino.«

»Wie erklären Sie sich dann das Verhalten von diesem Weintraub?«, fragte Aubrey. »Finden Sie es richtig, wenn sich jemand nachts in den Laden schleicht und Bücher stiehlt?«

»Wenn jemand etwas zu erklären hat, dann sind Sie das«, sagte Titania. »Weintraub ist ein harmloser alter Mann, und seine Pralinen sind absolut lecker und nur halb so teuer wie auf der Fifth Avenue. Mr. Mifflin sagt, dass er ein sehr guter Kunde ist. Vielleicht hat er tagsüber keine Zeit zum Lesen und kommt nachts her, um sich Bücher zu leihen. Wahrscheinlich liest er im Bett.«

»Ich kann mir nicht vorstellen, dass jemand, der nachts in Gassen herumschleicht und deutsch spricht, ein harmloser alter Mann ist«, widersprach Aubrey. »Ich sage Ihnen, dass das, was hier herumspukt, gefährlicher ist als der Geist von Thomas Carlyle. Ich will Ihnen etwas zeigen.« Er holte den Buchdeckel mit den Notizen aus der Tasche.

»Das ist Mifflins Schrift.« Titania deutete auf die obere Zahlenreihe. »Er macht das bei allen Büchern, die er besonders gern hat, die Zahlen stehen für Seiten, auf denen er etwas Interessantes gefunden hat.«

»Ja, und das ist die Schrift von Weintraub.« Aubrey deutete auf die Zahlen in lila Tinte. »Wenn das kein Beweis für ihre Komplizenschaft ist, dann weiß ich auch nicht. Wenn das Cromwell-Buch im Laden liegt, würde ich es mir jetzt gern anschauen.«

Sie betraten die Buchhandlung. Titania ging ihm voraus durch den muffigen Gang, und Aubrey ärgerte sich über die selbstgewisse Haltung der schmalen Schultern. Er hätte sie am liebsten genommen und geschüttelt. Ein so heiteres, ahnungsloses junges Mädchen in dieser schmuddeligen Büchergruft zu sehen, machte ihn wütend. »Sie ist hier so fehl am Platz wie ... wie eine Packard-Anzeige im *Liberator*«, dachte er.

Sie standen in der Abteilung Geschichte. »Hier ist es«, sagte sie. »Nein, doch nicht – das ist die Geschichte von Friedrich dem Großen.«

Im Regal klaffte eine drei Zentimeter breite Lücke. Der *Cromwell* war weg.

»Wahrscheinlich hat Mr. Mifflin ihn irgendwo anders hin gelegt«, sagte Titania. »Gestern Abend war das Buch noch da.«

»Irgendwo anders hin gelegt? Dass ich nicht lache. Weintraub hat es sich geholt. Ich habe ihn gesehen. Wenn Sie wirklich wissen wollen, was ich denke, werde ich es Ihnen jetzt sagen. Der Krieg ist noch lange nicht vorbei. Weintraub ist Deutscher. Carlyle war ein Freund der Deutschen, so viel weiß ich noch aus dem College. Ich glaube, dass Ihr Freund Mifflin auch den Deutschen zugeneigt ist, ich habe ihn ja reden hören.«

Titania war rot geworden vor Zorn. »Jetzt ist es aber genug! Demnächst werden Sie sagen, dass auch Daddy für die Deutschen ist, genau wie ich. Sagen Sie das mal Mr. Mifflin ins Gesicht.«

»Keine Bange, das werde ich tun«, gab Aubrey grimmig zurück. Titania gegenüber hatte er sich jetzt hoffnungslos ins Unrecht gesetzt, das war ihm klar, aber er brachte es einfach nicht fertig, gegen seine eigene Überzeugung zu handeln. Das Herz wurde ihm schwer, als er ihr Gesicht sah, das sich vor den verschossenen Buchrücken abzeichnete. Ihre Augen leuchteten dunkelblau, ihr Kinn zitterte vor Zorn.

»Einer von uns muss gehen«, sagte sie wütend. »Wenn Sie bleiben wollen, holen Sie mir bitte ein Taxi.«

Aubrey war genau so wütend wie sie.

»Ich gehe«, sagte er. »Aber ich habe eine Bitte. Ich schwöre Ihnen, dass Mifflin und Weintraub etwas aushecken, ich werde herauskriegen, was es ist, und es Ihnen beweisen. Aber Sie dürfen den beiden nicht verraten, dass ich ihnen auf der Spur bin, sonst blasen sie die Sache natürlich ab. Egal, was Sie von mir denken – das müssen Sie mir versprechen.«

»Ich verspreche Ihnen gar nichts. Nur dass ich nie wieder ein Wort mit Ihnen wechseln werde. So einem wie Ihnen bin ich noch nie begegnet – und das will was heißen.«

»Ich gehe nicht, bis Sie mir versprechen, die beiden nicht zu warnen«, gab er zurück. »Sie haben schon herausgefunden, wo ich wohne. Denken Sie, ich mache Witze? Zweimal haben sie schon versucht, mich aus dem

Weg zu räumen. Wenn Sie ein Wort zu Mifflin sagen, dann warnt er die anderen.«

»Sie haben nur Angst, dass Mr. Mifflin von Ihrem Einbruch erfährt«, höhnte sie.

»Glauben Sie, was Sie wollen.«

»Ich denke gar nicht daran, Ihnen etwas zu versprechen«, brach es aus ihr heraus, aber dann veränderte sich ihr Gesichtsausdruck, der Mund, eben noch ein trotziger Strich, wurde weicher und verriet, dass sie mit ihrer Kraft am Ende war. »Doch, ich will's versprechen, das ist wohl nur fair. Mr. Mifflin könnte ich es ohnehin nicht erzählen, ich würde mich schämen, zu gestehen, wie Sie mich erschreckt haben. Sie sind ein abscheulicher Mensch. Ich habe mich so sehr auf die Zeit hier gefreut, und Sie haben alles verdorben.«

Einen schlimmen Augenblick lang dachte er, sie würde anfangen zu weinen. Aber er hatte die Heldinnen im Film weinen sehen und wusste, dass sie das nur taten, wenn ein Tisch und ein Stuhl in greifbarer Nähe waren.

»Es tut mir unendlich leid, Miss Chapman«, sagte er. »Aber ich meine es nur gut. Wenn ich mich geirrt habe, brauchen Sie nie mehr ein Wort mit mir zu wechseln. Dann ... dann können Sie Ihrem Vater sagen, er soll mit seinem Werbeetat von der Grey Matter Agency weggehen. Mehr kann ich Ihnen nicht bieten.«

Und man muss sagen, dass dies für ihn tatsächlich das größte Opfer war, das er bringen konnte.

Wortlos ließ sie ihn aus dem Haus.

Kapitel 12

AUBREY ENTSCHEIDET SICH FÜR EINE DIENSTLEISTUNG DER ETWAS ANDEREN ART

Selten hat ein junger Mann einen traurigeren Nachmittag verbracht als Aubrey an jenem Sonntag. Sein einziger Trost war, dass er zwanzig Minuten, nachdem er die Buchhandlung verlassen hatte, ein Taxi vorfahren sah, mit dem Titania davonfuhr (er saß inzwischen in düstere Gedanken versunken am Fenster gegenüber). Vermutlich war auch sie jetzt nach Larchmont gefahren, und er war froh, sie nicht mehr in der Kriegszone zu wissen, wie er die Buchhandlung bei sich nannte. Zum ersten Mal im Leben konnte O. Henry ihn nicht aufheitern. Die Pfeife schmeckte bitter und brackig. Er hätte zu gern gewusst, was Weintraub trieb, traute sich aber nicht, bei Tage mit seinen Nachforschungen zu beginnen, und beschloss, bis zum Anbruch der Dunkelheit zu warten. Beim Anblick der Sonntagsruhe auf den Straßen und der Parade der Kinderwagen, die in Richtung Thackeray Boulevard rollten, fragte er sich erneut, ob er die Freundschaft dieses Mädchens um eines eingebildeten Verdachts willen leichtfertig aufs Spiel gesetzt hatte.

Schließlich hielt er es in seinem engen Zimmer nicht

mehr aus. Unten spielte jemand kummervoll auf einer Flöte, die größte denkbare Pein für gefolterte Nerven. Während ihre Mieter in der Kirche waren, putzte die unermüdliche Mrs. Schiller ein wenig im Haus herum – aus dem Nebenzimmer drang das eintönige Kratzen einer Teppichkehrmaschine. Gereizt ging er die knarzende Treppe herunter und hörte das übliche Plätschern hinter der Badezimmertür. Im Rahmen des Dielenspiegels steckte ein Zettel, auf dem mit Bleistift ›Mrs. Smith – bitte Tarkington 1565 anrufen!‹ stand. Verärgert riss er ein Blatt aus seinem Notizbuch und schrieb: ›Mrs. Smith – bitte Bad 4200 anrufen!‹ Im zweiten Stock klopfte er an die Badezimmertür. »Sie können hier nicht rein«, ließ sich eine aufgeregte Frauenstimme vernehmen. Er schob die Mitteilung unter der Tür durch und verließ das Haus.

Auf den kurvenreichen Pfaden des Prospect Park wandelnd, zwang er sich zu einer rücksichtslosen Selbstbetrachtung. »Ich habe auf immer bei ihr verspielt«, stöhnte er, »falls ich die Sache nicht beweisen kann.« Wieder sah er, quälend deutlich, Titanias Gesicht vor den Bücherregalen. »Ich habe mich so auf die Zeit hier gefreut, und Sie haben alles verdorben!«, hörte er sie sagen, und mit wütender Stimme: »So einem wie Ihnen bin ich noch nie begegnet – und das will etwas heißen!«

Noch in seinem tiefsten Jammer kam ihm wie selbstverständlich der vertraute Jargon seines Berufsstandes zu Hilfe. »Zumindest gibt sie zu, dass ich *anders* bin«, sagte er bekümmert. Er erinnerte sich an den ersten Punkt im Grey-Matter-Kompendium, einer handlichen kleinen Broschüre, die seine Arbeitgeber als Information an die Vertreter verteilt hatten:

> Das Geschäft basiert auf *Vertrauen*. Ehe Sie einem Kunden unseren Service verkaufen können, müssen Sie *sich selbst* verkaufen.

»Und wie soll ich das anfangen?«, überlegte er. »Ich muss liefern, das ist alles. Ich muss ihr eine Dienstleistung bieten, die etwas anders ist. Wenn ich jetzt versage, spricht sie nie mehr ein Wort mit mir. Und die Firma verliert ihren Vater als Kunden. Das ist einfach undenkbar!«

Dennoch dachte er im Lauf seiner Wanderung (die ihn bis in die Ausläufer von Flatbush führte) immer wieder ausgiebig darüber nach, angeregt von zahlreichen Plakatwänden, die er sich mit anschaulichen Abbildungen der Chapman-Kurpflaumen illustriert vorstellte. »Adam und Eva aßen Kurpflaumen in den Flitterwochen«, war ein Slogan, der ihm blitzartig einfiel und zu dem er sich ein prachtvolles Gemälde vorstellte. So suchen in Krisenzeiten alle Menschen Trost in ihrem Metier. Der vom Schicksal geschlagene Dichter heilt sich mit den Feinheiten des Reimes. Der Alkoholgegner kann die schwärzeste Schwermut überwinden, indem er darüber meditiert, wie sich andere Menschen mit ihrer Abstinenz quälen. Ein Bürger von Detroit, und sei er noch so verbittert, wird sich nie das Leben nehmen, solange er noch an einem Automobil herumschrauben kann.

Aubrey lief viele Meilen und warf nach und nach seine Verzweiflung über Bord. Er meinte, den Geist von Orison Swett Marden und Ralph Waldo Trine zu spüren, diesen Dioskuren der Zuversicht, die ihn daran erinnerten, dass nichts unmöglich ist. In einem kleinen Lokal stärkte er sich mit Würstchen, Pfannkuchen und Ahornsirup. Als er zur Gissing Street zurückkam, war es dunkel, und er nahm sein löbliches Tun wieder auf.

Gegen neun ging er die Gasse hoch; den Mantel hatte er in seinem Zimmer bei Mrs. Schiller gelassen, ebenso den *Cromwell*-Bucheinband. Die Einträge darin aber hatte er vorsichtshalber abgeschrieben. Im rückwärtigen Teil der Buchhandlung brannte Licht, demnach waren die Mifflins und ihre Mitarbeiterin wohlbehalten heimgekommen. Als er die Rückseite von Weintraubs Drugstore erreicht hatte, machte er sich zunächst mit den Umrissen des Gebäudes vertraut.

Der Drugstore lag, wie wir bereits erläutert haben, an der Ecke Gissing Street und Wordsworth Avenue, wo die Stadtbahn eine langgezogene Kurve beschreibt. Aufgrund dieser Kurve führte das Tragwerk des Viadukts über das hintere Dach des Hauses, was Aubreys aufmerksamem Blick am Vortag nicht entgangen war. Die Vorderseite des Drugstores hatte drei Geschosse, hinten aber nur zwei, die mit einem Flachdach gedeckt waren. Zwei Fenster gingen auf dieses Dach hinaus. Weintraubs Hof grenzte an die Gasse, das Tor war verriegelt. Der Zaun ließ sich mühelos bewältigen, aber so radikal mochte er zunächst nicht vorgehen.

Er ging die Treppe zum Bahnhof der Linie L hoch, zahlte einen Nickel und gelangte durch ein Drehkreuz auf den Bahnsteig. Dann wartete er, bis ein Zug abgefahren war und die lange windumwehte Gleisstrecke einsam dalag. Er ließ sich auf den schmalen Fußweg herab, der neben den Gleisen verläuft. Wegen der Nähe der Stromschiene musste man sich beim Laufen sehr vorsehen, aber indem er sich an der Außenseite des Weges hielt, kam er ohne Schwierigkeiten voran. Etwa alle fünf Meter gab es einen Träger, der mit einer auf der Straße befindlichen Stütze verbunden war. Der vierte dieser Träger ragte über die hintere Ecke des Weintraub-Hauses hinaus, und Aubrey kroch vorsichtig darauf entlang. Unten auf dem Gehsteig waren Passanten unterwegs, die ihn jederzeit sehen konnten, aber er erreichte das Ende des Trägers ohne ein Missgeschick. Von hier bis zu Weintraubs Dach waren es etwa drei Meter. Wenn er erst einmal dort unten war, würde er zurück nicht den gleichen Weg nehmen können. Dennoch beschloss er, das Risiko einzugehen, um einer Entdeckung zuvorzukommen.

Er hätte in diesem Augenblick viel um seinen Mantel gegeben, der bei seinem Sprung in die Tiefe den Aufprall hätte abmildern können. Jetzt zog er das Jackett aus, ließ es vorsichtig auf die Ecke des Daches fallen, wartete, bis oben ein Zug vorbeidonnerte und alle anderen Geräusche übertönte, ließ sich an den Händen herunter, so weit es ging, und sprang.

Ein paar Minuten blieb er bäuchlings auf dem Blechdach liegen, und in dieser Zeit suchten ihn peinliche Fragen heim. Warum hatte er seinen Besuch in Weintraubs Haus nicht sorgfältiger geplant? Warum hatte er beispielsweise nicht eruiert, wie viele Personen den Haushalt stellten? Warum hatte er nicht einen Freund gebeten, Weintraub zu einem bestimmten Zeitpunkt ans Telefon zu rufen, damit er, Aubrey, unbemerkt ins Haus gelangen konnte? Und was gedachte er zu sehen oder zu tun, wenn er im Haus war? Auf keine dieser Fragen fand er eine Antwort.

Es war unangenehm kalt, und er war froh, als er die

Jacke wieder überziehen konnte. Der kleine Revolver steckte noch in seiner Gesäßtasche. Er hätte Tennisschuhe anziehen sollen, fiel ihm ein. Immerhin konnte er sich damit trösten, dass seine Schuhe Gummiabsätze einer landesweit beworbenen Marke hatten. Er kroch leise zu einem Fensterbrett hoch. Das Fenster war geschlossen, das Zimmer dunkel. Ein heruntergezogenes Rollo ließ nur einen etwa zehn Zentimeter breiten Spalt frei. Als er sich noch ein Stück weiter hochgezogen hatte, konnte er durch den Spalt eine Tür erkennen, aus der Licht fiel, und einen Korridor.

»Aufpassen muss ich vor allem auf Kinder«, sagte er sich, »denn die gibt es in einem deutschen Haushalt immer. Und wenn ich sie wecke, fangen sie an zu brüllen. Dieses Zimmer dürfte ein Kinderzimmer sein, weil es auf der Südostseite liegt. Außerdem ist das Fenster fest geschlossen, vermutlich ist das die deutsche Art der Schlafzimmerbelüftung.«

Das war offenbar nicht schlecht gedacht, denn nachdem sich seine Augen an die Düsternis gewöhnt hatten, meinte er, zwei Kinderbetten zu erkennen. Dann kroch er zu dem zweiten Fenster hinüber. Hier war das Rollo ganz heruntergezogen, und das Fenster, wie er bei vorsichtigem Rütteln feststellte, ebenfalls abgeschlossen. Einigermaßen ratlos kehrte er zu dem ersten Fenster zurück, das so hoch lag, dass er sich mit den Händen hochstemmen musste, um hineinzusehen, und das war eine sehr anstrengende Stellung. Außerdem wellte sich das Blechdach geräuschvoll bei jeder seiner Bewegungen. Er blieb eine Weile fröstelnd liegen und überlegte, ob er es riskieren konnte, eine Pfeife zu rauchen.

»Noch etwas muss bedacht werden«, sagte er sich, »nämlich ein Hund. Ein Deutscher ohne Dackel? Unmöglich!«

Er hatte die helle Türöffnung lange vergeblich im Auge behalten und fürchtete schon, seine Zeit zu vertun, als eine füllige und nicht bösartig wirkende Frau in der Diele auftauchte. Sie betrat das Zimmer, schloss die Tür, machte Licht und fing zu seinem Schrecken an, sich auszuziehen. Damit hatte er nicht gerechnet, und er trat schleunigst den Rückzug an. Verzagt hockte er sich an den Dachrand und überlegte.

Nach einer Weile ging die beinahe unmittelbar unter ihm gelegene Hintertür auf und eine Mülltonne wurde scheppernd auf die Vortreppe gestellt. Eine halbe Minute blieb die Tür offen stehen, und er hörte eine Männerstimme – das muss Weintraub sein, dachte er – etwas auf Deutsch sagen. Zum ersten Mal in seinem Leben sehnte er sich nach seinem Deutschlehrer im College und überlegte mit der flüchtigen Belanglosigkeit, die unseren Gedanken innewohnt, womit dieser Wackere wohl jetzt seinen Lebensunterhalt verdiente. Aus einem ziemlich langen, holpernden Satz, der mit einer bemerkenswerten Fülle an Verben endete, schnappte er einen Fetzen auf, der ihn aufhorchen ließ: »Nach Philadelphia gehen.«

Ob sich das auf Mifflin bezog?

Die Tür schloss sich wieder. Als er sich über die Regenrinne beugte, sah er, wie das Licht in der Küche erlosch. Er versuchte, durch den oberen Teil des Fensters unmittelbar unter ihm zu sehen, beugte sich aber zu weit vor, und das Abflussrohr gab unter seinen Händen nach. Er glitt an der Wand entlang, ohne dass er hätte sagen können, wie er das geschafft hatte, und landete vor der Hintertür. Der Weg nach unten war geräuschloser vor sich gegangen, als wenn er ihn sorgfältig geplant hätte. Aber der Schreck war ihm tüchtig in die Glieder gefahren. Er ging bis zum Ende des Hofes, um festzustellen, ob man auf ihn aufmerksam geworden war.

Als nach mehreren Minuten niemand Alarm geschlagen hatte, fasste er wieder Mut. Hinter dem Haus führte ein schmaler gepflasterter Durchgang zu einem außenliegenden Kellerzugang mit abgeschrägten Türen. Aus einem Fenster darüber fiel helles Licht. Er kroch auf allen vieren darunter weg und stellte fest, dass eine Klappe der Kellertür offen war. Er steckte die Nase hinein. Unten war alles dunkel, aber ein starker Geruch nach Farbe und Chemikalien schlug ihm entgegen. Er schnupperte vorsichtig. »Wahrscheinlich lagert er hier Arzneien«, dachte er. Sehr vorsichtig kroch er auf Händen und Füßen zurück in Richtung des hellen Fensters. Indem er den Kopf zentimeterweise anhob, konnte er schließlich über das Fensterbrett wegsehen. Zu seiner Enttäuschung war die untere Hälfte der Scheibe mattiert. In diesem Augenblick spie ein in die Wand eingelassenes Rohr plötzlich eine Flüssigkeit aus, die auf seinen Knien landete, und es roch stark nach Säure. Behutsam richtete er sich auf und spähte durch die obere Fensterscheibe.

Offenbar wurden in diesem Raum die Rezepturen gemischt. Da er leer war, wagte er einen kurzen Blick hinein. An den Wänden waren Flaschen aller Art aufgereiht, es gab einen hohen Tresen mit einer Waage, einen Schreibtisch und eine Spüle. Im Hintergrund sah er den Bambusvorhang, den er vom Laden aus bemerkt hatte. Überall herrschte eine unbeschreibliche Unordnung: Mörser, Bechergläser, eine Schreibmaschine, Schränkchen mit Etiketten, auf Haken gespießte alte, verstaubte Rezepte, Tüten mit Pillen und Kapseln – alles lag wild durcheinander. In einer Glasschale, die auf einem Dreibein über einer blauen Gasflamme stand, wurde irgendein Aufguss erwärmt. Besonders aufmerksam registrierte Aubrey einen Stapel alter Bücher, die achtlos am Ende des Tresens einen Meter hoch aufgetürmt waren.

Bei genauerem Hinsehen erkannte Aubrey, dass das, was er für einen Spiegel über dem Tresen gehalten hatte, eine Öffnung war, die den Blick in den Laden freigab. Durch diese Öffnung sah er, wie Weintraub hinter der Zigarrenvitrine mit routinierter Höflichkeit einen späten Kunden bediente. Sobald er gegangen war, schloss der Apotheker ab und zog die Rollos herunter. Dann kehrte er zurück in sein Labor, und Aubrey duckte sich.

Als er den nächsten Blick wagte, bot sich ihm ein erstaunliches Bild. Der Apotheker goss, über den Tresen gebeugt, eine Flüssigkeit in ein Glasgefäß. Sein Gesicht befand sich direkt unter der Hängelampe, und die Verwandlung machte Aubrey fassungslos. Verschwunden war der scheinbar so leutselige Apotheker von Zigarrenstand und Getränkeautomat, stattdessen war da ein brutales Gesicht mit Hängebacken, schweren Lidern und einem markanten Kinn, das in talgiges, ölig schimmerndes Fleisch eingebettet war. Das Kinn zitterte ein wenig wie in unterdrückter heftiger Erregung. Der Mann war völlig in seine Arbeit versunken. Die dicke Unterlippe hatte sich über den Mund geschoben. Über den Wangenknochen verlief eine tiefe rote Narbe. Aubrey war wider

Willen fasziniert von der schieren Wucht dieser erbarmungslosen Erscheinung.

»Das also ist der harmlose alte Mann«, dachte er.

In diesem Augenblick teilte sich der Bambusvorhang, und die Frau, die er oben gesehen hatte, erschien. Über ihrem Anblick vergaß Aubrey seine eigene Lage. Sie trug einen verschossenen Morgenrock und hatte die Haare wie zur Nacht geflochten. Sie wirkte verängstigt und sagte offenbar etwas, denn Aubrey sah, wie ihre Lippen sich bewegten. Der Mann beugte sich weiter über den Tresen, bis der letzte Tropfen der Flüssigkeit durchgelaufen war. Dann straffte sich sein Kinn, er richtete sich unvermittelt auf, trat einen Schritt auf sie zu und streckte gebieterisch die Hand aus. Aubrey konnte seine Miene deutlich erkennen, sie verriet ungezügelte Grausamkeit. Die Frau, die ihn schüchtern und bittend angesehen hatte, verwahrte sich vergebens gegen diese herrische Geste. Sie wandte sich um und verschwand. Der Finger des Apothekers zitterte. Wieder duckte Aubrey sich. »Dieses Gesicht würde noch in der größten Menschenmenge auffallen«, sagte er sich. »Und da heißt es immer, dass beim Film übertrieben wird. Der müsste mal mit Theda Bara spielen.«

Er lag jetzt der Länge nach in dem gepflasterten Durchgang. Dann ging das Licht in dem Fenster über ihm aus. Womöglich kam der Mann heraus, um die Kellertür zu schließen …

Doch dann blitzte ein paar Schritte weiter im Haus, zwischen ihm und der Küche, Licht auf. Es kam aus einem kleinen Gitterfenster im Erdgeschoss. Der Apotheker war offenbar in den Keller gegangen. Aubrey robbte geräuschlos bis zu dem hellen Fenster, legte sich dicht an die Wand und sah hinein.

Das Fenster war so schmutzig, dass man nicht viel erkennen konnte, aber es schien sich bei dem Raum um eine Mischung aus Chemielabor und Maschinenwerkstatt zu handeln. Über einer langen Werkbank leuchteten mehrere elektrische Lampen, er sah seltsam geformte Glasfläschchen und die verschiedensten Werkzeuge, Bleche, Bleirohre, Gasbrenner, einen Schraubstock, Kessel und Zylinder, hohe Gefäße mit farbigen Flüssigkeiten. Ein dumpf summendes Geräusch schien von einem Drehwerkzeug zu kommen, das mit einem Riemen von einem Motor angetrieben wurde. Als Aubrey versuchte, Einzelheiten zu erkennen, stellte er fest, dass das, was er für Schmutz gehalten hatte, eine Schicht weißer Farbe war, die man an der Innenseite der Scheibe aufgetragen hatte. An einer Stelle war die Schicht dünn geworden, sodass er ein Guckloch hatte. Am verblüffendsten fand er die Buchdeckel, die auf der Werkbank herumlagen. Er hätte schwören mögen, dass einer zu dem *Cromwell* gehörte. Inzwischen kannte er den blauen Leineneinband ja zur Genüge.

Zum zweiten Mal an diesem Abend wünschte sich Aubrey einen seiner Lehrer herbei. »Mein Chemieprofessor könnte mir bestimmt sagen, was dieser Kerl da zusammenbraut«, dachte er. »Seine Arzneien möchte ich für mein Teil nicht schlucken.«

Er klapperte mit den Zähnen. Weil er in dem Rinnstein gelegen hatte, der offenbar von der Spüle in Weintraubs Labor gespeist wurde, war er nass bis auf die Haut. Was der Apotheker im Keller trieb, konnte er nicht sehen, denn der hatte ihm seinen Stiernacken zugewandt. Für einen Abend, fand er, war das genug Nervenkitzel gewesen. Vorsichtig schlich er zurück in den Hof und bahnte sich einen Weg zwischen den leeren Kisten hindurch, die dort herumlagen. Oben rumpelte ein Zug vorbei, er sah die hell erleuchteten Waggons, und während der Zug über ihn hinwegdonnerte, kletterte er über den Zaun und sprang auf die Gasse herunter.

»Ich würde eine ganze Seite in bester Position in der Zeitschrift, die Ben Franklin gegründet hat, demjenigen einräumen, der mir verraten könnte, was in diesem großartigen Bolschewikenhauptquartier vorgeht. Sieht mir ganz so aus, als wollten sie das Octagon-Hotel dem Erdboden gleichmachen.«

In einer kleinen Konditorei in der Wordsworth Avenue, die noch geöffnet war, wärmte er sich mit einer Tasse Schokolade. »Bei diesem Fall dürfte einiges an Spesen zusammenkommen«, sagte er sich. »Damit werde ich wohl die Firma Daintybits belasten müssen. Die Grey Matter Agency bietet tatsächlich Dienstleistungen der etwas anderen Art. Wir sorgen nicht nur dafür, dass die Öffentlichkeit Chapmans Erzeugnisse nicht vergisst, sondern stellen uns auch sämtlichen Schrecknissen von Brooklyn, um seine Familie vor gesetzwidrigem Treiben zu bewahren. Die Kumpane, mit denen dieser Buchhändler sich eingelassen hat, gefallen mir ganz und gar nicht. Wie hat Weintraub gesagt – nach Philadelphia? Also dann – morgen früh geht's los!

Kapitel 13

DIE SCHLACHT AUF DER LUDLOW STREET

Selten wurde einem bezaubernden jungen Mädchen aufrichtigere Anerkennung gezollt als an dem Tag, als sich Aubrey durch schiere Willenskraft und das Ticken eines instinktiven Zeitgefühls zwang, am folgenden Morgen um sechs aufzuwachen. Denn dieser junge Mann betrieb das Schlafen mit urwüchsigem Eifer, es war eine fast religiöse Übung für ihn. Wie ein minder berühmter Dichter gesagt hat, machte er den Schlaf zum Beruf.

Allerdings wusste Aubrey nicht, welchen Zug Roger nehmen würde, und war entschlossen, ihn nicht zu verfehlen. Um Viertel nach sechs saß er im Milwaukee Lunch (»geöffnet von jetzt bis zum Sankt-Nimmerleins-Tag, Tische für Damen vorhanden«, steht auf seinem Schild) vor einer Tasse Kaffee und einem Haschee aus Corned Beef. In der leisen, melancholischen Stimmung, die ungewohnt frühes Aufstehen hervorruft, dachte er liebevoll an Titania, die so nah und doch so fern war. Er hatte reichlich Zeit, diesen Überlegungen freien Lauf zu lassen, denn erst zehn nach sieben erschien Roger und hastete in Richtung Subway. Aubrey folgte ihm in diskretem Abstand und achtete darauf, nicht entdeckt zu werden.

Der Buchhändler und sein Verfolger erreichten die Pennsylvania Station und nahmen dort den Acht-Uhr-Zug, allerdings in sehr unterschiedlicher Stimmung. Für Roger war diese Expedition ein großer Spaß. Er war so lange an seine Buchhandlung gebunden gewesen, dass ein Tagesausflug fast zu schön schien, um wahr zu sein. Er kaufte sich zwei Zigarren – ein ungewöhnlicher Luxus – und ließ die Morgenzeitung ungelesen im Schoß liegen, während der Zug durch die Hackensack-Marschen donnerte. Dass man ihn gerufen hatte, um die Oldham-Bibliothek zu begutachten, machte ihn stolz. Mr. Oldham war ein hoch angesehener Sammler, ein wohlhabender Kaufmann aus Philadelphia, um dessen kostbare Ausgaben von Johnson, Lamb, Keats und Blake ihn Kenner in aller Welt beneideten. Roger wusste sehr wohl, dass viele bekannte Buchhändler die Chance, diese Sammlung zu schätzen und das Honorar dafür einzustreichen, mit beiden Händen ergriffen hätten. In einem Ferngespräch hatte er erfahren, dass Mr. Oldman beschlossen hatte, seine Sammlung zu verkaufen, und vor der Versteigerung von einem Fachmann hören wollte, welche Preise seine Bücher bei der derzeitigen Marktlage erzielen würden. Und da Roger sich mit der aktuellen Situation in der Welt seltener Bücher und Manuskripte nicht so gut auskannte, verbrachte er den größten Teil der Fahrt damit, in den kommentierten Katalogen neuerer Auktionen zu blättern, die Mr. Chapman ihm geliehen hatte. »Diese Einladung«, dachte er bei sich, »bestätigt das, was ich seit jeher sage: dass der Künstler auf seinem Gebiet früher oder später die größere Anerkennung bekommt als der bloße Händler. Irgendwie hat Mr. Oldham gehört, dass ich alte

Bücher nicht nur verkaufe, sondern auch liebe. Er zieht es vor, mir seine Schätze anzuvertrauen, und nicht einem Menschen, der diese Dinge verhökert wie Rindertalg.«

Aubreys Stimmung war weit von der des frohgelaunten Buchhändlers entfernt. Erstens saß Roger in einem Raucherwagen, in den sich Aubrey nicht wagte, weil er fürchtete, entdeckt zu werden – er musste also auf seine Pfeife verzichten. Er hatte sich auf die vorderste Bank im zweiten Wagen gesetzt und erblickte von dort aus, wenn er hin und wieder durch die Glastür spähte, den kahlen, von billigem Havannarauch umwaberten Kopf seines Opfers. Zweitens hatte er im Zug auch mit Weintraub gerechnet, aber obgleich Aubrey bis zum letzten Augenblick am Bahnsteigzugang gewartet hatte, war der Deutsche nicht aufgetaucht. Aus Weintraubs Bemerkungen in der Nacht hatte er gefolgert, dass der Apotheker und der Buchhändler die Reise gemeinsam antreten würden, aber da hatte er sich wohl getäuscht. Er biss sich auf die Nägel, sah mit finsterem Blick auf die vorbeiziehende Landschaft und wälzte vielerlei schmerzliche Gedanken in seiner bedrückten Brust. Unter anderem dachte er voller Unbehagen daran, dass er nicht genug Geld für die Rückfahrt nach New York bei sich hatte und sich entweder von jemandem in Philadelphia welches würde leihen oder sich von seinem Büro telegrafisch Geld würde überweisen lassen müssen. Zu Beginn dieser Abenteuer hatte er nicht damit gerechnet, dass sie so kostspielig werden würden.

Um zehn fuhr der Zug in der Broad Street Station ein, und Aubrey folgte dem Buchhändler durch die Menschenmenge in der Bahnhofshalle und über den Vorplatz. Mifflin schien sich hier auszukennen, aber für den Vertreter der Grey Matter Agency war Philadelphia ein unbekanntes Pflaster. Er staunte über die imposante South Broad Street und ärgerte sich über die Leute, die ihn auf dem belebten Gehsteig anrempelten, als wüssten sie nicht, dass er geradewegs aus New York gekommen war.

Roger betrat ein großes Bürogebäude auf der Broad Street und nahm einen Expressaufzug. Weil Aubrey sich nicht traute, ebenfalls einzusteigen, wartete er in der Lobby. Von dem Liftaufseher erfuhr er, dass sich auf der anderen Seite des Gebäudes eine zweite Reihe von Aufzügen befand, und gab einem Jungen den Auftrag, sie für ihn im Auge zu behalten, und einen Vierteldollar. Dabei beschrieb er Mifflin so genau, dass der Junge ihn eigentlich nicht verfehlen konnte. Mittlerweile war Aubrey ausgesprochen schlechter Laune und fing einen Streit mit dem Aufseher an. Als Aubrey sah, dass die Positionsanzeigen gläserne Röhren waren, in denen die Bewegung der Aufzugkabinen durch das Steigen oder Fallen einer farbigen Flüssigkeit angezeigt wurde, bemerkte er gereizt, dass diese Methode in New York schon längst überholt sei. Der Aufseher konterte, dass es bis New York ja nur zwei Stunden seien. Mit diesen Liebenswürdigkeiten verging die Zeit wie im Fluge.

Mittlerweile hatte Roger mit dem angenehmen Gefühl eines Menschen, der damit rechnet, als bedeutender Besucher von außerhalb empfangen zu werden, die luxuriöse Suite von Mr. Oldham betreten. Eine junge Dame, die eine etwas zu transparente Bluse trug, aber alles in allem einen erfreulichen Anblick bot, wollte wissen, was sie für ihn tun könne.

»Ich möchte zu Mr. Oldham.«

»Wen darf ich melden?«

»Mein Name ist Mifflin – Mr. Mifflin aus Brooklyn.«

»Haben Sie einen Termin?«

»Ja.«

In freudiger Erwartung nahm Roger Platz. Er registrierte das glänzende Mahagoni der Büromöbel, den funkelnden grünen Wasserkrug und die gedämpfte, reibungslose Aktivität der jungen Damen. »Erstaunlich wohlgestaltet, diese Mädchen aus Philadelphia«, dachte er, »aber Miss Titania kann keine von ihnen das Wasser reichen.«

Als die junge Dame aus dem Chefzimmer kam, wirkte sie ein wenig ratlos.

»Hatten Sie einen Termin bei Mr. Oldham?«, fragte sie. »Er kann sich nicht daran erinnern.«

»Aber ja. Er wurde am Samstagnachmittag vereinbart. Mr. Oldhams Sekretär hat mich angerufen.«

»Habe ich Ihren Namen richtig verstanden?« Sie zeigte ihm einen Zettel, auf dem ›Mr. Miflin‹ stand.

»Zwei f«, sagte Roger. »Mr. Roger Mifflin, der Buchhändler.«

Die junge Frau verschwand und kam kurz darauf wieder herein.

»Mr. Oldham hat sehr viel zu tun«, sagte sie, »aber er kann kurz mit Ihnen sprechen.«

Roger wurde in einen großen, luftigen Raum mit Bücherregalen an allen Wänden geführt. Mr. Oldham, ein großer, hagerer Mann mit kurzem grauen Haar und lebhaften schwarzen Augen, erhob sich höflich hinter seinem Schreibtisch.

»Es tut mir leid, dass ich unsere Verabredung vergessen habe«, sagte er.

»Der Mann muss sehr zerstreut sein«, dachte Roger. »Will eine Sammlung verkaufen, die eine halbe Million wert ist, und vergisst das völlig.«

»Ich komme auf Ihre Nachricht hin, dass Sie Ihre Sammlung verkaufen wollen«, sagte er und fand, dass Mr. Oldham ihn eigenartig musterte.

»Wollen Sie die Sammlung kaufen?«, fragte er.

»Kaufen?«, konterte Roger leicht gereizt. »Nein, ich bin gekommen, um sie zu schätzen. Ihr Sekretär hat mich am Samstag angerufen.«

»Da muss ein Irrtum vorliegen. Ich habe nicht die Absicht, meine Sammlung zu verkaufen, und habe Ihnen nie eine Nachricht zukommen lassen.«

Roger war wie vom Donner gerührt.

»Aber ... aber man hat mich doch am Samstag angerufen«, stieß er hervor, »und gesagt, ich möchte heute Vormittag herkommen, um Ihre Bücher mit Ihnen durchzusehen. Ich bin eigens dafür aus Brooklyn angereist.«

Mr. Oldham läutete, und eine Dame mittleren Alters betrat das Büro. »Miss Patterson«, sagte er, »haben Sie am Samstag bei Mr. Mifflin in Brooklyn angerufen und ...«

»Der Anrufer war ein Mann«, warf Roger ein.

»Es tut mir aufrichtig leid, Mr. Mifflin, aber offenbar hat sich hier jemand einen Scherz mit Ihnen erlaubt. Wie ich Ihnen bereits sagte – und Miss Patterson wird das bestätigen –, habe ich nicht die Absicht, meine Bücher zu verkaufen, und niemanden beauftragt, so eine Absicht zu verbreiten.«

Roger war verwirrt und wütend. »Da hat einer aus

dem Maiskolbenklub seinen Schabernack mit mir getrieben«, dachte er und wurde dunkelrot, als er an seine naive Freude dachte.

Mr. Oldham hatte den Verdruss des kleinen Buchhändlers bemerkt. »Das braucht Ihnen nicht peinlich zu sein. Und damit Sie doch nicht umsonst gekommen sind, lade ich Sie ein, heute Abend mit mir draußen auf dem Land zu essen und meine Bücher anzuschauen.«

Doch Roger war zu stolz, um dieses Trostpflaster zu akzeptieren, auch wenn es gut gemeint war.

»Das geht leider nicht«, sagte er. »Ich habe zu Hause viel zu tun und bin nur hergekommen, weil ich dachte, es sei dringend.«

»Dann vielleicht ein andermal. Sie sind Buchhändler, nicht wahr? An Ihr Geschäft kann ich mich nicht erinnern. Wenn Sie mir Ihre Karte geben, besuche ich Sie, wenn ich das nächste Mal in New York bin.«

Roger verabschiedete sich, sobald sein höflicher Gastgeber ihn gehen ließ. Seine peinliche Lage erfüllte ihn mit tiefer Scham. Erst unten auf der Straße konnte er wieder frei atmen.

»Sieht mir ganz nach einem von Jerry Gladfists Streichen aus«, murmelte er. »Bei den Gebeinen von Fanny Kelly, das soll er mir büßen.«

Selbst Aubrey, der die Spur wieder aufgenommen hatte, bemerkte Rogers Wut.

»Möchte wissen, welche Laus ihm über die Leber gelaufen ist«, überlegte er.

Sie überquerten die Broad Street, und Roger ging die Chestnut herunter. Aubrey sah, wie der Buchhändler in einem Hauseingang innehielt, um seine Pfeife in Gang zu setzen, und blieb ein, zwei Meter hinter ihm stehen, um das Standbild von William Penn hoch oben auf der City Hall zu bewundern. Es war ein böiger Tag, und in diesem Augenblick riss der Wind Aubrey den Hut vom Kopf, der die Broad Street herunterrollte. Erst nach einem halben Block gelang es ihm, ihn wieder einzufangen. Als er wieder zur Chestnut Street kam, war Roger verschwunden. Aubrey hastete die Straße entlang und rempelte in seinem Eifer immer wieder Fußgänger an, aber an der Thirteenth gab er verzweifelt auf. Der kleine Buchhändler war weit und breit nicht zu sehen. Auch der Polizist an der Ecke, den er ansprach, konnte ihm nicht helfen. Vergebens streifte er suchend einen Block auf der Juniper Street herauf und herunter. Es war elf, und auf den Straßen wimmelte es von Menschen.

Er verfluchte die Buchbranche beider Hemisphären, verfluchte sich und verfluchte Philadelphia. Dann ging er in ein Tabakgeschäft und kaufte sich eine Schachtel Zigaretten.

Eine Stunde patrouillierte er die Chestnut Street in beiden Richtungen in der Hoffnung, Roger zu begegnen. Schließlich landete er vor einer Zeitungsredaktion und erinnerte sich daran, dass ein alter Freund von ihm dort arbeitete. Er betrat das Haus und fuhr im Aufzug nach oben.

Sein Freund saß, umgeben von Zeitungsbergen, in einem schmuddeligen Kabuff, hatte die Füße auf den Tisch gelegt und rauchte eine Pfeife. Sie begrüßten sich freudig.

»Wen haben wir denn hier?«, rief der Journalist, der einen Hang zur Albernheit hatte. »Keinen anderen als

Tamburlaine den Großen. Was bringt dich zu diesem abgelegenen Außenposten?«

Aubrey grinste, als er seinen alten College-Spitznamen hörte. »Ich bin gekommen, um mit dir zu essen und mir Geld für die Heimreise zu leihen.«

»Am Montag?«, wunderte sich der andere. »Wo doch Dienstag Zahltag ist? Nein, saget nicht so!«

Sie aßen in einem ruhigen italienischen Restaurant zu Mittag, und Aubrey berichtete in Kurzfassung von seinen Abenteuern in den letzten Tagen. »Die junge Dame würde ich gern kennenlernen«, sagte der Journalist. »Tambo, deine Geschichte klingt wahr, sie ist voller Kraft und Leidenschaft, aber sie hat etwas zu bedeuten. Dieser Mann ist Antiquar, sagst du?«

»Ja.«

»Dann weiß ich, wo du nach ihm suchen musst.«

»Red keinen Unsinn!«

»Probieren solltest du es. Geh zu Leary's, 9 South Ninth, ich zeig's dir.«

»Nichts wie hin!«, erwiderte Aubrey prompt.

»Und damit nicht genug: Ich bin bereit, dir meinen letzten Fünfer zu leihen, allerdings nicht um deiner schönen Augen willen, sondern dem Mädel zuliebe. Wenn du bei ihr ganz unauffällig meinen Namen fallen lassen könntest ...« Sie waren in der Chestnut Street angekommen. »Da ist es, im nächsten Block. Nein, ich komme nicht mit, heute spricht Wilson im Kongress, und wir erwarten große Dinge über den Ticker. Bis dann, alter Junge. Ich rechne fest mit einer Einladung zur Hochzeit.«

Aubrey hatte keine Ahnung, wer oder was Leary's war, und vermutete so etwas wie ein Gasthaus. Doch als er davor stand, begriff er, warum sein Freund glaubte, Roger könne sich hier herumtreiben. Ein Bibliophiler würde dieses berühmte Antiquariat ebenso wenig links liegen lassen wie eine Frau zu einer Hochzeit gehen würde, ohne zu versuchen, vor allen anderen die Braut zu sehen. Es war ein trüber Tag, und ein scharfer Wind fegte über die Straße, trotzdem waren die Tische auf dem Gehsteig umlagert von Menschen, die in ungeordneten Bücherhaufen wühlten. Durch die Schaufenster sah man weiße Regale und vielfarbige Buchrücken, die sich gleich einer Tapete bis weit nach hinten ins Gebäude erstreckten.

Erwartungsvoll trat er ein und sah sich um. Es herrschte eine angenehme Geschäftigkeit; die Leute, die in den Büchern stöberten, schienen, wenn man sie von hinten sah, völlig normal, aber in ihren Augen stand der wilde, gierige Glitzerblick des Bibliomanen. Mitglieder des Personals waren in den Räumen verteilt, ihre Mienen verrieten die philosophische Abgeklärtheit, die Aubrey mit Antiquaren assoziierte – mit allen außer mit Mifflin.

Er sah sich in den schmalen Gängen unter der glückseligen Menge der Suchenden um, stieg in den Keller hinunter in die Abteilung ›Erziehung und Bildung‹ und hoch zu den medizinischen Fachbüchern auf der Galerie; nicht einmal die Abteilungen ›Drama und Geschichte Pennsylvanias‹ ganz hinten ließ er aus. Von Roger fand er jedoch keine Spur.

An einem Schreibtisch unter der Treppe sah er einen hageren, gelehrtenhaft und freundlich wirkenden Bibliosophen über einem dicken Katalog brüten. Da kam ihm eine Idee.

»Haben Sie ein Exemplar von Carlyles *Briefen und Reden des Oliver Cromwell*?«, fragte er.

Der Angesprochene sah hoch.

»Bedaure. Vor ein paar Minuten hat schon ein anderer Herr danach gefragt.«

»Großer Gott!«, schrie Aubrey auf. »Und hat er es bekommen?«

Dieser Ausbruch brachte den Verkäufer, der an die Schrullen der Jäger von seltenen Ausgaben gewöhnt war, nicht aus der Fassung.

»Nein. Wir hatten das Buch nicht da, ich habe es schon lange nicht mehr zu Gesicht bekommen.«

»War es ein kleiner Glatzkopf mit rotem Bart und blitzblauen Augen?«, fragte Aubrey heiser.

»Ja. Mr. Mifflin aus Brooklyn. Kennen Sie ihn?«

»Allerdings! Wo ist er hin? Ich bin ihm schon durch die ganze Stadt nachgejagt. Dieser Schuft!«

Der Verkäufer, selbst ein bedächtiger Mensch, hatte schon so viele exzentrische Kunden erlebt, dass ihn die heftige Reaktion seines Gegenübers nicht erschüttern konnte.

»Eben war er noch hier«, sagte er freundlich und musterte den aufgeregten jungen Werbemenschen mit mildem Interesse. »Er dürfte draußen sein, in der Ludlow Street.«

»Wo ist das?«

Der Verkäufer – und es gibt keinen Grund, seinen Namen zu verschweigen, er heißt Philip Warner – erläuterte, die Ludlow Street sei der schmale Durchgang, der an einer Seite von Leary's verläuft und dann in rechtem Winkel hinter dem Geschäft abknickt. Hier bietet Leary's seine Zehn-Cent-Schmuddelkinder an, zweifelhafte, schmierige, abgegriffene Bände, die das Herz sanfter Suchender berühren. Vor diesen historischen Regalen ist so manche bekümmerte Seele dem Glück so nah gekommen, wie es nur irgend möglich ist, denn letztlich liegt das Glück (würden die Mathematiker sagen) auf einer Kurve, und wir nähern uns ihm nur asymptotisch. Die Stammgäste nennen sich scherzhaft ›Gesellschaft der Kaufleute von der Ludlow Street‹, und Charles Lamb oder Eugene Field hätten mit Stolz den Vorsitz bei ihren jährlichen Dinners geführt, bei denen die Mitglieder über ihre beglückendsten Bücherfunde berichten.

Aubrey stürmte aus dem Geschäft und blickte die Gasse herunter. Fünf, sechs Ludlow-Street-Kaufleute stöberten in den Regalen. Ganz hinten entdeckte er Roger, der die Nase in einem aufgeschlagenen Buch hatte. Er ging rasch auf ihn zu.

»Hier stecken Sie also!«, sagte er aufgebracht.

Roger sah freundlich zu ihm auf. In seine Lieblingsbeschäftigung vertieft, hatte er vergessen, wo er war.

»Hallo, was treiben Sie denn in Brooklyn? Ich habe gerade ein Exemplar von *Tooke's Pantheon* entdeckt …«

»Wollen Sie mich auf den Arm nehmen?«, fuhr Aubrey ihn an. »Was hecken Sie und Weintraub hier in Philadelphia aus?«

Roger kehrte mit einem Ruck in die Ludlow Street zurück, bemerkte einigermaßen überrascht das gerötete Gesicht des jungen Mannes und stellte – nicht ohne sich den Standort zu merken – den Band zurück ins Regal. Die Enttäuschung dieses Vormittags ließ erneut Ärger in ihm aufsteigen.

»Wovon reden Sie eigentlich?«, fragte er. »Und was geht Sie das überhaupt an?«

»Das werden Sie gleich merken.« Aubrey hielt ihm seine Faust unter die Nase. »Ich habe Sie verfolgt, Sie Schuft, und will jetzt wissen, was Sie im Schilde führen.«

Rogers Wangenknochen röteten sich. Bei aller äußerlichen Sanftmut hatte er einen kämpferischen Geist und eine schnelle Faust.

»Bei den Gebeinen von Charles Lamb, Ihre Manieren lassen zu wünschen übrig, junger Mann«, sagte er. »Wenn Sie auf Schaufensterwerbung aus sind, können Sie die gern haben – auf jedes Auge eine!«

Aubrey hatte einen reuigen Sünder erwartet, und diese Gegenrede brachte ihn um den letzten Rest von Beherrschung. »Wenn Sie so groß wären wie ich, Sie gottverfluchter kleiner Bolschewik«, wütete er, »würde ich Sie windelweich prügeln. Sagen Sie mir, was Sie und Ihre deutschen Freunde vorhaben, sonst hetze ich Ihnen die Polizei auf den Hals.«

Roger erstarrte. Sein Bart sträubte sich, die blauen Augen glitzerten.

»Kommen Sie mit um die Ecke, Sie unverschämter Lümmel, wo man uns nicht sehen kann, dann gebe ich Ihnen gern eine Nachhilfestunde.«

Er ging voraus. Dann standen sie sich in dem schmalen Durchgang zwischen nackten Wänden gegenüber.

Roger rief seinen Schutzpatron an. »Im Namen Gutenbergs – rechtfertigen Sie sich, oder ich schlage zu.«

»Wer soll denn das sein?«, höhnte Aubrey. »Noch einer von Ihren Hunnen?«

In diesem Augenblick kassierte er einen kräftigen Kinnhaken, der noch härter ausgefallen wäre, wenn Roger nicht seinen Stand auf dem unebenen Kopfsteinpflaster falsch eingeschätzt hätte und daher kaum das Gesicht seines um viele Zentimeter größeren Gegners erreichte.

Aubrey vergaß, dass er sich vorgenommen hatte, nie einen Kleineren zu schlagen, und revanchierte sich unter Anrufung seiner Schirmherren, der Vereinigten Werbeklubs der Welt – mit einem Haken, der die Brust des Buchhändlers traf und ihn quer über die Gasse schleuderte.

Beide waren jetzt fuchsteufelswild – in Aubrey wühlten die Sorgen und Ängste der letzten Tage, und in Roger die jähe Entrüstung eines heißblütigen Mannes, der sich ungerecht angegriffen sieht. Aubrey war zwanzig Jahre jünger als der Buchhändler und diesem auch an Größe und Gewicht überlegen, aber das Schicksal war auf Rogers Seite. Aubreys rasanter Faustschlag hatte ihn an den anderen Rand des Gehsteigs geschleudert. Aubrey folgte ihm, um ihm mit einem gewaltigen Hieb den Rest zu geben, aber Roger, der ganz ruhig geblieben war, hatte jetzt einen Standortvorteil. Auf dem Bordstein stehend hatte er Höhe gutgemacht. Als Aubrey ihn mit wutverzerrtem Gesicht ansprang, schnellte Rogers Faust vor und traf sein Kinn. Aubrey stolperte, schlug mit dem Kopf auf das Pflaster, und die alte Wunde brach wieder auf. Benommen und gebeutelt, wie er war, hatte er keinen Kampfgeist mehr.

»Sie können gern noch mehr haben, Sie ungehobelter Schnösel«, keuchte Roger, aber dann sah er zu seinem Entsetzen, dass ein rotes Rinnsal an der Schläfe des jungen Mannes herunterlief.

›Großer Gott‹, dachte er, ›habe ich ihn am Ende jetzt umgebracht?‹

Voller Angst rannte er zu dem Mitarbeiter von Leary's,

der an der vorderen Ecke des Geschäfts die Bücher verkaufte, die draußen auslagen.

»Schnell, hier ist jemand schwer verletzt«, sagte er.

Als sie um die Ecke bogen, kam ihnen Aubrey ein wenig schwankend entgegen. Roger fielen etliche Steine vom Herzen.

»Tut mir schrecklich leid«, sagte er. »Wo tut es denn weh?«

Aubrey starrte ihn wütend an, war aber so benommen, dass er nicht sprechen, sondern nur etwas Unverständliches grunzen konnte. Die beiden Helfer stützten ihn, dann lief der Verkäufer ins Haus und öffnete die Tür zu dem Lastenaufzug im hinteren Teil des Geschäfts. Auf diesem Wege wurde Aubrey nahezu unbemerkt abtransportiert, wie eine Kiste gebrauchter Bücher.

Mr. Warner begrüßte sie ein wenig verwundert, aber sanft wie immer.

»Was ist denn passiert?«, wollte er wissen.

»Wir sind uns wegen *Tooke's Pantheon* in die Haare geraten«, sagte Roger

Sie brachten Aubrey in ein kleines Büro, setzten ihn auf einen Stuhl und wuschen den blutenden Kopf mit kaltem Wasser. Philip Warner, einfallsreich wie immer, holte ein Pflaster. Roger wollte einen Arzt kommen lassen.

Aubrey hatte sich mittlerweile berappelt. »Kommt nicht in Frage. Sie brauchen sich nicht einzubilden, dass ich dieses Loch im Kopf Ihnen verdanke, Mr. Mifflin. Das hat mir jemand neulich auf der Brooklyn Bridge verpasst, als ich auf dem Heimweg von Ihrer verdammten Buchhandlung war. Es wird Zeit, dass wir miteinander reden, und zwar unter vier Augen.«

Kapitel 14

CROMWELLS LETZTER AUFTRITT

»Warum haben Sie mir das nicht schon früher erzählt, Sie verdammter Hitzkopf?«, fragte Roger eine halbe Stunde später. »Was wir hier erleben, ist ein Teufelswerk!«

»Woher zum Kuckuck sollte ich denn ahnen, dass Sie von nichts wussten?«, konterte Aubrey ungehalten. »Sie müssen zugeben, dass alles gegen Sie sprach. Als ich den Kerl mit seinem eigenen Schlüssel in die Buchhandlung gehen sah, musste ich doch annehmen, dass Sie mit ihm unter einer Decke stecken. Sind Sie so benebelt von Ihren alten Schwarten, dass Sie nicht merken, was sich um Sie herum tut?«

»Um welche Zeit war das?«, fragte Roger kurz angebunden.

»Am Sonntagmorgen um eins.«

Roger überlegte einen Augenblick. »Da war ich mit Bock im Keller. Er hat gebellt, und ich habe gedacht, es sei wegen der Ratten. Der Halunke hat offenbar einen Wachsabdruck vom Schloss gemacht und sich einen Schlüssel angefertigt. Er war mehrmals im Laden, da konnte er das mühelos machen. Am Sonntag hat er also den *Cromwell* mitgehen lassen. Aber warum? Wozu?«

»Wir müssen schleunigst zurück nach Brooklyn«,

drängte Aubrey. »Weiß der Himmel, was dort passiert ist. Ich könnte mich ohrfeigen, weil ich die Frauen dort allein gelassen habe.«

»Der Idiot war ich, weil ich mich durch einen fingierten Auftrag habe weglocken lassen. Nach dem, was Sie sagen, ist das ebenfalls Weintraubs Werk.«

Aubrey sah auf die Uhr. »Es ist kurz nach drei.«

»Der nächste Zug geht um vier«, sagte Roger. »Das heißt, dass wir nicht vor sieben wieder in der Gissing Street sind.«

»Rufen Sie an«, verlangte Aubrey.

Roger war ein guter Kunde bei Leary's und hatte deshalb keine Hemmungen, zum Telefon zu greifen.

»Ich möchte ein Ferngespräch anmelden«, sagte er. »Brooklyn, Wordsworth 1617-W, bitte.«

Sie mussten quälende fünfundzwanzig Minuten auf die Verbindung warten. Roger ging nach draußen und unterhielt sich mit Warner, während Aubrey schäumend vor Wut in dem kleinen Büro wartete. Er konnte nicht still sitzen, tigerte ungeduldig auf und ab und zerrte alle paar Minuten seine Taschenuhr hervor. Eine unbestimmte Angst hatte ihn erfasst. Er meinte die tiefe, gehässige Stimme am Telefon zu hören: ›Gissing Street ist nicht bekömmlich für Sie‹, erinnerte sich an das Handgemenge auf der Brücke, das Flüstern auf der Gasse und das unheimliche Gesicht des Apothekers an seinem Tresen. Die Reihung all dieser Vorfälle schien zwar nur wie ein fantastischer Alptraum, aber seine Angst blieb. »Wenn ich in Brooklyn wäre«, stöhnte er, »wäre es nicht so schlimm. Aber hier, weit entfernt und wieder in so einem verdammten Buchladen, während Titania Gefahr droht … Wenn ich das heil überstehe, setze ich mein Leben lang keinen Fuß mehr in eine Buchhandlung.«

Das Telefon läutete, und Aubrey machte Roger, der draußen stand und plauderte, hektische Zeichen.

»Melden Sie sich, Sie Trottel«, fuhr Roger ihn an. »Sonst bricht die Verbindung ab.«

»Geht nicht«, sagte Aubrey. »Wenn Titania meine Stimme hört, legt sie sofort auf, sie ist nämlich böse auf mich.«

Roger rannte zum Telefon. »Hallo, ist dort Wordsworth ... Ja, ich rufe Brooklyn ... Hallo!«

Aubrey, der sich über Rogers Schulter gebeugt hatte, hörte ein Klicken in der Leitung und dann erschreckend klar eine ferne silbrige Stimme. Wie gut er sie kannte. Sie schien die Luft um ihn herum in Schwingungen zu versetzen. Er hörte deutlich jede Silbe. Schweiß trat ihm auf die Stirn, seine Handflächen wurden feucht.

»Hallo«, wiederholte Roger. »Ist das Mifflins Buchhandlung?«

»Ja«, sagte Titania. »Sind Sie das, Mr. Mifflin? Wo stecken Sie denn?«

»In Philadelphia. Ist bei euch alles in Ordnung?«

»Könnte nicht besser sein. Ich hab schon jede Menge Bücher an den Mann gebracht. Mrs. Mifflin ist einkaufen gegangen.«

Aubrey zitterte, als er das leise, dünne Stimmchen hörte – wie ein Vogelzwitschern, wie ein Klingeln von einem fernen Stern. Er sah sie vor sich, wie sie am Telefon im hinteren Teil der düsteren Buchhandlung stand, sah sie wie durch das falsche Ende eines Fernglases, winzig und perfekt. Wie tapfer, wie einmalig sie war.

»Wann kommen Sie zurück?«, fragte sie jetzt.

»Gegen sieben«, antwortete Roger. »Und bei euch läuft wirklich alles gut?«

»Ausgezeichnet, ich habe richtig viel Spaß. Eben war ich im Keller und habe Kohlen nachgelegt. Ach ja, und vorhin war Mr. Weintraub da und hat einen Koffer mit Büchern abgestellt. Sie hätten nichts dagegen, hat er gesagt. Ein Freund von ihm will ihn heute Nachmittag abholen.«

»Einen Moment bitte.« Roger legte eine Hand über die Sprechmuschel. »Sie sagt, dass Weintraub einen Koffer mit Büchern gebracht hat, der abgeholt werden soll. Was halten Sie davon?«

»Sie soll auf keinen Fall die Bücher anfassen.«

»Hallo?«, sagte Roger. Aubrey sah, dass die Glatze des Buchhändlers mit Schweißperlen bedeckt war.

»Hallo?«, wiederholte Titanias zartes Stimmchen.

»Haben Sie den Koffer aufgemacht?«

»Nein. Er ist abgeschlossen. Es sind nur alte Bücher drin, sagt Mr. Weintraub. Für einen Freund. Ein sehr schwerer Koffer.«

»Hören Sie jetzt bitte genau zu«, sagte Roger streng. »Es ist wichtig. Ich möchte, dass Sie diesen Koffer nicht anrühren. Lassen Sie ihn stehen, wo er ist, und fassen Sie ihn nicht an. Versprechen Sie mir das.«

»Ja, Mr. Mifflin. Soll ich ihn nicht lieber irgendwo in Sicherheit bringen?«

»Fassen Sie ihn nicht an!«

»Bock schnüffelt an ihm herum.«

»Fassen Sie den Koffer nicht an, und lassen Sie auch Bock nicht damit herumspielen. Er enthält ... wichtige Dokumente.«

»Ich passe gut auf ihn auf«, versprach Titania.

»Und noch etwas – wenn jemand ihn abholen will, geben Sie ihn nicht heraus. Warten Sie, bis ich wieder da bin.«

Aubrey hielt Roger seine Uhr vor die Nase, und der nickte.

»Haben Sie das alles verstanden?«, fragte Roger. »Können Sie mich gut hören?«

»Ja, ganz ausgezeichnet. Wie aufregend das ist. Ich habe noch nie ein Ferngespräch geführt ...«

»Fassen Sie den Koffer nicht an«, wiederholte Roger hartnäckig. »Und geben Sie ihn nicht heraus, bis wir ... bis ich zurück bin.«

»Versprochen«, sagte Titania unbekümmert.

»Bis später.« Roger legte auf. Er sah seltsam verhärmt aus und hatte Schweiß unter den Augen. Aubrey streckte ihm ungeduldig die Uhr hin.

»Wir können es gerade noch schaffen«, rief Roger, und sie rannten los.

Es wurde keine vergnügliche Fahrt. Der Zug machte seinen üblichen Umweg über West Philadelphia und North Philadelphia, ehe er richtig Tempo aufnahm, und die beiden Reisenden empfanden einen persönlichen Hass auf die Schaffner, die die Passagiere aus diesen Vororten gemütlich einsteigen ließen, statt sie mit Peitschen zu scheuchen. Als der Expresszug in Trenton hielt, hätte Aubrey die unschuldige Stadt am liebsten mit einer Haubitze in Schutt und Asche gelegt. Ein unvorhergesehener Halt in Princeton Junction brachte das Fass zum Überlaufen. Aubrey bedachte den Zugschaffner mit Ausdrücken, die –

da es sich bei diesem Mann um einen Staatsdiener handelte – an Hochverrat grenzten.

Grau und trostlos setzte die winterliche Dämmerung ein. Schnee lag in der Luft. Eine Weile saßen sie schweigend nebeneinander, Roger in eine Zeitung vertieft, die er sich in Philadelphia gekauft hatte und die den Text der Präsidentenrede enthielt, in der er seine Europareise ankündigte, Aubrey düster die Ereignisse der letzten Woche rekapitulierend. Sein Kopf dröhnte, seine Hände waren feucht vor Nervosität, sodass Tabakkrümel daran kleben blieben, was ihn zusätzlich ergrimmte.

»Wissen Sie, es ist schon seltsam«, sagte er schließlich, »dass ich vor einer Woche noch nie von Ihrem Geschäft gehört hatte und es jetzt für mich der wichtigste Ort der Welt geworden ist. Am Dienstag haben wir miteinander zu Abend gegessen, seither habe ich mir zweimal den Schädel lädiert, ein Bandit hat mir in meinem Zimmer aufgelauert, zweimal habe ich Nachtwache in der Gissing Street gehalten und den größten Werbeauftrag, den unsere Agentur betreut, in Gefahr gebracht. Dass es, wie Sie sagen, bei Ihnen spukt, wundert mich gar nicht mehr.«

»Wäre vermutlich gutes Material für einen Anzeigentext«, sagte Roger verdrießlich.

»Ein bisschen zu hart, glaube ich. Wie sehen Sie denn die Sache?«

»Ich weiß nicht, was ich denken soll. Weintraub hat diesen Drugstore seit zwanzig Jahren oder länger, ich kannte ihn schon, ehe ich ins Buchgeschäft eingestiegen bin. Er hat sich immer sehr für Bücher interessiert, besonders für wissenschaftliche Werke, und als ich mein Geschäft in der Gissing Street aufgemacht hatte, haben wir uns fast ein wenig angefreundet. Von seinem Gesicht war ich nie sehr angetan, aber er wirkte immer ruhig und freundlich. Es könnte sich um einen Handel mit verbotenen Drogen handeln oder aber um deutsche Brandbomben. Sie wissen ja, wie viele Brände es im Krieg hier gab – die großen Getreidespeicher und so weiter.«

»Zuerst dachte ich, es ginge um eine Entführung, und Sie hätten Miss Chapman in Ihrem Geschäft untergebracht, damit die anderen sie hinausschmuggeln konnten.«

»Zu viel der Ehre. Sie haben mich offenbar für einen ausgemachten Schuft gehalten.«

Aubrey lag eine gereizte Antwort auf der Zunge, er schluckte sie aber heldenhaft herunter.

»Warum interessieren Sie sich so für das *Cromwell*-Buch?«, fragte er nach einer kleinen Pause.

»Vor zwei, drei Jahren habe ich gelesen, es wäre ein Lieblingsbuch von Woodrow Wilson, deshalb habe ich mich näher damit befasst.«

»Da fällt mir ein«, unterbrach Aubrey ihn aufgeregt, »dass ich Ihnen die Zahlen zeigen wollte, die auf der Innenseite des Buchdeckels stehen.« Er holte sein Notizbuch heraus und zeigte ihm seine Abschrift.

»›329 ff. vgl. W. W.‹ dürfte klar sein«, sagte Roger. »Es bedeutet einfach: ›Seiten 329 folgende, vergleiche Woodrow Wilson.‹ Ich weiß noch, dass ich mir diese Notiz erst kürzlich gemacht habe, weil der Absatz mir bestimmte Ideen von Wilson in Erinnerung gerufen hat. Auf dem hinteren Buchdeckel notiere ich mir gewöhnlich die Seiten, die mich besonders interessieren. Die anderen Seitenzahlen sagen mir nichts, dazu müsste ich das Buch vor mir haben.«

»Die erste Zahlengruppe ist also von Ihnen, aber darunter waren diese anderen Zahlen in Weintraubs Schrift oder zumindest mit seiner Tinte geschrieben. Als ich sah, dass er in einem Ihrer Bücher so was wie einen Geheimcode untergebracht hatte, musste ich natürlich annehmen, dass Sie beide Hand in Hand arbeiten …«

»Und den Buchdeckel haben Sie in seinem Drugstore gefunden?«

»Ja.«

Roger runzelte die Stirn. »Ich komme nicht dahinter. Aber bis wir zu Hause sind, können wir sowieso nichts unternehmen. Wollen Sie mal in die Zeitung sehen? Der Text der Wilson-Rede vor dem Kongress ist in voller Länge abgedruckt.«

Aubrey schüttelte deprimiert den Kopf und lehnte die heiße Stirn an die Fensterscheibe. Bis sie Manhattan Transfer erreichten und in den Zug zum Hudson Terminal umstiegen, fiel kein weiteres Wort zwischen ihnen.

Es war sieben, als sie an der Atlantic Avenue die Subway verließen. Der Abend war ungemütlich nass, aber in den Straßen herrschte schon das nächtliche Licht- und Farbenmeer. Das gelbe Glitzern im Schaufenster einer Pfandleihe erinnerte Aubrey an den kleinen Revolver in seiner Tasche. Als sie an einer dunklen Gasse vorbeikamen, trat er zur Seite und lud seine Waffe.

»Haben Sie auch so was bei sich?«, fragte er Roger.

»Wo denken Sie hin?«, gab der Buchhändler zurück. »Ich bin doch kein Leinwandheld!«

In der Gissing Street schlug Aubrey ein so schnelles

Tempo an, dass sein Begleiter kaum hinterherkam. Das friedliche Bild der kleinen Straße wirkte beruhigend. Die strahlenden Auslagen warfen ein buntes Schachbrettmuster auf den Gehsteig. In Weintraubs Drugstore gab der teiggesichtige Gehilfe in seinem fleckigen weißen Kittel heiße Schokolade aus. Im Papierwarengeschäft wühlten Kunden in Kästen voller Weihnachtskarten. Im Milwaukee Lunch sah Aubrey nicht ohne Neid einen stämmigen Mitbürger seinen Donut in eine Tasse Kaffee stippen.

»All das kommt mir sehr unwirklich vor«, sagte Roger.

Als sie sich der Buchhandlung näherten, gab es Aubrey einen Ruck. Die Rollos an den Schaufenstern waren – drei Stunden vor Feierabend – heruntergelassen. Ein matter Schein zeigte, dass im Geschäft Licht brannte.

Vor der Tür streckte Aubrey die Hand nach dem Türknauf aus, aber Roger hielt ihn zurück.

»Am besten vermeiden wir jeden Lärm«, sagte er. »Für den Fall, dass hier etwas nicht mit rechten Dingen zugeht.«

Aubrey drehte vorsichtig den Knauf. Die Tür war abgeschlossen.

Roger holte seinen Schlüssel heraus, schloss auf und öffnete die Tür zwei Zentimeter weit.

»Sie sind größer als ich«, flüsterte er. »Kümmern Sie sich um die Glocke über der Tür, während ich aufmache.«

Aubrey schob drei Finger durch die Öffnung und blockierte den Auslöser des Gongs, Roger drückte die Tür ganz auf, und sie traten auf Zehenspitzen ein.

Der Raum war leer, nichts Unauffälliges zu sehen. Einen Augenblick blieben sie mit klopfenden Herzen stehen.

Aus dem hinteren Teil des Hauses kam eine klare, leicht zitternde Stimme.

»Machen Sie, was Sie wollen, von mir werden Sie nicht erfahren, wo er ist. Mr. Mifflin hat gesagt …«

Man hörte einen Stuhl fallen und schnelle Bewegungen.

Wie der Blitz lief Aubrey nach hinten, gefolgt von Roger, der noch schnell die Tür geschlossen hatte. Jetzt ging er auf Zehenspitzen die Treppe im hinteren Teil des Ladens hoch, sah ins Esszimmer und hatte das Gefühl, dass sich der Raum um ihn drehte.

Der Tisch war zum Abendessen gedeckt, das Tischtuch strahlte weiß unter der Hängelampe. In der hintersten Ecke wand sich Titania im Griff eines bärtigen Mannes, in dem Aubrey sofort den Koch erkannte. An der Schmalseite des Tisches, mit dem Rücken zur Tür, stand Weintraub und hatte einen Revolver auf Titania gerichtet. Aubrey sah, dass das Kinn des Apothekers vor Wut zuckte.

Mit zwei langen Schritten war Aubrey im Zimmer und stieß dem Apotheker den Revolverlauf in das ölige Gesicht. »Fallen lassen, verdammter Hunne«, befahl er heiser. Mit der linken Hand packte er Weintraubs Hemdkragen und zog ihn fest um dessen Hals. Trotz seiner Wut und Aufregung kamen ihm seine Arme merkwürdig schwach vor, und sein erster Gedanke war, dass er es nie schaffen würde, diesen Koloss zu erwürgen.

Einen Augenblick standen sie alle da wie in einem lebenden Bild. Der Bärtige hielt Titania noch immer bei den Schultern gepackt. Sehr blass, aber mit leuchtenden Augen sah sie Aubrey an. Weintraub hatte beide Hände auf die Tischplatte gelegt und schien nachzudenken. Er spürte das kalte Metall von Aubreys Revolver. Langsam öffnete er die rechte Hand, und seine Waffe fiel auf das leinene Tischtuch. Dann stürmte Roger ins Zimmer.

Titania schüttelte den Koch ab.

»Ich wollte ihm den Koffer nicht geben«, rief sie.

Aubrey griff, ohne die Waffe von Weintraubs Gesicht zu nehmen, mit der linken Hand nach dem Revolver des Apothekers, während Roger sich gerade den Koch vorknöpfen wollte, der unentschlossen auf der anderen Tischseite stand.

»Nehmen Sie den Revolver«, sagte Aubrey, »halten Sie den Koch in Schach, und überlassen Sie ihn dann mir, ich hab noch eine Rechnung mit ihm offen.«

Der Koch machte eine Bewegung, als wollte er durch das hinter ihm liegende Fenster springen, aber da war Aubrey schon über ihm, traf mit der Faust seine Nase und spürte voller Genugtuung, wie das weiche Fleisch unter seinen Knöcheln nachgab. Dann packte er den behaarten Hals des Mannes und drückte zu. Der Koch versuchte noch, an das Brotmesser zu kommen, das auf dem Tisch lag, aber es war zu spät. Er fiel hin, und Aubrey würgte ihn gnadenlos.

»Verdammter Hunne, mit Frauen ringen – ist das alles, was du kannst?«

Titania flüchtete durch die Speisekammer.

Roger hielt Weintraub dessen Revolver unter die Nase.

»Was haben Sie sich dabei gedacht?«, fragte er.

»Das ist alles ein Irrtum«, erklärte der Apotheker aalglatt, aber seine Augen gingen unruhig hin und her. »Ich wollte nur die Bücher abholen, die ich am Nachmittag hier abgestellt hatte.«

»Mit einer Waffe in der Hand, ja? Raus mit der Sprache, Hindenburg!«

»Es ist nicht mein Revolver«, sagte Weintraub. »Er gehört Metzger.«

»Wo ist dieser Koffer jetzt? Wir werden uns den mal anschauen.«

»Es ist alles ein dummes Missverständnis. Ich habe einen Koffer mit gebrauchten Büchern für Metzger hier abgestellt, weil ich heute Nachmittag verreisen wollte. Er kam, um sie abzuholen, und Ihre junge Dame wollte sie ihm nicht geben. Er wandte sich an mich, und ich bin hergekommen, um ihr zu sagen, dass alles seine Ordnung hat.«

»Ist das Metzger?« Roger deutete auf den Bärtigen, der versuchte, sich aus Aubreys Würgegriff zu befreien. »Lass ihn leben, Gilbert, er muss uns noch einiges erklären.«

Aubrey erhob sich, griff sich seinen Revolver und versetzte dem Bärtigen einen Tritt, um ihn zum Aufstehen zu bewegen. »War ein hübscher Spaß neulich auf der Treppe, was? Und von Ihnen, Herr Weintraub, wüsste ich gern, was für Mixturen Sie in Ihrem Keller zusammenrühren.«

Weintraubs Gesicht schimmerte feucht im Licht der Lampe. Auf seiner Stirn standen dicke Schweißtropfen.

»Das ist doch albern, mein lieber Mr. Mifflin. In meinem Eifer habe ich wohl …«

Titania kam angerannt, gefolgt von Helen, deren Gesicht gerötet war.

»Ein Glück, dass du wieder da bist, Roger«, sagte sie. »Diese Rohlinge haben mich in der Küche gefesselt und mit einem Geschirrtuch geknebelt. Sie haben angedroht, Titania zu erschießen, wenn sie den Koffer nicht herausrückt.«

Weintraub wollte etwas sagen, aber Roger stieß ihm den Revolver zwischen die Augen. »Mund halten. Wir schauen uns jetzt mal Ihre Bücher an.«

»Ich hole den Koffer«, sagte Titania. »Als Mr. Weintraub kam, wollte ich ihn erst herausgeben, aber weil er ein so komisches Gesicht machte, habe ich gedacht, dass da etwas nicht stimmt.«

»Wo ist der Koffer?«, fragte Aubrey, und ihre Blicke trafen sich zum ersten Mal. »Unser bärtiger Freund soll ihn holen.«

Titania errötete leicht. »Bei mir im Schlafzimmerschrank.«

Sie ging voraus, Metzger folgte, den Schluss bildete Aubrey mit der Waffe im Anschlag. Vor dem Schlafzimmer blieb Aubrey stehen. »Zeigen Sie ihm den Koffer, er soll ihn tragen«, sagte er. »Bei der ersten falschen Bewegung rufen Sie nach mir, dann schieße ich.«

Titania zeigte ihnen den Koffer, den sie hinter Kleidern im Schrank versteckt hatte. Der Koch leistete keinen Widerstand, und alle drei gingen wieder nach unten.

»Wir gehen in den Laden, da ist die Beleuchtung besser«, bestimmte Roger. »Vielleicht hat er in dem Koffer eine Originalausgabe von Shakespeare. Du rufst das Polizeirevier in der McFee Street an, Helen, sie sollen sofort zwei Leute herschicken.«

»Das ist doch lächerlich, mein lieber Mifflin«, sagte Weintraub. »So ein Aufstand wegen ein paar Büchern, die ich im Lauf der Zeit gesammelt habe.«

»Ich kann nichts Lächerliches daran finden, wenn jemand in mein Haus eindringt, meine Frau mit einer Wäscheleine fesselt und droht, ein junges Mädchen zu erschießen«, sagte Roger. »Bin gespannt, was die Polizei dazu sagt, Weintraub. Und dass wir uns recht verstehen: Wenn Sie einen Fluchtversuch machen, jage ich Ihnen eine Kugel durch den Kopf.«

Aubrey ging voran, Metzger trug den Koffer, Roger und Weintraub folgten, Titania bildete die Nachhut. Unter einer hellen Lampe in der ›Essay‹-Nische wies Aubrey den Bärtigen an, den Koffer auf den Tisch zu legen.

»Aufmachen!«

»Es sind doch bloß alte Bücher«, sagte Metzger.

»Wenn sie so alt sind, könnten sie wertvoll sein«, erwiderte Roger. »Alte Bücher interessieren mich. Also los jetzt.«

Metzger zog einen Schlüssel aus der Tasche, schloss den Koffer auf und hob den Deckel. Aubrey hielt ihm währenddessen den Revolver an die Schläfe.

Der Koffer war randvoll mit antiquarischen Büchern. Geistesgegenwärtig behielt Roger Weintraub im Blick.

»Sagen Sie mir, was da drin ist«, verlangte er.

»Tatsächlich – nur ganz viele Bücher«, rief Titania.

»Da sehen Sie's«, sagte Weintraub unwirsch. »Tut mir leid, dass ich …«

»Schaut mal, da ist das Cromwell-Buch«, rief Titania plötzlich.

Für ein kurzen Moment war Roger unaufmerksam. Er sah zum Koffer hinüber. In diesem Augenblick befreite sich der Apotheker, lief den Gang hinunter und stürmte nach draußen. Roger lief ihm nach, aber er kam zu spät.

Aubrey hatte Metzger noch immer am Kragen gepackt und hielt ihm die Pistole an den Kopf.

»Warum zum Kuckuck haben Sie nicht geschossen?«, fragte er Roger.

»Ich weiß nicht«, stotterte Roger. »Ich hatte wohl Angst, ihn zu treffen. Aber das macht nichts, den können wir uns immer noch vornehmen.«

»Die Polizei kommt gleich«, rief Helen ihnen vom Telefon her zu. »Ich lasse Bock herein, er ist im Hof.«

»Ich glaube, die beiden sind verrückt«, sagte Titania. »Am besten stellen wir den *Cromwell* wieder ins Regal und lassen sie laufen.« Sie streckte die Hand nach dem Buch aus.

»Halt!« Aubrey packte sie am Arm. »Fassen Sie das Buch nicht an.«

Titania wich erschrocken zurück. Hatten hier denn alle den Verstand verloren?

»Sie stellen jetzt das Buch wieder ins Regal zurück, Mr. Metzger«, befahl Aubrey. »Und versuchen Sie nicht abzuhauen, ich habe den Finger am Abzug.«

Das Gesicht des Kochs war furchterregend. Die Augen über dem ungepflegten Bart funkelten wie im Wahn, und seine Hände zitterten.

»Na schön. Wohin soll ich es stellen?«

»Ich zeige es Ihnen«, erbot sich Titania.

Aubrey stellte sich schützend vor sie. »Sie bleiben, wo Sie sind!«

»Abteilung Geschichte«, sagte Roger. »Die erste Nische auf der anderen Seite. Wir haben Sie im Visier.«

Statt den Band herauszunehmen, hob Metzger den ganzen Koffer, hielt ihn flach über dem Boden und trug ihn zu der besagten Nische. Dort setzte er den Koffer vorsichtig ab und griff nach dem *Cromwell.*

»Wo soll er hin«, fragte er mit sonderbarer Stimme. »Es ist ein wertvolles Buch.«

»In das fünfte Regal«, antwortete Roger. »Da drüben …«

»Um Himmels willen, halten Sie Abstand«, mahnte Aubrey. »Er hat irgendwas Teuflisches vor.«

»Ihr armen Trottel«, schrie Metzger. »Zur Hölle mit euch und euren alten Schwarten.« Er zog die Hand zurück, als wollte er mit dem Band nach ihnen werfen.

Man hörte Pfotengetrappel, und Bock kam knurrend angerannt. In diesem Augenblick stieß Aubrey in einer instinktiven Reaktion Roger tief in die Abteilung ›Romane‹ hinein, riss Titania an sich und lief schnell mit ihr nach hinten.

Metzger hatte den Arm schon zum Wurf erhoben, als Bock sich auf ihn stürzte und seine Zähne in das Bein des Bärtigen schlug. Der *Cromwell* fiel ihm aus der Hand.

Es gab eine ohrenbetäubende Explosion, ein dumpfes Dröhnen, und für einen Augenblick hatte Aubrey den Eindruck, dass sich die ganze Buchhandlung in einen riesigen Kreisel verwandelt hatte. Der Fußboden schwankte und senkte sich, Bücher flogen wild durcheinander. Mit Titania im Arm war er gerade zur Treppe gelangt, die in den Wohnbereich führt, als sie seitwärts in die Ecke hinter Rogers Schreibtisch geschleudert wurden. Es regnete Bücher. Eine ganze Reihe Lexika fiel Aubrey auf die Schultern und verfehlte Titanias Kopf nur um Haaresbreite. Die Schaufensterscheiben zerbrachen in tausend Scherben. Der Tisch an der Tür wurde in die gegenüberliegende Galerie katapultiert. Splitternd und krachend brach die Ecke der Galerie über der Abteilung Geschichte weg, und Hunderte von Bänden stürzten auf den Boden. Das Licht ging aus, und einen Augenblick war alles still.

»Alles in Ordnung mit Ihnen?«, fragte Aubrey besorgt.

»Ich denke schon«, antwortete Titania matt. »Wo ist Mr. Mifflin?«

Aubrey streckte die Hand aus, um ihr aufzuhelfen, dabei berührte er einen feuchten Fleck auf dem Fußboden. »Großer Gott, sie liegt im Sterben«, dachte er entsetzt und rappelte sich in der Dunkelheit mühsam hoch. »Mr. Mifflin«, rief er. »Wo sind Sie?«

Keine Antwort.

Aus dem Durchgang hinter dem Laden fiel Licht, und als Aubrey sich mühsam einen Weg durch die Trümmer gebahnt hatte, sah er Mrs. Mifflin benommen an der Tür zum Esszimmer stehen. Das Licht im hinteren Teil des Hauses funktionierte noch.

»Schnell, holen Sie eine Kerze«, drängte er.

»Wo ist Roger?«, rief sie kläglich und stolperte in die Küche.

Mit Hilfe der Kerze fand Aubrey zu Titania zurück. Sie saß auf dem Fußboden, sehr schwach, aber unverletzt. Das, was er für Blut gehalten hatte, entpuppte sich als Tinte aus einem großen Fass, das auf Rogers Schreibtisch gestanden hatte. Er hob Titania hoch wie ein Kind und trug sie in die Küche. »Sie bleiben hier und rühren sich nicht«, befahl er.

Mittlerweile hatten sich zahlreiche Schaulustige auf dem Gehsteig versammelt. Jemand brachte eine Laterne. Drei Polizisten erschienen im Eingang.

»Das Licht zu mir«, rief Aubrey. »Mifflin liegt hier irgendwo unter den Trümmern. Jemand soll einen Krankenwagen rufen.«

Die ganze Vorderseite der Buchhandlung lag in Trümmern. Der schwache Schein der Laterne enthüllte ein Katastrophenszenario. Helen tastete sich durch den zerstörten Gang.

»Wo war er denn zuletzt?«, fragte sie verzweifelt.

»Dank Trollopes *Gesammelten Werken*«, ließ sich eine Stimme in den Resten der Abteilung ›Romane‹ vernehmen, »ist mir nichts passiert, glaube ich. Bücher sind gute Stoßdämpfer. Ist jemand verletzt?«

Benommen, aber unversehrt kroch Roger unter den Brettern eines Regals hervor, das über ihm zusammengebrochen war.

»Hierher mit der Laterne!« Aubrey deutete auf ein dunkles Etwas, das unter den Resten von Rogers Schwarzem Brett lag.

Es waren der Koch und in sein Bein verbissen alles, was von Bock noch übrig war.

Kapitel 15

MR. CHAPMAN SCHWENKT SEINEN ZAUBERSTAB

Die Explosion in Roger Mifflins Buchhandlung wird die Gissing Street nicht so bald vergessen. Seit bekannt wurde, dass der Keller von Weintraubs Drugstore eben jene Information enthielt, die das Justizministerium seit vier Jahren suchte und dass der harmlose deutsch-amerikanische Apotheker Hunderte von Brandbomben gebaut hatte, die auf Schiffe der Amerikaner und Alliierten und in Munitionsfabriken geschmuggelt worden waren – und dass eben jener Weintraub bei seiner Verhaftung in Bostons Bromfield Street Selbstmord begangen hatte –, schlugen die Wellen in der Gissing Street hoch. Der Milwaukee Lunch machte glänzende Geschäfte mit Katastrophentouristen, die zur Besichtigung der zerstörten Buchhandlung gekommen waren. Als sich herumsprach, dass man Überreste eines Kabinenplans der George Washington in Metzgers Tasche gefunden hatte und durch das Geständnis eines Komplizen unter dem Küchenpersonal des Octagon-Hotels erfahren hatte, dass die Bombe, getarnt als eins von Woodrow Wilsons Lieblingsbüchern, in der Präsidentensuite des Dampfers hatte gelegt werden sollen, kannte die Empörung keine Grenzen. Mrs. J. F. Smith kündigte ihr Zimmer bei Mrs. Schiller mit den Worten, sie denke nicht daran, in einer deutschenfreundlichen Kolonie wohnen zu bleiben, und Aubrey konnte endlich sein dringend nötiges Bad nehmen.

In den folgenden drei Tagen beanspruchten ihn Beamte des Justizministeriums so ausgiebig, dass er eine private Ermittlung, die ihn sehr beschäftigte, nicht weiterführen konnte. Erst am späten Freitagnachmittag kam er endlich in die Buchhandlung, um alles zu besprechen.

Die Trümmer waren ordentlich weggeräumt, die zersplitterten Schaufenster mit Brettern vernagelt. Roger saß auf dem Fußboden und sah die Bücher durch, die in wilden Haufen um ihn herumlagen. Dank Mr. Chapmans Beziehungen zu einer bekannten Baufirma hatte er sofort Leute für die Reparaturen bekommen, dennoch würde er, wie er sagte, sein Geschäft frühestens in zehn Tagen wieder eröffnen können. »Zu schade, dass mir diese Reklame verlorengeht«, jammerte er. »Einem Antiquariat passiert es nicht oft, dass es in die Schlagzeilen kommt.«

»Ich dachte, Sie halten nichts von Reklame«, sagte Aubrey.

»Für Reklame, die nichts kostet, bin ich immer zu haben«, gab Roger zurück.

Aubrey sah sich in dem demolierten Laden um. »Das alles hier dürfte Sie einen tüchtigen Batzen kosten.«

»Genau so etwas habe ich gebraucht«, erklärte Roger. »Ich war in einen Trott geraten. Die Explosion hat viele Bücher zu Tage gefördert, von deren Existenz ich nicht einmal mehr wusste. Hier ist ein altes Exemplar von *Verheiratet und doch glücklich*, das der Verleger unter Romane führt, da haben wir *Urnenbestattung* und *Die Affären eines Bibliomanen* und John Mistletoes *Buch der betrüblichen Fakten.* Jetzt werde ich endlich einmal gründlich ausmisten. Und ich trage mich ernsthaft mit dem Gedanken, einen Staubsauger und eine Registrierkasse anzuschaffen. Titania hatte ganz recht, es war zu schmutzig hier. Sie hat mich auf viele neue Ideen gebracht.«

Aubrey hätte gern gewusst, wo Titania war, mochte aber nicht danach fragen.

»Eine Explosion hin und wieder hat zweifellos auch ihr Gutes. Seit uns die Reporter heimgesucht und uns die ganze Geschichte entlockt haben, sind von fünf oder sechs Verlagen Angebote für mein Buch eingegangen; eine Abendschule möchte Vorträge über den Buchhandel als eine Form des Dienstes an der Öffentlichkeit anbieten; in fünfhundert Briefen wurde ich gefragt, wann wir wieder öffnen; und die American Booksellers' Association hat mich eingeladen, auf ihrer Jahresversammlung im Frühjahr eine Rede zu halten. Es ist die erste Anerkennung, die ich je bekommen habe. Wenn da nicht der arme alte Bock wäre … Kommen Sie, ich zeige Ihnen sein Grab, wir haben ihn im Hof beerdigt.«

Auf einem rührend kleinen Hügel am Zaun stand eine Vase mit großen gelben Chrysanthemen.

»Die sind von Titania«, sagte Roger. »Im Frühjahr will sie hier eine Hundsrose setzen, und wir wollen einen kleinen Stein für ihn aufstellen. Wegen der Inschrift bin ich noch am Überlegen. Ich hatte an *De mortuis nil nisi bonum* gedacht, aber das ist wohl zu flapsig.«

Den Wohnbereich hatte der Sprengsatz nicht in Mitleidenschaft gezogen, und Roger führte Aubrey in sein Arbeitszimmer. »Sie kommen gerade zur rechten Zeit«, sagte er. »Wir erwarten Mr. Chapman zum Essen, da können wir ausführlich über alles reden. Vieles an dem Fall verstehe ich immer noch nicht.«

Aubrey sah sich noch immer nach Titania um, und Roger bemerkte seinen unruhigen Blick.

»Miss Chapman hat ihren freien Nachmittag«, erläuterte er. »Sie hat heute ihr erstes Gehalt bekommen und war so aufgekratzt, dass sie nach New York gefahren ist, um es mit vollen Händen auszugeben. Sie ist mit ihrem Vater unterwegs. Jetzt entschuldigen Sie mich bitte, ich will Helen bei den Essensvorbereitungen helfen.«

Aubrey setzte sich ans Feuer und zündete seine Pfeife an. Der immer wiederkehrende Gedanke seiner Betrachtungen war, dass er Titania erst vor einer Woche kennengelernt und in dieser Zeit keine wache Minute ohne einen Gedanken an sie verbracht hatte. Wie lange brauchte eine junge Frau wohl, um sich zu verlieben? Bei einem Mann konnte das, wie er jetzt wusste, in fünf Minuten passieren – aber bei einem Mädchen? Er dachte auch daran, welch einzigartige Werbung für Daintybits er aus diesem Fall würde machen können, wenn er nur die Interna wüsste.

Hinter ihm raschelte es, und da war sie. Sie trug einen grauen Pelzmantel und ein flottes Hütchen. Ihre Wangen waren von der Winterluft zart gerötet. Aubrey stand auf.

»Wo haben Sie sich denn versteckt, Mr. Gilbert, wo ich Sie doch so dringend sehen wollte? Seit Sonntag habe ich sie nicht mehr gesprochen.«

Er brachte kein verständliches Wort heraus. Sie streifte

den Mantel ab und fuhr mit einem nachdenklichen Ernst fort, der ihr noch besser stand als ihr Lächeln:

»Mr. Mifflin hat mir erzählt, was Sie letzte Woche gemacht haben – wie Sie ein Zimmer gegenüber angemietet und diesen grässlichen Mann beobachtet und die ganze Sache durchschaut haben, als wir noch zu blind waren, um zu begreifen, was sich hier abspielte. Und ich möchte mich für die dummen Sachen entschuldigen, die ich am Sonntag zu Ihnen gesagt habe. Können Sie mir verzeihen?«

Noch nie hatte die Kunst der Selbstvermarktung Aubrey so sehr im Stich gelassen. Zu seinem unaussprechlichen Schrecken merkte er, dass seine Augen ihn verrieten. Sie waren feucht geworden.

»Davon will ich kein Wort hören«, sagte er. »Ich hatte kein Recht zu tun, was ich getan habe. Und in Mr. Mifflin habe ich mich geirrt. Kein Wunder, dass Sie böse auf mich waren.«

»Wollen Sie mir wirklich die Freude nehmen, mich bei Ihnen zu bedanken? Sie wissen so gut wie ich, dass Sie mir, dass Sie uns allen das Leben gerettet haben. Auch den armen Bock hätten Sie bestimmt gerettet, wenn Sie gekonnt hätten.« Ihre Augen füllten sich mit Tränen.

»Wenn jemand Lob verdient, dann Sie«, sagte Aubrey. »Ohne Sie hätten diese Halunken sich mit dem Koffer aus dem Staub gemacht, Metzger hätte seine Bombe auf das Schiff geschmuggelt und den Präsidenten in die Luft gejagt …«

»Ich will nicht mit Ihnen streiten«, sagte Titania. »Ich will Ihnen nur danken.«

Es war eine fröhliche kleine Gesellschaft, die sich

abends in Rogers Esszimmer zusammenfand. Helen hatte Aubrey zu Ehren Eier à la Samuel Butler gemacht, und Mr. Chapman hatte zwei Flaschen Champagner mitgebracht, um auf den künftigen Erfolg der Buchhandlung anzustoßen. Man bat Aubrey, von seinem Treffen mit den Männern vom Geheimdienst zu berichten, die Weintraubs Akte überprüft hatten.

»Alles sieht jetzt so simpel aus«, sagte er, »dass ich mich frage, warum wir es nicht sofort durchschaut haben. Unser Fehler war, dass wir davon ausgingen, die deutschen Anschläge würden nach Unterzeichnung des Waffenstillstandes automatisch aufhören. Offenbar war dieser Weintraub einer der gefährlichsten Spione, die Deutschland in unserem Land hatte. Es heißt, dass dreißig bis vierzig Brände und Explosionen auf unseren Schiffen sein Werk waren. Weil er schon so lange hier lebte und sich sogar hatte einbürgern lassen, geriet er nie in Verdacht. Doch nach seinem Tod ging seine Frau, die er sehr gemein behandelt hatte, in sich und gab viele Einzelheiten über seine Aktionen preis. Laut ihrer Aussage beschloss Weintraub, nachdem bekannt geworden war, dass der Präsident die Friedenskonferenz besuchen würde, eine Bombe in Wilsons Kabine auf der George Washington zu schmuggeln. Mrs. Weintraub versuchte ihn davon abzubringen, aber er drohte, sie zu töten, falls sie seine Pläne durchkreuzen würde. Sie fürchtete um ihr Leben, und wenn ich mich an das Gesicht erinnere, das sie machte, als ihr Mann sie ansah, glaube ich ihr das aufs Wort.

Die Bombe zu bauen war für Weintraub natürlich ein Kinderspiel. Im Keller seines Hauses, den er zu einem kompletten Labor umgebaut hatte, waren schon Hunderte Bomben entstanden. Das Problem war, eine Bombe herzustellen, die unverdächtig aussah, und sie dann in die Kabine des Präsidenten zu schmuggeln. Da kam er auf die Idee, sie in einem Buchdeckel zu verstecken. Wie er ausgerechnet auf dieses Buch verfallen ist, weiß ich nicht.«

»Wahrscheinlich habe ich ihn in aller Unschuld darauf gebracht«, sagte Roger. »Er war häufig hier, und eines Tages wollte er wissen, ob Mr. Wilson viel lese. Soviel ich wüsste, sei das der Fall, sagte ich und erwähnte den *Cromwell*, angeblich eins von Wilsons Lieblingsbüchern. Das sei sehr interessant, meinte Weintraub, er müsse sich das Buch irgendwann auch einmal vornehmen. Ich erinnere mich jetzt, dass er eine ganze Weile in der Nische stand und darin herumblätterte.«

»Er musste den Eindruck gewinnen, dass das Glück auf seiner Seite war«, meinte Aubrey. Metzger, der seit Jahren Hilfskoch im Octagon-Hotel war, sollte mit anderen Köchen aus dem Hotel für die Verpflegung des Präsidenten an Bord der George Washington sorgen, wie Weintraub von einem hohen Tier im deutschen Geheimdienst erfuhr. Metzger, der sich im Dienst Messier nannte, war ein sehr guter Koch und hatte einen gefälschten Schweizer Pass. Auch er war ein Werkzeug der deutschen Spionageabteilung. Ursprünglich waren keine direkten Kontakte zwischen Weintraub und Metzger vorgesehen, aber der Mittelsmann wurde in einer anderen Angelegenheit vom Justizministerium enttarnt und sitzt jetzt in Atlanta hinter Gittern.

Weintraub hatte auch die Idee, seine Nachrichten an Metzger in einem Buch zu verstecken, und zwar in einem, das als Ladenhüter in einem Antiquariat stand. Metzger war mitgeteilt worden, um welches Buch es sich handelte, er wusste aber nicht – vielleicht weil ihnen der Mittelsmann abhandengekommen war –, in welcher Buchhandlung es zu finden war. Jetzt ist auch klar, warum er in letzter Zeit bei so vielen Buchhändlern nach dem *Cromwell* gefragt hat.

Weintraub, dem die eigene Haut lieb und teuer war, legte natürlich keinen gesteigerten Wert auf direkte Kontakte zu Metzger. Als der Koch schließlich erfuhr, in welcher Buchhandlung der Band stand, begab er sich schleunigst hierher. Weintraub hatte sich für dieses Geschäft nicht nur entschieden, weil kein Mensch auf die Idee kommen würde, dass hier die Geheimbotschaften nur so sprudelten, sondern weil Sie, Mr. Mifflin, ihm vertrauten und er häufig vorbeischauen konnte, ohne sich dadurch verdächtig zu machen. Metzgers erster Besuch war zufällig an dem Abend, an dem ich mit Ihnen gegessen habe.«

Roger nickte. »Er fragte nach dem Buch, und zu meiner Überraschung war es nicht da.«

»Nein, denn Weintraub hatte es ein paar Tage zuvor mitgenommen, um es auszumessen und neu zu binden. Den Originalbuchdeckel brauchte er als Umkleidung für seine Bombe. Am nächsten Abend war das Buch wieder da, er hatte es, nachdem er sich einen Schlüssel für Ihre Haustür beschafft hatte, höchstpersönlich zurückgebracht.«

»Am Donnerstagabend, als sich der Maiskolbenklub hier traf, war es wieder verschwunden«, sagte Mr. Chapman.

»Ja, diesmal hatte Metzger es mitgenommen«, bestätigte Aubrey. »Er hatte seine Anweisungen missverstanden und dachte, er solle das Buch stehlen. Weil den beiden der dritte Mann fehlte, arbeiteten sie aneinander vorbei. Metzger hatte wohl dem Buch nur seine Informationen entnehmen und es an Ort und Stelle stehen lassen sollen. Jetzt war er verwirrt und gab deshalb am nächsten Morgen eine Suchanzeige in der *Times* auf. Damit wollte er vermutlich Weintraub zu verstehen geben, dass er die Buchhandlung gefunden hatte, aber jetzt nicht weiterwusste. Und mit dem in der Anzeige erwähnten Datum (Dienstag, 3. Dezember um Mitternacht) wollte er Weintraub darüber informieren, wann er, Metzger, an Bord gehen würde. Der deutsche Geheimdienst hatte Weintraub angewiesen, die Suchanzeigen in der *Times* im Auge zu behalten.«

»Das muss man sich mal überlegen!«, empörte sich Titania.

»Mag sein«, fuhr Aubrey fort, »dass das nicht alles hundertprozentig stimmt, aber so habe ich es mir mehr oder weniger zusammengereimt. Weintraub, der ja mit allen Wassern gewaschen war, sah ein, dass jetzt ein direkter Kontakt mit Metzger unumgänglich war. Er ließ ihm am Freitag mitteilen, er möge ihn besuchen und das Buch mitbringen. Metzger war der Schreck in die Glieder gefahren, als ich ihn im Aufzug ansprach, und er brachte abends das Buch zurück, wie Mrs. Mifflin sich erinnern wird. Als ich auf dem Heimweg kurz im Drugstore war, muss er bei Weintraub gewesen sein. Ich fand den Buchdeckel für den *Cromwell* in dem Bücherregal des Drugstores – keine Ahnung, warum Weintraub so leichtsinnig war, ihn da hinzustecken –, und die beiden begriffen sofort, dass ich irgendetwas ahnte. Also folgten sie mir über die Brücke und versuchten, mich zu beseitigen. Weil ich am Freitag den Buchdeckel eingesteckt hatte, brach Weintraub am Sonntagvormittag erneut in das Geschäft ein. Er brauchte ihn für seine Bombe.«

Aubrey registrierte nicht ohne Genugtuung die gebannte Aufmerksamkeit seiner Zuhörer. Als er Titanias Blick begegnete, stieg ihm ein wenig Farbe ins Gesicht.

»Das ist eigentlich alles«, schloss er. »Wenn diese Ganoven so scharf darauf sind, mich beiseitezuschaffen, sagte ich mir, muss etwas faul sein. Am Samstagnachmittag bin ich nach Brooklyn gefahren und habe mir ein Zimmer im Haus gegenüber genommen.«

»Und wir sind zusammen ins Kino gegangen«, zwitscherte Titania.

»Den Rest kennen Sie wohl alle – bis auf Metzgers Besuch bei mir in jener Nacht. Sie waren mir dicht auf den Fersen, und hätte ich nicht zufällig die glimmende Zigarre am Fenster bemerkt, hätten sie mich wohl auch erwischt. Wie falsch ich mit meinen Vermutungen lag, wissen Sie natürlich. Ich dachte, dass Mr. Mifflin mit den Schuften unter einer Decke steckte, und muss mich dafür bei ihm entschuldigen, aber in Philadelphia hat er sich ja schon dafür revanchiert.«

Er schilderte nicht ohne Witz, wie er den Buchhändler bis in die Ludlow Street verfolgt und im Kampf den Kürzeren gezogen hatte.

»Wahrscheinlich wollten sie mich früher oder später umbringen«, sagte Aubrey. »Mit dem fingierten Anruf haben sie Mr. Mifflin aus der Stadt gelockt. Metzger wurde von Weintraub in die Buchhandlung geschickt, um den Koffer zu holen und damit Weintraub zu entlasten. Auf den ersten Blick waren in dem Koffer nur alte Bücher. Der Band mit der Bombe war völlig harmlos, vermute ich, bis jemand den Koffer öffnete.«

»Sie sind gerade noch rechtzeitig zurückgekommen«, sagte Titania voller Bewunderung. »Ich war fast den ganzen Nachmittag allein. Weintraub hatte den Koffer gegen zwei abgegeben, um sechs wollte Metzger ihn holen, aber ich habe mich geweigert, ihn herauszugeben. Er war sehr hartnäckig, und ich musste ihm drohen, den Hund auf ihn zu hetzen, ich konnte den braven Bock kaum zurückhalten. Der Koch ging wieder weg, wahrscheinlich wollte er Weintraub fragen, was er jetzt machen sollte. Ich habe den Koffer auf mein Zimmer gebracht, Mr. Mifflin hatte mir zwar verboten, ihn anzufassen, aber ich habe mir gedacht, das wäre wohl das Sicherste. Dann kam Mrs. Mifflin zurück, wir ließen Bock in den Hof und machten uns ans Abendessen. Ich hörte die Glocke läuten und ging in den Laden. Da standen die beiden Deutschen und ließen die Rollos herunter. Was ihnen einfiele, habe ich gefragt, da haben sie mich gepackt und gesagt, ich solle gefälligst Ruhe geben. Metzger hielt mich dann mit einer Pistole in Schach, während der andere Mrs. Mifflin fesselte und knebelte.«

»Diese verdammten Halunken«, entfuhr es Aubrey. »Das ist ihnen ganz recht geschehen.«

»Wir wollen dem Himmel danken, meine Freunde, dass alles glimpflich ausgegangen ist«, erklärte Mr. Chapman. »Ich habe Ihnen noch nicht gesagt, wie ich diese ganze Geschichte sehe, Mr. Gilbert. Aber zunächst möchte ich einen Toast auf Mr. Aubrey Gilbert ausbringen, den Helden dieses Films.«

Unter großem Hallo stießen sie miteinander an, und Aubrey errötete geniert.

»Jetzt hätte ich es fast vergessen«, rief Titania. »Beim Einkaufen war ich heute auch in der Brentano-Buchhandlung und hatte Glück – ich habe genau das gefunden, was ich suchte. Das ist für Sie, Mr. Gilbert, ein Andenken an die Buchhandlung, in der es spukt.«

Sie holte ein Päckchen von der Anrichte, und Aubrey öffnete es in freudiger Erregung. Es war Carlyles *Cromwell*. Er versuchte ein paar Dankesworte zu stottern, aber was er in Titanias strahlendem Gesicht sah oder zu sehen meinte, raubte ihm die Fassung.

»Die gleiche Ausgabe«, stellte Roger fest. »Jetzt werden wir ja sehen, was hinter diesen mysteriösen Seitenangaben steckt. Haben Sie Ihr Notizbuch zur Hand, Gilbert?«

Aubrey holte es heraus. »Auf die Innenseite des hinteren Buchdeckels hat Weintraub geschrieben:

153 (3) 1,2.«

Roger warf einen Blick darauf. »Das dürfte einfach sein. In dieser Ausgabe sind drei Bände zu einem zusammengefasst. Wir brauchen also nur nach Seite 153 im dritten Band, erste und zweite Zeile, zu suchen.«

Aubrey überflog die Stelle und lächelte.

»Volltreffer!«, sagte er.

»Vorlesen, vorlesen!«, verlangten die anderen.

»›Die Wache des Lordprotektors in die Irre zu führen,

den Lordprotektor in seinem Schlafzimmer in die Luft zu sprengen und vielerlei andere kleine läppische Dinge.‹«

»Es sollte mich nicht wundern, wenn er dadurch auf seine Idee gekommen wäre«, meinte Roger. »Ich sage doch immer – Bücher sind keine toten Dinge.«

»Bücher seien explosive Stoffe, haben Sie zu mir gesagt«, bestätigte Titania. »Und Sie haben recht behalten. Aber es ist ein Glück, dass Mr. Gilbert das nicht gehört hat, sonst wäre sein Verdacht bestimmt auf Sie gefallen.«

»Ja ja, wer den Schaden hat, braucht für den Spott nicht zu sorgen!« Roger lachte.

»Jetzt will ich auch einen Trinkspruch ausbringen«, verkündete Titania. »Auf Bock, den liebsten, tapfersten Hund, den ich kenne.«

Mit dem angemessenen Ernst erhoben sie die Gläser.

»Für Bock, meine lieben Freunde«, sagte Mr. Chapman, »können wir nichts mehr tun, dafür aber für uns alle, die wir hier sitzen. Ich habe mit Titania gesprochen, Mr. Mifflin, und muss gestehen, dass ich meine Tochter nach diesem Unglück zunächst so schnell wie möglich aus dieser Umgebung wieder herausholen wollte. Das Buchgeschäft erschien mir zu aufregend für sie. Ich habe sie, wie Sie wissen, hierher geschickt, damit sie ein bisschen zur Ruhe kommt. Aber sie wollte auf keinen Fall weg, und wenn ich schon jemanden aus der Buchbranche in der Familie habe, will ich für die Branche auch etwas tun. Ich kenne Ihre Idee von den reisenden Bücherwagen und Ihre Bemühungen, die Literatur aufs Land zu bringen. Falls Sie und Mrs. Mifflin geeignete Leute finden, bin ich bereit, eine Flotte von zehn dieser Parnassi zu finanzieren und bauen zu lassen, von denen Sie immer reden, damit sie im Frühjahr auf die Reise gehen können. Was meinen Sie dazu?«

Roger und Helen blickten einander an, blickten Mr. Chapman an. Auf einen Schlag sah Roger einen seiner kühnsten Träume in Erfüllung gehen. Titania, die von diesen Plänen nichts gewusst hatte, sprang auf, lief zu ihrem Vater und gab ihm einen Kuss. »Du bist ein Schatz, Daddy!«, rief sie.

Roger erhob sich feierlich und gab Mr. Chapman die Hand.

»Miss Titania hat die rechten Worte gefunden«, sagte er. »Sie sind eine Zierde der Menschheit, und ich hoffe, Sie werden nie Grund haben, Ihre Entscheidung zu bereuen. Das ist der glücklichste Augenblick meines Lebens!«

»Damit wäre das geregelt«, sagte Mr. Chapman. »Um die Einzelheiten können wir uns später kümmern. Jetzt beschäftigt mich noch eine andere Sache. Vielleicht sollten wir hier nichts Geschäftliches besprechen, denn das ist ja so eine Art Familientreffen, aber ... Kurzum, Mr. Gilbert, ich muss Ihnen leider mitteilen, dass ich beabsichtige, die Zusammenarbeit mit Ihrer Agentur einzustellen.«

Aubrey sah seine Felle davonschwimmen. Eine Katastrophe dieser Art hatte er von Anfang an befürchtet. Es war ja klar, dass ein kühl kalkulierender Unternehmer einen so bedeutenden Geschäftsbereich nicht einer Firma anvertrauen mochte, deren Mitarbeiter wie Geheimagenten Spione jagten, Häuser beschatteten und den Leuten Deutschenfreundlichkeit vorwarfen. Jedes Geschäft, sagte sich Aubrey, basiert auf Vertrauen, und wie konnte Mr. Chapman bei derart abenteuerlichen Umtrieben Vertrauen fassen? Trotzdem fand er, dass er nichts getan hatte, dessen er sich schämen müsste.

»Das bedaure ich sehr«, sagte er. »Wir haben uns bemüht, gute Arbeit zu liefern. Ich jedenfalls habe den größten Teil meiner Arbeitszeit in die Planung Ihrer Werbekampagnen gesteckt.«

Er wagte nicht, Titania anzusehen, so sehr schämte er sich, dass sie seine Demütigung miterlebte.

»Genau darum geht es«, sagte Mr. Chapman. »Ich verlange nicht den größten Teil Ihrer Arbeitszeit, sondern ich verlange sie ganz und offeriere Ihnen hiermit die Position eines stellvertretenden Werbeleiters bei der Firma Daintybits.«

Alle klatschten, und zum dritten Mal an diesem Abend war Aubrey bewegter, als es sich für einen guten Werbemenschen gehört. »Jetzt ist es wohl an mir, einen Trinkspruch auszubringen. Ich trinke auf Mr. und Mrs. Mifflin und ihre Buchhandlung, in der ich zum ersten Mal ... zum ersten Mal ...«

Der Mut verließ ihn und er ergänzte rasch: »... zum ersten Mal erkannt habe, was Literatur bedeutet.«

»Setzen wir uns ins Wohnzimmer«, schlug Helen vor. »Wir haben über so viele schöne Dinge zu sprechen, und Roger möchte euch auch erzählen, welche Verbesserungen er fürs Geschäft geplant hat.«

Aubrey ließ die anderen vorangehen, und man darf wohl davon ausgehen, dass Titania ihr Taschentuch nicht versehentlich aus der Hand fiel.

Ihre Augen trafen sich, und Aubrey verlor sich in ihrem ruhigen, aufrichtigen Blick. Ihr so nah zu sein, bedeutete

Entzücken und Qual zugleich. Die übrige Welt schrumpfte zusammen, bis sie allein auf der kleinen Insel standen, auf der das Tischtuch im Lampenlicht glänzte.

Er hielt das kostbare Buch fest umklammert, und von den tausend Worten, die ihm in den Sinn kamen, wagte er nur einen Satz auszusprechen.

»Würden Sie mir eine Widmung hineinschreiben?«

»Sehr gern«, sagte sie mit leicht schwankender Stimme, denn auch sie verspürte in sich ein sonderbares Pochen. Sie setzte sich an den Tisch, er gab ihr seinen Füller, und sie schrieb rasch:

Für Aubrey Gilbert
von Titania Chapman
mit lie…

Dann hielt sie inne. »Muss ich es gleich zu Ende schreiben?«

Sie sah zu ihm auf, und Aubrey nahm – sonderbar benommen – nur das goldene Glitzern ihrer Wimpern wahr. Diesmal war sie es, die zuerst den Blick abwandte.

»Es könnte nämlich sein«, erklärte sie mit einem seltsamen Zittern in der Stimme, »dass ich den Text noch ändern möchte.« Damit lief sie schnell hinaus.

Als sie ins Wohnzimmer kam, sagte ihr Vater gerade: »Ich freue mich, dass sie in der Buchbranche bleiben will.« Roger sah Titania an.

»Es ist das Richtige für sie, glaube ich«, sagte er. »Das ist ja das Schöne an diesem Arbeitsplatz: Die Bücher nehmen einen so in Anspruch, dass man nicht in Versuchung kommt, sich mit anderen Dingen zu quälen. Die Menschen in den Büchern kommen einem mit der Zeit wirklicher vor als irgendein Mensch im richtigen Leben.«

Titania, die sich auf die Armlehne von Mrs. Mifflins Sessel gesetzt hatte, nahm unbemerkt von den anderen ihre Hand. Sie lächelten einander vielsagend zu.

EDITORISCHE NOTIZ

Nicht alle im Text erwähnten Bücher gibt es in einer deutschen Ausgabe. Andere sucht der wissbegierige Leser womöglich vergeblich in der einen oder anderen Bücherliste. In diesen Fällen müssen wir davon ausgehen, dass der findige Autor sich die Titel ausgedacht hat.